漫時光

慈悲殿

下卷

尤四姐 著

高寶書版集團

目錄

第二十章　世事倫常

月徊只想著自己是個沒有來處的人，沒想到他竟說他不是。

她疑心自己聽錯了，「您是在同我開玩笑吧？是您找到的我啊，您一直姓梁，我才是半道上撿回來的。」

這種事，哪裡能講究先來後到。他做了二十六年梁家人，頂了二十六年的梁姓，可血胤是刻在骨頭上的，打從落地時喘第一口氣開始就註定了，不是終歸不是。即便他同樣管梁家二老叫爹娘，即便他們將他視如己出，也改變不了他是個外人的事實。

想說的話都說出來了，就算剜心一樣疼痛，痛過之後也讓他體會到另一種前所未有的輕鬆。也許打從現在開始，他可以好好梳理自己和月徊的感情，如果她願意……如果她願意……

他忍痛轉過頭，「我沒有開玩笑，都是真的。」他的聲氣兒很弱，弱得每說一個字，都要喘上好幾口氣，但依舊斷斷續續告訴她，「我曾派暗樁，盤問過敘州……專給官宦人家……接生的穩婆，問出了前任知府的後宅，也問出了妳……沒有我。」

月徊窒住了，擺手焦急道：「興許是遺漏了呢，也或者接生的是其他穩婆呢？」

梁遇乏累地閉了閉眼，沒有說話。

其實不說她也明白的，東廠派出去辦事的人，怎麼會出那種紕漏。他們查人逼供本來就是看家本事，連這個都做不好，別說領朝廷的俸祿，連掉腦袋都是朝夕之間的事。

月徊腦子裡亂得厲害，茫然地在艙房裡走動，半晌才道：「那個豐盛衚衕盛家，也知道這個祕密？」

梁遇聽她提起盛家，不由睜開了眼，「盛二叔，是爹的舊友。」

所以連人證都有了，那個盛二叔知道內情，才有了這些後話。

為什麼要說出來呢，她甚至有些怨怪父親的那位舊友，陳芝麻爛穀子的事，讓他變成灰，隨風揚了不好嗎。她從一開始對自己的失望，轉變成了對梁遇的同情。彷彿自己來了，頂了哥哥的缺，自己實實在在是梁家人，那哥哥怎麼辦？他怎麼就成了舍哥兒[1]了？

日裴月徊，他們連名字都是聯繫在一起的啊，她含著淚說：「咱們不是半路兄妹，是一塊兒長起來的。我還記得一些以前的事，哥哥一直是您，除了身上流的不是一樣的血，有什麼不同？」

她還是沒法子從這種固定的兄妹關係裡掙脫出來，她和他插科打諢，全是仗著這份親情。要是親情沒了，他們就成了陌路人，她實在捨不得他。

梁遇是那麼敏感的一個人，聽她說完這些話，他心裡僅剩的一點希冀沒了。果然應

1 舍哥兒：北京話，指失去親人的孩子。

了最壞的猜想，她依舊拿他當哥哥，因為小時候的記憶還在，他們一起躲過滅門之災，一起出逃，途中相依為命，餓了吃同一個餅子……撇開血緣，他們怎麼不是親兄妹？

可他這個做哥哥的，卻抓住了那麼一點出入，心猿意馬起來，實在可恥。

他的每一節骨骼，每一寸皮膚都疼得無以復加，忽然發現自己剛才的作為，成了最卑劣的侵犯，最下作的勾引。

「我做錯了……」他夢囈般說：「錯得無可救藥。」

彼此都忍受煎熬，可是誰也救不了誰。

這種感情本來就荒誕，失散重逢後，他的心境一天天變化，而月徊除了最初沒能做成他的愛妾通房，並無其他遺憾。現在窗戶紙捅破了，他當著月徊的面，把一盆水潑在了泥地上，接下來要怎樣才能拾掇起來……

他陷進昏昏的世界裡，四肢百骸像遭受了重擊，沉得再也抬不起來。魂魄脫離了軀殼，慢悠悠四散，他知道這傷引發了別的病症，或許接下去會有沒完沒了的高熱，等著他去硬扛。

他不再說話，氣息咻咻趴在被褥間，月徊的無措和悲傷漸漸轉變成憂懼。

他的臉那麼紅，大汗淋漓後病勢突起，她挨過去看，輕聲問：「哥哥，您怎麼了？」

可他沒有反應，似乎暈厥過去了。她大驚，探手去摸，只覺掌心一片滾燙，一刻也不敢耽擱，慌忙跑出艙房大喊：「太醫……鄭太醫，您快來瞧瞧吧。」

隔壁艙裡待命的太醫忙過去查看，外頭的千戶和少監們也都跑了進來，眾人皆惶惶盯著床上的人，彷彿那人變得陌生起來。

掌印督主，向來是司禮監和廠衛眼裡高高在上的存在，很多時候對於那些沒有機會面聖的人來說，他就是皇權。當初汪軫沉迷女色，把司禮監交由他全權打理時，他不過二十一歲光景，那樣的花團錦簇，那樣的意氣風發，走到哪裡不是前呼後擁不可一世！可如今受了傷，臥在床褥間，雖然痊癒後依然會是那個城府似海，手握酷刑的老祖宗，可以目下情勢來看，竟是從神變成了人。

鄭太醫把了脈，又開藥箱取銀針，在先前強行閉闔的傷口上施針，把裡頭瘀積的污血排出來。

又是一輪傷筋動骨，昏厥的梁遇輕輕呻吟起來，月徊的心一下子就碎了，蹲在床前握住他的手說：「哥哥……哥哥您忍一忍，把毒血放出來就好了。」

雪白的巾帕蘸了血，一重又一重扔進銅盆裡，直到把污血都吸完，才重新灑上藥粉包紮起來。月徊惶然追問：「太醫，我哥哥他怎麼樣了？」

鄭太醫鬢角都濕了，顧不上擦汗便回身開藥，一面道：「姑娘別急，先前是出血不止，才暫且縫合了傷口。傷口閉闔，皮下來不及排出的血就攢成了瘀血，只要把這血清除，等熱一退，好起來比慢慢溫養還快呢。」

月徊聽了心下一鬆，回頭再看床上氣息奄奄的人，暫且看不出好轉的跡象，又不能再說什麼，只好等著小太監煎藥回來。

那廂楊愚魯和秦九安合力將人翻起，讓梁遇側臥著，他的氣息相較之前略微平穩了些，月徊忙又輕聲喚：「哥哥，您好點兒了嗎？」

他分明是聽見的，卻不願意睜眼，蹙著眉微微別開了臉。月徊頓時有些訕訕的，心道自己受了委屈，他倒來脾氣了呢，要不是看他有傷在身，她早就不理他了！

楊愚魯忙打圓場，「老祖宗尚且沒氣力，不過依我看，像是比先前安穩了些。」

高漸聲道：「要是能睡會兒倒是好事，興許一覺醒來燒就退了。」

可照眼下局勢來看，要睡著只怕很難。

外頭狂風過境後，那些廠衛正掌著燈尋找遇難的人，隱約聽見嘈雜的喊聲，不一會兒就有人在門前叫少監，說十二團營的張千戶找著了。

死了一個千戶，實在是件大事，秦九安忙追了出去。

月徊見楊愚魯臉上焦急，便道：「楊少監您也去吧，這兒有我呢，我能照顧好哥哥。」

楊愚魯有些遲疑，「老祖宗這樣，我實在不放心……」

梁遇終於開口了，輕喘口氣道：「你去吧。那些兄弟……想法子找全，不能讓他們……葬身在魚腹。」

楊愚魯道是，「那您……」

梁遇臉上的潮紅消退了些，只是唇色還發白，緩了緩道：「我不要緊，你去辦事吧。」

於是艙房裡人又褪盡了，只餘鄭太醫和兩個徒弟來回忙碌著。

月徊這時對哥哥有了新的認識，她一直以為他手握大權，不管別人死活，可如今看他對身邊的人，不可說不講江湖義氣。

那些辦差的兵勇，照說死了多少都不放在朝廷眼裡，況且是在海上，要是把屍首撈上來，就得另派幾個人護送他們回去，又是人力又是物力，對於只重結果的司禮監和廠衛來說，確實很不值當。但掌印發了話，底下的人就得照辦，很大程度上來說，那些枉死在海上的人能不能魂歸故里，都靠他一句話。

幸好他有人情味，幸好他不是那麼冷血。月徊長出一口氣，見門上小太監端藥進來，忙上前接了手。其實說到根兒上，就算不是親生的哥哥，他們也做了那麼多年的兄妹。爹娘如今是不在了，要是在，難道還不認這個兒子嗎！

只是心裡有些彆扭，倘或沒有風暴裡的那一齣，哪怕知道了兩個人不是嫡親的，至多有點遺憾，心境上並沒有實質性的改變。她可能會繼續尊敬他，繼續覬覦他，那種覬覦純粹是兄妹間的胡鬧，帶著點豔羨和驕傲，恨不得大聲告訴所有人，「這財大勢大的美人兒是我哥哥」。

結果一切急轉直下，到現在她都沒想明白那件事究竟是怎麼發生的。好在她這人心大，想著他當時也許神志不清了，可以不去計較。等他身上的傷好了，腦子不糊塗了，要是不願意再提及，這事過去也就過去了。

她端著藥碗吹了又吹，送到他跟前說：「哥哥，喝藥吧……我來餵您。」

梁遇聽見她一口一個哥哥，試探過了，心裡的那團火冷卻成灰，再也沒有顏面面對她了。

「讓別人來伺候。」他垂著眼睫道：「妳去休息。」

月徊聽了微一怔忡，「這時候全在忙，沒人顧得上您，還是我來吧。」

她知道他尷尬，但這海滄船就這麼大，到廣州的路還有很長，就算迴避，能迴避到幾時？往後真如參商，再不相見嗎？

梁遇被她說得彷彿遭到遺棄，世上只有她還願意搭理他似的，一時窒了口。於是低垂的眼睫更低垂，不單低垂，還略微別開了臉。

月徊見他這樣，拿勺子小心翼翼舀了藥，也不多言，就貼在他唇上。他的嘴唇生得極好看，飽滿潤澤，要是抿上口脂，絕對是畫像上那種檀口。可這唇……現在也讓她心慌。她不敢直著眼瞧，跪坐在榻前的腳墊上，也有芒刺在背之感。

他彆扭再三，讓不開那湯匙，最後只好勾起脖子把藥喝了下去。她倒是餵得極耐心，就那麼一勺一勺，不知道這藥有多苦。慢喝等同細品，他沒辦法了，掙扎著撐起身，一口氣把藥全灌下去，然後調開視線，把空碗遞還了她。

兩下裡相處正尷尬，邊上鄭太醫趨身上前一步，呵著腰道：「廠公且好好休養，傷勢固然沉重，但不傷及臟器，應當沒有大礙的。這兩日卑職會替廠公調整方子，藥吃上個三五日，自然就痊癒了。」說罷又轉身，把一個精瓷的小瓶子交給月徊，「姑娘費點兒心，這藥每隔日半就要換新的，姑娘手上力道輕些，替廠公換藥正相宜。」

這是什麼話，為什麼都是她正相宜呢，伺候茶水就算了，連換藥怎麼都是她？

月徊正想表示異議，誰知鄭太醫連瞧都沒瞧她一眼，帶著徒弟轉身便往外去了。她拿著藥，腳下茫然追了兩步，再回頭時看見他的目光，泠泠的，說不盡裡頭摻雜了多少情感，只是見她望過來，又匆忙闔上了眼。

梁遇的心思百轉千迴，他桀驁且孤高，這事過後怕需要很長的時間調整，也或許從此斷了這份念想，就一心同她做兄妹了。當然有了這一回，兄妹之情再也純粹不起來了。

月徊魯莽直爽，也有她的好處，哪怕臉頰滾燙，她也壯起膽兒走到他的床榻前，撐著膝頭彎腰問：「您好點兒沒有？」

他「嗯」了聲，藉錦被，遮住了半張臉。

「這會兒還燒嗎？」她探手想去觸他額頭，他卻把整張臉都藏進被褥裡。

月徊看看自己伸到半途的手，無奈地收了回來，待平了平心緒方道：「您打算這輩子都不見我了麼？剛才的事，我能體諒您，您是受了重傷神思恍惚，又覺得自己會死在這場風暴裡，這才把我當成了別人。我不怪您，我這人生來大方，從不小家子氣，您是我哥哥，哥哥親一下怎麼了，又不是讓外人親了。您小時候不也親過我嗎，為什麼我四五歲的時候您能親，現在就不能了？就因為長大了嗎？我記得您說過的，我在您跟前永遠是孩子……還有一句俗話，那個……叫肥水不流外人田。」

她真是豁出去了，替他找了一堆生硬的理由，以此為他開脫。什麼小時候親過，四五歲時能和現在一樣麼？親一口臉頰，和吻上嘴唇一樣麼？

這件事不說破，永遠蒙著一層紗，她的腦瓜子長得怪，自己琢磨琢磨，能捏造出所謂的「別人」來，順便把自己變成替身，然後自怨自艾一通，覺得自己十分可憐。

他終於從被褥間抬起了頭，身上一層熱汗，不是因為傷勢的緣故，是因為心頭星火復燃。

中氣雖不足，但他仍舊一字一句反駁了她的話，「我清醒得很，由頭至尾都很清醒。沒有別人，也和小時候無關，我就是……就是喜歡妳。也許妳會拿我當怪物，我不在乎。」說著頓下，勻了口氣方又道：「從我知道自己……不是梁家人起，我就動了心思。妳罵我無恥也好，喪盡天良也好，我都認了……我就是喜歡妳，沒來由地喜歡妳，今日如此，他日亦如是。」

月徊腦袋裡嗡嗡作響，什麼無恥啊，什麼喪盡天良啊，這些都不是最要緊的，最要緊是他說喜歡。

喜歡什麼？喜歡她？天底下怎麼會有這麼可笑的事！她咧著嘴，表情裡帶著驚惶的味道：「您喜歡我什麼？我這麼個沒出息的丫頭，除了能吃什麼也不會，您喜歡我？再說您是我哥哥，您怎麼能喜歡我吶？」

就算回來只有半年，哥哥妹妹也很親厚，她垂涎三尺著，心裡卻越不過那段兄妹的關係。說實在話，她真如自己評價的那樣沒出息，明明之前還想入非非，還可惜生在一家子。現在有機會了，他也親口說喜歡她，為什麼她反倒退縮了？

打量他一眼，是他美貌不再，臉長歪了嗎？並不是。他的好看，是一時有一時的韻致。在錦衣華服統領廠衛時，他是燦若驕陽的掌印；燕居深宅寬袍緩袖時，他是一杯梨花白酒；眼下呢，受了傷，平時趾高氣昂的人一旦臥床，又會顯出另一種羸弱的美態來……這人是不能細看的，細看了會上頭，會招人夜裡做夢。

那是為什麼？還是因為自己的怯懦！她以前膽兒肥起來，想過看臉過一輩子，如今人家不要當她哥哥了，就想讓她看臉，結果她又嚇得肝兒顫了。

細細琢磨，還是敬畏成了習慣，她心裡尊敬他，哥哥該是高天小月，可望不可即。月亮高高掛著很美好，一旦落下來，那可是要砸死人的。

梁遇呢，比他自己想像的更勇敢。本來她裝糊塗推三阻四，他是打定了主意不再繼續下去的，但就此放棄，又覺得不甘心。月徊這樣的性子，你給她一包糖，哪怕是隔著河，她游都能游過來接著。可你要是隔著一扇窗和她不談親情談愛情，再開窗的時候，窗後怕早就沒人了。

南下是個好機會，既然心裡放不下，那就撞他個頭破血流吧。

「那麼多回，我要找女人，妳為什麼不答應？」他支著身子問她，「不是因為……因為妳心裡也有我，才多番阻撓的嗎？」

月徊有點傻眼，這個問題實在很難回答。她確實對他有獨占欲，覺得才認回的哥哥，憑什麼忽然跑來個女人，就分走哥哥一大半的關愛！她希望哥哥所有目光都在她身上，希望哥哥的所有溫情只對她一個人生效。她不喜歡哥哥和別人打情罵俏，因為哥哥捧著別人，就騰不出手來捧她了……這些私心她怎麼好意思說出口，所以在他看來，就是對親哥哥生出了不倫之情吧！

月徊有點沮喪，看來過去自己的舉動太倡狂，才一步一步把他引進陷阱裡，這麼說來他才是受害者。她難堪地搓了搓手，「我是怕您被人騙了，宮裡那些女人，都是看中了您的權勢。」

梁遇牽著唇角自嘲地笑起來，「我這種人，還盼著別人對我用真情？」一面長吁著，「不過是拿權，換別人的好臉子罷了。」

再強悍的人，骨子裡也有觸碰不得的弱點，月徊聽了他的話，又覺得他那麼可憐，「哥哥，您別這麼說，世上沒有人比您更好，真的。」

「我這麼好……」他調轉視線看向她，「妳為什麼不喜歡我？」

他步步緊逼，逼得月徊心在腔子裡亂竄，她支支吾吾說：「那……不是……因為您是梁日裴麼！日裴月徊，這是爹娘取的名字，他們盼著咱們將來互相扶持，沒想讓咱們……咱們……」

「做夫妻？」他把她的話補全，心裡只覺難過。到現在才真正明白盛時的話，為什麼那對做了夫妻的兄妹，會被人戳一輩子脊梁骨。爹娘沒有發話，私相授受即為偷，是不知羞恥，是逾越倫常，該遭天下人口誅筆伐。如果爹娘還活著那多好，他就算去跪，也要求娶月徊。然而他們不在了，那兩面牌位，能給他什麼回答？

他閉上眼睛，執拗地喃喃著：「不管妳答不答應，我就是喜歡妳。妳知道就成了，不必回應。」

這話說的……月徊眨著眼睛，摸了摸自己的後腦勺，「知道就成了……我知道後要炸廟，哪兒還成得了！」

覷覷他，那股子一言九鼎的勁兒在眉宇間，發號施令慣了，就是這麼霸道。

月徊退了一步，「這事先不談，您身上還沒好，不宜說話置氣，還是先養著，等痊癒了再商量，啊？」

她像敷衍孩子，可梁遇心裡卻憋著氣。她不是碼頭上的通達者，市井裡的開闊人兒嗎？到臨了拖泥帶水，沒有一句痛快話，讓他失望。

他嘆了口氣，「是我讓妳為難了。」

月徊不知該怎麼回答，為難確實是為難，從哥哥變成路人，又從路人萌生出另一種情愫，另一種關係，她的腦子不夠使，一時轉不過彎來。

梁遇說了那麼多話，已經把殘存的力氣用完了，後來便昏昏沉沉，身上熱度不得消減，折騰到天亮，才逐漸好轉。

清晨的時候月徊走出艙房，方看清鷹嘴灣附近海域的慘況。水面上到處散落著碎裂的船木，海水拍打著遠處的礁石，攪起一重又一重的浮沫。

那些廠衛一夜不得休息，仍舊撐著哨船四下尋覓。恰好馮坦經過，月徊叫了聲大檔頭，「那些落水的人，現在怎麼樣了？」

馮坦道：「救上來三個喘氣兒的，打撈了七具屍首，剩下五個怕是懸了，能不能找回來，得看老天爺開不開恩。」

話音才落，聽見下面吵嚷起來：「有了、有了……」

月徊忙趴在船舷上看，眾人合力又從水裡拖上來一個，濕漉漉的屍身，死沉死沉。原本活蹦亂跳的人，缺了一口氣就變成了物件，月徊看得心驚，忙縮回身子。

馮坦負著手嘆息，「要是刀劍上出了事，也算死得其所，落在水裡頭淹死，可不窩囊嘛！」說罷朝艙樓望了眼，「督主怎麼樣了？好些了麼？」

月徊道：「這會子燒退了，等睡醒再換一回藥，他身底兒好，恢復起來應當很快的。」

馮坦點了點頭，負著手說：「海上潮濕，傷口養起來怕沒那麼利索，姑娘還得多費心。」

月徊不大滿意他們老是有意無意的撮合，心裡頭又埋著事，便試探著問：「大檔頭，您幾位知道我和他是一家的吧？」

馮坦說知道啊，「又不是親的。」語氣十分篤定且不屑。

這就是說，他們眼裡頭只要不是至親，就沒有那麼多的阻礙。當初梁遇找回她時，對外宣稱是族親，後來長公主大鬧也沒能把這事捅破，到這會兒竟是歪打正著了。是不是天意？外人看來真是一點毛病也沒有，弄得她現在想迴避，卻受不住旁觀者眾口鑠金。他們全是梁遇的手下，且個個對他俯首貼耳，在他們心裡太監找個對食不容易，橫豎人都不齊全了，喜歡誰要誰，全憑高興。

月徊嘆了口氣，在甲板上慢慢轉悠了兩圈。日出了，一輪太陽從水底下升起來，清早的太陽不刺眼，圓圓的大臉盤子，像一個扔到水裡頭的剔紅漆盤。

馮坦也閒得慌，在邊上看了她半天，「大姑娘，您這是有心事啊？」

月徊說沒有，「我窩了一整夜了，出來發散發散。」

馮坦道：「發散完了就回去吧，沒的督主醒了跟前沒人。」

月徊「嘖」了一聲，「我是丫頭嗎，一會兒也離不得！」說完了還氣惱，下勁兒給他上了一層眼藥，「大檔頭，大家全在忙乎呢，就您戳在這裡，是想偷懶嗎？」

馮坦被她擠兌得打嗝，最後哼了一聲，拂袖往船尾去了。

唉，月徊有點傷感，難得出來，本以為去兩廣的路上全是高興事兒，可惜又遇風暴，又披露身世的，鬧了這麼一大套。本來她是個愛湊熱鬧的人，如今熱鬧到了自己頭上，便覺得百無聊賴，實在不該出來這一遭。

想想小皇帝，那是頭一個說喜歡她的人，要是還留在宮裡，不說當娘娘，至少錯開了這驚人真相，梁遇的祕密興許就一輩子埋在肚子裡，一輩子當她的好哥哥了。

她回身望了望艙房，裡頭的人不知醒了沒。換藥的時候到了，遲了怕耽誤傷口，這就回去，心裡又犯嘀咕。最後磨蹭了會兒，還是不情不願折返，進門的時候見梁遇正費勁地坐起身來，她嚇了一跳，忙上去攙扶：「您要什麼，吩咐一聲就成了，何苦自己起來。」

梁遇試圖抽回手，冷著臉道：「這裡不用人伺候，妳出去。」

傷成這樣還嘴硬，身上的傷口可不會因他位高權重就不為難他。

月徊知道他心裡彆扭，眼下不和他計較，他要掙脫，她反倒攙得愈發緊。等他站穩了，才又問他：「您究竟要什麼？要喝水麼？您站著，我去倒。」

梁遇眉眼間有焦躁之色，「我不要喝水，妳先出去。」

「我出去了您怎麼辦？萬一再碰著了摔著了，這麼多人等著聽您號令呢。」她大義凜然了一番，又暗暗嘀咕，「該使性子發脾氣的是我才對，我都大大方方的，您還鬧什麼……再胡攪蠻纏，把你從船上扔下去！」

梁遇終於沒轍了，用力閉了閉眼，然後精疲力盡道：「我要如廁，妳先出去，成不成？」

月徊「啊」了聲：「您要如廁？」

梁遇臉上不大自在，「喝了那麼多湯水，難道不用如廁麼？」

月徊愣了下，「那我拿恭桶給您……」結果在他冷冷的注視下，嚇得飛快退到門外。

這世道真是荒唐，月徊倚著門廊想，大姑娘活成了男人，他倒像個大姑娘。原本她想一走了之的，但又怕他有什麼不測，只好拔長了耳朵聽裡頭動靜。

可惜聽了半天，什麼也沒聽見，她忘了馬桶底下有草木灰……其實她一直對不便之人怎麼如廁很好奇，但這種事又不能覥著臉請教內行……所以她還是賊心不死，在得知了身世真相之後經歷了最初的彷徨，慢慢就接受了不是親兄妹的事實。既然不是親兄妹，那偷偷揣測一點別的，應該不會招雷劈吧？

他終於從垂簾後頭的暗閣裡出來了，一副淡漠的神情，大概不這樣，臉上就繃不住。慢慢挪著步子到臉盆架子前盥手，慢慢摘下手巾擦了擦。等擦完再回身，毫不意外地看見了她，尷尬頓時又擴張數倍，像他這種鮮少臉紅的人也不由面紅耳赤。在她驚嘆式的大喊一聲「您別害臊，我不會笑話您」之後，她又掏出了懷裡的藥瓶朝他晃了晃，「您該換藥了。」

他趄身在圈椅裡坐下來，「就這麼換吧。」

天底下要是再有人說梁遇是金玉做的，吃不得苦，她可要狠狠啐他一臉了。能有幾個人肩胛傷成那樣，第二天就下床自己如廁的？眼下換藥不肯上床趴著，預備坐著來，除了他，真沒見過第二人了。

他下床的時候，還掙扎著披了件中衣，現在換藥披不成了，便揚了一邊肩頭，把那件衣裳褪了下來。月徊早前見過他出浴時的樣子，那時就感慨他的好身條兒，一絲贅肉也無。現在時隔幾個月，再瞧也是意猶未盡啊。因肩上有傷，上半截斜纏著紗布，越是這樣，越是顯出寬肩窄腰，凜凜男人的風骨來。

月徊站在他身後赧然，他披散著頭髮，她便歸攏起來替他放到另一邊胸前，輕聲說：「哥哥，您忍著點兒疼。」

她總叫他哥哥，這個稱謂說不清地，讓他覺得感傷。也許就這樣了吧，不管以後如何，都不要更改了。他是她來這世上後第一個接手的人，將來伴她最久的，也一定是他。

月徊把那亂瞄的視線從他腰腹上移開，終於定下神，一圈圈解下包紮的紗布。他流了很多血，即便後來鄭太醫放過一遍瘀血，傷口上仍舊有血滲出。待紗布都解完，看見用以覆蓋的那塊布片，邊緣乾涸的血跡透出烏黑來。

她擦了手，猶豫再三才去揭，因布片和傷口有黏連，他微微瑟縮了下。月徊嚇得不敢上手了，駭然問：「很疼麼？我還是找鄭太醫來吧。」

梁遇說不必，「傷口再疼，疼不過傷心。我原以為妳會體諒我的……」

這話叫人怎麼應呢，她囁嚅道：「我體諒您啊，要是可以，我寧願自己不是梁家人，這樣您能少受點委屈。」

梁遇哂笑，「我的委屈，不在是不是梁家人上頭，妳明明知道的。」

唉，這是要逼死人麼！月徊咬著唇，揭開那層布。底下傷口縫合了，但看上去依然猙獰。她拿煮過的棉布輕輕掖了掖，然後小心翼翼灑上藥粉，一面道：「您再容我些時候，等我好好睡一覺，想明白了，我再答覆您。」

他聽後沉吟了下，指指床鋪道：「已經著人換了新的被褥，妳現在就去睡，我等著妳的好信兒。」

月徊目瞪口呆，掌印不是一個萬事從長計議的人嗎，怎麼現在變得這麼性急？這就去睡，帶著任務去睡，睡醒了就得答覆他，這是什麼好主意！

「可我這會兒睡不著，您得容我再琢磨琢磨。」她說著，手上沒有停頓，替他上了藥，覆上乾淨的棉布，然後儘量伸長臂展環過他肩背包紮，黃銅鏡裡照出的倒影，像在擁抱。

梁遇沉默許久，半晌才道：「果真是我太沉不住氣了……好，我不逼妳，我給妳時間慢慢琢磨，在抵達廣州之前，妳給我個準信兒。」

簡直像在談生意，月徊無措地掖著手道：「那我沒琢磨明白之前，您還認我這個妹妹嗎？」

梁遇說認，「就算妳不答應，妳也是我妹妹。」

只是這份親情終究是打了折扣，再也不可能像以前那樣親密無間了。

換完藥，包紮完傷口，他揚聲叫來人，一向貼身伺候他的內侍進來，一重中衣一重曳撒替他穿好。最後束上鸞帶，戴上網巾烏紗，他又變成那個不可攀摘的掌印，也不多說一句，舉步朝外面甲板上去了。

昨夜一場風暴死了那麼多人，都是從十二團營裡選拔出來的精銳，不曾想沒死在戰場上，竟在一場風暴中送了命。他一向惜才，損兵折將自然痛心，所以顧不得自己的傷，就算拖著病體也要出去親眼看一看。

秦九安見了忙上來接應，切切道：「老祖宗還沒好利索呢，怎麼出來了？」

梁遇沒有應，瞇眼看著下方海面上飄浮的鷹船，艙面上並排放著八具屍首，那些溺死的人生前掙扎求生過，時候一長肢體僵硬了，最後那一瞬的動作被保存下來，不易矯正。

他不落忍，蹙眉調開視線，「給他們搭個棚子，別讓日頭曬著他們。派幾個人送他們回去，由團營每戶發放二百兩葬銀，再從司禮監各調撥二百兩恤銀，以慰其家小。」

秦九安道是：「還有四個沒找著，今兒再找一天，實在不成，也只有建衣冠塚了。昨兒海上風浪大，興許捲到幾里外去了，找到的幾個也經不起耽擱，天兒熱起來了，回去還得走上好幾天呢。」

梁遇頷首，「這幾個先送回大沽口，再留一艘哨船接著找。那些受損船隻，修復得怎樣了？」

秦九安道：「除了拍碎的兩艘哨船，就數福船受損最嚴重。剩下的船都是小傷，略收拾一下，不費什麼工夫。」

「加緊修復。」他抬手撫了撫肩，畢竟傷勢不輕，站久了人有些支撐不住。小太監上來攙扶，他又吩咐了句，「咱們的行程不能貽誤，都整頓停當了，就揚帆上路吧。」說完方轉身返回船樓。

他一聲令下，所有人都有了主心骨。裝載遇難者的鷹船上扯起油布，搭出一個大棚子，調轉船頭返航了。一艘沙船順著水勢一直往東追尋，如今找人是大海撈針，唯有盡人事聽天命。至於鷹嘴灣的船隊，福船能航行，不過船樓受損，戰船的下層常年有儲備的木板，可以邊航行邊令船工修繕。

月徊看著眾人有條不紊，心裡對哥哥的統領能力還是相當服氣的，只是別談起情，談情就讓她七葷八素。她覺得四肢乏力，渾身沒勁，說不定要生病了。正拖著步子，打算找人問問自己的屋子是哪間，迎面正碰上梁遇回來。他那雙眼睛瞧人，能一眼洞穿靈魂，月徊有點慌，沒頭蒼蠅似的團團轉，他就那麼冷眼瞧著她，啟了啟唇道：「怎麼還在轉悠？」

月徊磕磕巴巴說：「我的艙房……不知道……安排在哪兒了？」

梁遇聽了，朝隨侍的小太監瞥了一眼。那小太監忙上前來，捏著柔柔的嗓子，撫膝道：「請姑娘跟奴婢來，奴婢送姑娘過去。」

月徊忙跟著走，好在這回不住他隔壁，她到了艙房裡，隨便擦洗擦洗就睡下了。從昨晚到現在，她受到的驚嚇接連不斷，非倒頭大睡不能撫慰她的心。平常她是那種一沾枕頭就睡得著的人，可今天卻不大一樣，在床上輾轉反側了半個時辰，才漸漸墜進夢裡。

多情的人多夢，月徊雖然大大咧咧，但大多時候還是細膩的。她做了一回白日夢，夢裡遇見了亡故的父母，那兩張臉陌生又熟悉，爹說：「月兒啊，至親手足不能亂來，他雖不是梁家親生的，可我和妳娘對他視如己出，他不該恩將仇報。」

娘說：「一派胡言，他哪裡恩將仇報了？好好的一個人，把自己弄得六根不全，就是為了找仇家給咱們償命。如今仇也報了，人也殘了，梁家撫養過他一場，就能還人家的情了？月兒，妳得報恩。」

爹說：「兄妹作配壞了倫常！」

娘說：「又不是親生的，壞了什麼倫常？」

夢裡的月徊依然很彷徨，爹說的對，娘說的也有道理，最讓她觸動的，就是那句「仇也報了，人也殘了」。如果他不是梁家親生骨血，賠上一輩子報仇雪恨，究竟值不值得？

隱約還是虧欠了他，要是他全鬚全尾，她不答應至多一場遺憾。可他眼下殘缺了，這輩子能找誰作伴？早前她說過要陪哥哥一輩子的，沒想到成了讖語。原來冥冥中自有定數，沒準兒她娘三十多歲生下她，就是為了給哥哥生個媳婦兒。

其實要想通，對於月徊來說不算太難，畢竟市井裡頭什麼歪門邪道她都聽說過，這點小事，糾結上一會兒半會兒的，也就過去了。不過這一覺睡得有點長，等她醒來的時候，已經到了黃昏時分，船隊早離開鷹嘴灣，繼續南行了。

她晃晃悠悠從艙房裡出來，上伙房找點吃的，順便提了壺酒。有些話得借酒壯膽兒才敢說出來，走到半懸的縱帆後鼓了好半天的勁兒，最後一咬牙一跺腳，「我還治不了你了……」

忽然帆後傳出動靜，她愣然垂眼看，原來這地方早就有人了，月白的襞積上密密織著海水疆崖，方口官靴上繡有金銀絲行雲流水紋……她的舌根頓時就麻了，一縮脖子正打算潛走，卻見帆後的人轉過身，朝另一邊去了。

她要治他，即便這話聽上去很放肆，卻也讓梁遇心頭滿懷期待。果然睡了一覺想通了，看樣子答應的幾率更大些。他坐立不安了一整天，原以為她這一睡，為了拖延，少說也得「睡」上兩三日，沒想到比他預期的還快。橫豎事到臨頭不過如此，他回到艙房等著，心驚膽戰地，等她最後給他個痛快。

月徊果然來了，像個莽漢，提著酒壺大搖大擺走進來，開口第一句話就是：「爹不答應。」

梁遇心頭一沉，「什麼？」

月徊說：「我做了個夢，夢見爹不答應，他說這是亂了倫常，會被天下人恥笑。」真是個不錯的推諉辦法，他嘆了口氣，灰心至極。

月徊見他失望，又有些心疼，頓了頓道：「娘也有話說。」

梁遇重新抬起了眼，「娘說什麼？」

月徊道等等，「我先喝口酒。」

梁遇便看著她仰脖兒灌下去半壺，喝完了卻也沒說話。他狐疑地等著，不知她在打什麼主意，正想開口問她，她伸出一隻手，大張著五指又說等等，「別著急，等這酒上頭。」

看來要說句心裡話很難，兩個人各懷心事，沉默在燈下對坐著。大約等了有兩盞茶時候，月徊站起來，搖搖晃晃過去關上了門，回身道：「哥哥，您這麼賞我臉，我也不能不給您面子。雖說咱們一塊兒長大，後來走散又相認，折騰了十幾年，但我心裡還是念著您的好。您說喜歡我，成啊，我也喜歡您……其實到現在我還拿您當我親哥哥，要說立時和您撇清兄妹這層關係，我有點捨不得……要不咱們先就這樣，我答應讓您繼續喜歡我，倘或將來您改主意了，我也不為難。要是主意不變，我就陪您一輩子，我說話算話。」

這算什麼模稜兩可的回答？梁遇冷著臉的時候，眉眼間有股陰寒入骨的味道，他看著她，哂笑道：「月徊，妳敷衍得我好啊。」

月徊紅了臉，「這哪是敷衍，我是實心實意這麼想。」這時候酒是真的上頭了，她坐在桌前，撐著腦門喋喋不休，「梁家虧欠著您呢，我知道。要不是為了報仇，您也不會把自己糟踐成這樣。夢裡頭娘也是這個意思，囑咐我不能不管您……您放心，往後您有我了，別愁沒著沒落。」

是麼……她義薄雲天，可他卻不覺得高興。也許是奢望，他希望自己的感情能得她同等的回報，然而現在看來，她對他還是道義和同情居多。

他為梁家拚盡全力，他為梁家毀了身子，所以她覺得肩上擔負了責任，應當還他這份情？沒想到最後竟是演變成這樣，他本以為讓她彷徨的只是兄妹關係，誰知她睡了一覺，竟然又另闢蹊徑。夢能做成這樣，實在叫人不得不佩服她的腦子。

他笑了笑，終究還是一場空。他孤身一人走到今日，有人欺壓他，有人不屑他，有人覬覦他，卻從來沒有一個人敢可憐他。何以變成現在這樣，是他的愛太廉價了？既然她不稀罕，那一切就到此為止吧！

他站起身，打開了門，「今日起，入夜之後不許妳再進我的屋子。既然拿我當哥哥，就謹守男女大防，如果不願意跟著上兩廣，我還可以派船送妳回天津碼頭。」

月徊有點傻眼，「我說錯什麼了嗎？您怎麼攆我了？」

可惜等不來他的回答，他朝門外示意，「出去。」

月徊說別啊，「可能是我一覺沒睡明白，我可以再睡一覺。」

梁遇說不必了，「就妳這腦子，睡一輩子也明白不了。」

月徊茫然，奇怪自己明明想好了和他懇談一番的，怎麼到最後談成了這樣？

他艙門大開，表示請她滾蛋，連買賣不成仁義在都不講了，可見這人有多小肚雞腸。月徊還想掙扎一下，她是真的想慢慢從這段兄妹關係裡跳出來，把他當成一個可託付終身的人看待，結果這人的驕傲和自尊心發作，一律把她後面的話當成補丁，再也不願意聽她多說半句。

月徊被請了出去，覺得很冤枉。海上習習涼風吹來，她的腦子終於清明了些，低頭瞅瞅手裡的酒壺，看來喝多了確實誤事，有些話在他聽來，怕是很不舒坦吧！

她想了想，造成誤會不太好，於是折回去，趴在他的艙門上咚咚地敲，「您別惱啊，我願意和您好。」可他不開門，她的酒氣愈發蓬勃了，嗓門也大了些，大吵大嚷著，「掌印……梁掌印，我願意和您好。」

結果這一叫喚，叫來了滿船圍觀的人。所有人都是端著飯碗一臉鄙夷的模樣，心說姑娘這是喝醉了，跑到督主跟前撒癔症，嚇得督主把門都關上了。唉，姑娘大了果然是個難題，雖說主動些是好事，但督主這麼精緻的人兒，哪裡受得了她這麼鎮唬。

月徊喊了半天，門內毫無反應，不由氣餒長嘆。正打算離開，回身猛見背後站了幾十號人，一時愣住了，「你們幹什麼？」

大家笑笑，不說話。

月徊見他們都端著碗，打著酒嗝嘀咕：「吃飯也不叫我一聲，看熱鬧倒在行。散了……都散了！」然後自己回了屋子，在床上打滾撒潑發洩一通，一口氣睡到了日上三竿。

風前一潮魚，風後一潮蝦，這是漁民口口相傳的俗語。次日在船工的吆喝聲中睜開眼，窗口的陽光直照在她眉心，她拿手擋了擋，聽見那些船工笑鬧著：「又是一大網！」航海無聊，最有趣的莫過於途中放網捕魚，哪怕船上食物再豐裕，有新鮮的活物吃，大家都很歡喜。

月徊揉著眼睛出門，正是大網吊上來的時候，轟然一放，魚蝦滿倉。她走過去，馮坦瞧見她，嘿然怪笑著：「大姑娘，今兒可有下酒菜了。空腹喝酒易醉，蒸上兩隻蟹，再燙上一盤蝦，一壺酒算什麼呀，三壺都不在話下。」

月徊眨了眨眼，經他這麼一提，昨晚出洋相的事忽然就想起來了。正羞得掩面不及，見梁遇拿著千里鏡過來，視線甚至沒在她身上停留，對秦九安道：「前頭就是登州府，在海上漂了半個月，大夥兒的腳底也該沾沾泥星兒了。打發一艘哨船先行安排，咱們歇歇腳，再補充些所需，今兒岸上住一夜，明兒再趕路。」

秦九安應個是，笑道：「小的親自去吧，早早兒安排妥當，老祖宗好住得舒坦些。登州府素有小蓬萊之稱，那地界兒是高麗和日本往來要道……」邊說邊一笑，「花樣多著呢！」

梁遇倒也沒說什麼，只是微點了點頭。

月徊見後大為不齒，心道都淨了茬了，還賊心不死呢。原來男人不管齊不齊全，都是這狗模樣！

不過能登上陸地，確實是件叫人高興的事。月徊早年跑漕船，因多走內河，最多也就三五天的，必定要登一回岸。不像這回屬於遠航，半個月下來腳下打著飄，踩到泥地上的時候，腳底心直發軟。

登州府是個三面臨海的好地方，就像秦九安說的，這地方各色人員往來，衣著打扮也好，說話談吐也好，透著一股異域風情。高麗女人出門，都愛往腦袋上頂一件長衣，遮得那臉只有巴掌大小。日本男人腦門都剃光了，就留個倒梳的衝天揪，一路走過去吵吵嚷嚷，閒談也像鬥嘴。

月徊跟著大隊人馬上岸，一色的官服，赫赫揚揚走在大街上。道兒早就被官府清過，兩掖站滿了兵勇，把看熱鬧的百姓都攔在身後。因著是海灣邊上，臭魚爛蝦暴曬後的腥氣和鹹味夾裹熱浪，一陣陣撲面而來。梁遇拿汗巾掖著鼻子，蹙眉一副挑剔模樣，就算這裡的地方官打著華蓋率眾迎接，也沒能讓他挪開手。

小小州府，官員品階不算太高，平時和京裡的聯繫至多不過陳條奏章，因此見了梁遇彷彿見了活爹，那份殷勤和誠惶誠恐，看著實在不雅觀。

知府領著衙下差役和鄉紳，結結實實跪在黃土道上，深深泥首下去，「廠公大駕光臨，卑職等迎駕不周，還乞恕罪。」

梁遇人前一直保有和善面貌，雖然汗巾子遮住了半張臉，但那笑意還是從深秀的眉眼裡洩露了出來。伸手虛扶一把，笑道：「孫大人過謙了，是咱家來得唐突，擾了州府的清淨。」

「不不不……」孫知府連連擺手，「廠公為社稷奔波操勞，是吾輩為官者之楷模。今日廠公鈞駕蒞臨登州，卑職等有幸一睹廠公風采，委實幸甚至哉，幸甚至哉啊！」

都是官場上客套話，聽多了叫人反胃，梁遇又耐著性子周旋了兩句，便道：「今兒要勞煩孫大人了，替咱家安排個住處，容咱家和底下人歇歇腳。」

這樣千載難逢的巴結機會，孫知府怎麼能錯過。早在秦九安上岸知會時，就把自己的官衙騰出來了，拱著手道：「不管是外頭別業還是另尋會館，都不及衙門裡清淨雅致。廠公尊貴不同尋常，留宿外頭豈不是叫人笑話卑職等款待不周嗎。還請廠公屈尊官衙，如此廠公和諸位大人既住的舒心，也可確保安全。」

梁遇聞言一笑，「那就叨擾孫大人了。」

孫知府道：「哪裡哪裡，卑職等有幸伺候廠公，將來說與後世子孫聽，也是極大的榮光啊。」

於是一路謙讓，一路小心伺候，將人迎進官衙。

當然跟著上岸的，必是有品階的千戶和少監，尋常廠衛仍駐紮在船上，但准予自行活動。月徊眼下是男裝，就跟在梁遇身旁，大概因為小太監本就雌雄莫辯的緣故，那些眼瘸的登州官員們也沒有起疑。甚至孫知府還和她搭訕，笑著說：「少監真是年輕有為啊，小小年紀已經官至隨堂了，將來前途不可限量。」

月徊也虛頭巴腦應承，「孫大人抬舉了，我不過仗著手腳勤快，在掌印大人跟前伺候罷了。」

秦九安有心哄抬她的身價，打趣道：「孫大人說著了，梁少監可是司禮監最年輕的隨堂，司禮監設立至今，還沒出過第二人呢。」

孫知府終於明白過來，「梁少監？原來少監也姓梁，果真好姓啊好姓……」這些當官的，馬屁真是拍得毫無風骨。也難怪，司禮監眼下如日中天，題本批紅都要從他們手上過一道，地方官員們自然個個周到小心，唯恐有半點錯漏。

月徊摸著鼻子，笑得訕訕，待安排好梁遇的住處，隨孫知府一道退到門廊上。

孫知府謹慎地同幾位少監打探，「卑職戍守海疆，不得傳召不敢擅自進京，因此也不敢妄揣廠公喜好。不過咱們這裡，有個高麗人開的春華樓，裡頭一色高麗美人，都是拿參水浸泡出來的，個個白得珍珠粉一樣。卑職已經打發人過去傳了話，今晚包圓了，不放一個外客進去。廠公和少監及千戶們一路行來多辛苦，點兩個姑娘，讓她們打打五花拳，鬆鬆筋骨也好。」

男人們說起這個，當然喜上眉梢，只是忌諱有月徊在場，表現得都很含蓄。

楊愚魯說：「這個……恐怕不方便。」

秦九安道：「還得先問過掌印的意思。咱們掌印一向喜靜，倘或乏累不想消遣，那……」

「那就請少監和千戶們散散心吧，到了咱們小蓬萊，哪有不做一回神仙的道理。」孫知府邊說邊笑，自覺風趣。

於是秦九安和楊愚魯的視線全集中到月徊的身上，「梁少監，您看……」月徊覺得哥哥不是那種人，便大度道：「別問我啊，我也怪想去的……」結果身後一個嗓音接了話，「既這麼，就請孫大人安排吧。大家一路上都憋壞了，散散心也不為過嘛。」

月徊訝然回頭，梁遇談起風花雪月的事來，自有一段風流蘊藉。彷彿他不是司禮監的太監，而是哪家王孫公子，到了煙花之地，不眠花宿柳一番，對不起他那張臉。

孫知府因盡了地主之誼，笑得花兒一樣。原本這些京城裡來的貴客眼界便開闊，死物未必能令他們喜歡。他們喜歡的是鮮活的，豐腴的肉體，這是太監的共性，更是男人的共性。

孫知府一疊聲道是，忙著去承辦了，剩下的楊愚魯和秦九安也識相，垂首道：「不知番子採買得怎麼樣了，我們瞧瞧去。」

兩個人躬著身子，也極快地退出了門廊，這下子廊下就只有月徊和梁遇兩個了，月徊說：「您的性子使夠了沒有？」

梁遇的視線輕慢地從她頭頂上飄過，踅身道：「妳指哪一樁？」

他雲淡風輕模樣，踱著方步返回臥房，月徊不死心，追上去道：「我昨兒夜裡拍您的門，說的那一套，您到底聽見沒有？」

梁遇微微偏過頭，拿眼尾打量她，「那句『梁掌印，我願意和你好』？滿船的人都聽見了，可又有幾個人相信妳說的是真心話？他們覺得妳酒後無德，我覺得妳糟蹋了我的心。有些事，用不著說得那麼明白，往後妳還是我的好妹妹，我照舊是妳的好哥哥。等回京後，妳要是還願意當娘娘，我捧妳上高位，只要妳將來念著我的好，別讓我落個屍骨無存的下場，就夠了。」

月徊惶然，聽他這口氣，好像真要和她撇清關係似的。月徊耷拉著嘴角說：「哥哥，您別和我這麼見外，早前您沒和我說起身世的時候，咱們不也挺好嗎。」

梁遇暗暗一笑，她是覺得挺好，卻不知道他心裡有多煎熬。現在話都說透澈了，窗戶紙也捅破了，他甘冒天下之大不韙，把心事都和她坦誠了，至於她接不接受，全憑她的意思。

他又不搭理她了，月徊心裡不大受用，噠噠跟在他身後，厚著臉皮說：「您不是喜歡我嗎，我也說了喜歡您啊，咱們兩情相悅就成了。反正連爹媽都不在了，也用不著聽誰的示下，這還不行嗎，您還矯情什麼呀？」

她每多說一句，梁遇臉上就掛不住一分。那晚傷得將死不死的，又經歷了風暴劫後餘生，就什麼都不管不顧了。事後他後怕，但不後悔，他希望能用真心換真心。可惜了，聽聽這渾人現在的話，一字一句毫無姑娘家的靦腆，可見這件事壓根就沒往她心裡去。

他負著氣，但又不能去糾正她，她沒這意思，說得再多也是枉然。

在她看來他終究是哥哥，即便錯過了十一年，前六年的情分還在，失散後的日夜啼哭也忘不了。那時候她太小，吃的苦遠比他多，那份惦念，會更深地鑿在心上，她不能從裡頭掙脫出來，也不能怪她。

梁遇長嘆一聲，「不是我矯情，是我不想逼妳。」他回過身來，輕輕笑了笑，「我答應過妳，讓妳考慮到廣州，妳也用不著現在就下定論。妳知道的，上了我的套，一輩子都得困死在裡頭，趁著妳還能飛，好好想明白吧。瞧在爹娘的面子上，我算計天下人，也不能算計妳。」

可他越是這麼說，她越是提心吊膽。像小四小時候被馬蜂蟄了，她騙他說不疼的，結果一夜過後胳膊腫得腿一樣粗。有些謊言哪怕是善意的，也還是謊言。

「我喜歡您的臉。」她突兀地說，既然他不相信她真的喜歡他，她就得用力地佐證一番，「您長得好看，對我來說好看就足了，您得相信我，我這人的感情很簡單，也純粹。」

「好看？」他漫不經心一笑，「憑臉讓妳短暫喜歡一陣子，不是本事。妳知道夫妻和兄妹有什麼不同麼？夫妻是要同床共枕，要捆綁一輩子的。妳不是覺得我為梁家毀了身子，我可憐麼，其實妳錯了，我真沒那麼可憐，用不著妳來同情我。等哪天，妳能拿我當個尋常人看待的時候，再來說喜歡不喜歡吧。」

就是這麼有脾氣，雖然這回沒請她出去，但他轉到垂簾後頭，再也不露面了。

月徊一個人在上房站了半天，總算鬧清了他的意思，不要她可憐他，要她的感情能摒除漂亮的臉蛋和身體的殘缺，就那麼一心一意愛他這個人。月徊有限的腦筋瞬間被扭成了麻花兒，不管臉還是身子，不都是他的嗎，無論喜歡哪一樣，歸根結底都因為他是哥哥啊。可他要和自己較勁，憤憤不平著「妳喜歡的是我的臉，同情的是我的身子」，可除了這兩樣，難道還能喜歡他的魂嗎？

月徊摸了摸後腦勺，從屋裡走了出來，果然能統領東廠的，腦子都異於常人。

後來她就不苦惱了，反正來日方長。在西邊花廊底下瞇瞪了一會兒，等太陽快要下山的時候，看見各屋出來的人全換下公服，換上了尋常衣袍。她頓時就驚了，這些人心機這麼深，為了出去喝花酒，都偷偷帶了私服？那她怎麼辦？她總不能穿一身姑娘的衣裳，跟他們出入秦樓楚館吧！

她摸著下巴逐個看過來，長得不怎麼樣的人，實在還是穿公服比較好看，至少顯得有氣勢，不像現在，一個個扔到人堆裡都挑不出來。但是梁遇就不一樣，他穿一身雲白細布竹葉暗紋直裰，束渦紋珊瑚腰帶，衣裳並不顯得名貴，唯獨那腰帶顏色出挑。這世上的男人，能把白色穿得有滋有味的真不多，他是獨一份兒。

月徊看得有點呆，「我呢？你們誰管管我啊？」

大夥兒都覺得那麼小號的常服不好找，讓她將就將就，穿著曳撒得了。

就是因為這身皮，以至於接下來讓她在春華樓受到了非一般的待遇。那些眼皮子淺的高麗女人圍繞在她周圍，「大人大人」地，叫出了雞皮疙瘩亂竄的婉轉味道。

把她拱成了靶子，他們好趁機偷歡，月徊看著梁遇和孫知府推杯換盞，起先身邊只有兩個侍酒的清倌人伺候，他對女人也是淡淡的。可不一會兒，老鴇帶進個美人兒來，滿堂佳人在她面前霎時沒了顏色。那嫋嫋眼波，那嫵媚身姿，饒是女人，都要被她迷暈了。

老鴇子也是高麗人，高麗人有這天生的含蓄之美，抱裙跪坐在孫知府身旁，讓這絕色美人依偎在梁遇身邊。老鴇的嗓音像清泉一樣，操著一口流利的漢話，含笑說：「客人是有緣人，她叫多麗，十歲賣進我們樓，花了五年才調理出來的。這幾日正找一位梳攏的官人，要是客人有意，就留下她吧。她琴棋書畫樣樣精通，不知比外面的姑娘強上多少，讓她好好伺候，客人只等著享豔福就是了。」

梁遇調過視線打量，這種經過悉心調教的女孩，不像下等紅倌人那樣一條玉臂千人枕，她們的要價極高，自小被小心供養著，過著連尋常富戶家小姐都望塵莫及的奢華日子。穿最好的衣料，用價值千金的玉容膏，這才作養出一身不俗的風骨，和見了金山銀山也不屑一顧的超然氣度。

前期的投入，是為最後能找到一個出得起價的買主。梳攏後的姑娘一般不再接客，只要銀子花到家，為你守身如玉也不是不可以。

他笑了笑，「高麗果然出美人。」

孫知府極有眼力勁兒，「只要廠公瞧得上，這位多麗姑娘，就算卑職的孝敬。」

月徊看在眼裡，慪了一肚子氣。不過這麼個樣貌的姑娘挨在梁遇身邊，看上去真像一對璧人。

哥哥會留下她吧？會置個外宅安頓她吧？這種煙花柳巷出來的女人，哪裡適合過日子！

月徊急得百抓撓心，見梁遇猶豫，像是要答應的樣子，她忙從美人堆裡掙扎出來，搖著胳膊說：「掌印，萬萬不可，萬萬不可啊！您忘了京裡的夫人了嗎？臨走的時候她吩咐小的看著您，不許您往窯子裡去，也不許您在外頭留情。要是您敢混來，她即刻打發番子把淫窩兒鏟平，還要拿住那個牽線搭橋的，抽出腸子洗吧乾淨了醃鹹魚。您自個兒是不要緊的，但看在孫大人一片盛情的份上，您不能害了孫大人啊，掌印……」

第二十一章　月影朦朧

她痛心疾首的一番呼號，成功把在場眾人驚呆了。

尤其是孫知府，往前一琢磨這位梁少監是梁遇一家子，往後一琢磨掌印夫人那份生猛，真派人來蕩平小小登州府怕也不帶含糊的。這下子自己引薦美人好像闖了禍了，世上什麼最可怕？不是男人的刀劍，是女人的枕頭風！這消息要是傳進京城，廠公夫人再來個一哭二鬧，梁廠公為了自己脫身，難保不把他拽出來填窟窿，到時候真拿他開刀，他小小的四品知府能有幾根骨頭夠他們砍的。

孫知府一臉惶恐，「卑職……卑職並不知道……不知道廠公……」

梁遇冷冷看向月徊，「梁少監，咱家幾時有夫人了？」

月徊睜著眼睛說瞎話的能耐堪稱一絕，她絲毫不顧左右知情者的目光，不慌不忙道：「掌印您忘了，您可有個指腹為婚的夫人啊，雖然您吃著碗裡看著鍋裡的毛病一向就有，但夫人大度，從來不和您計較。現在您逃出夫人的五指山了，就在外頭養外宅，這麼做對不起夫人。」言罷齜牙笑了笑，「不過小的知道，您會懸崖勒馬的，孫大人也不會好心辦壞事。這位多禮……多犁……多麗姑娘，還是留給其他客人吧。這麼好看的臉蛋子，要是有個三長兩短，老闆娘豈不是竹籃打水一場空？」

其實一個青樓女人的死活，並不足以引發太多重視，老鴇擔心的是這位大人物的夫人真會鏟平她的春華樓。她慌起來，訕訕看向孫知府，「大人……您看……」

梁遇站了起來，寒著臉道：「今兒的好興致全被攪合了，這酒不喝也罷。」待要走，又垂眼看了看跽坐在那裡的高麗姑娘，眼波飄飄朝孫知府瞧了一眼，「把人留下，明兒我帶上船。」

他起身離席，所有人便都像潮水一樣退了下去。本來喝花酒就是為了稍作消遣，當真在春華樓留宿是決計不能的。這地界兒不像京城，客來客往，誰也摸不準誰的底細。萬一有個閃失，那折損就大了，紅羅黨不除，不能放鬆警惕，因此這時候藉故離席，恰是時候。

只是月徊這丫頭實在太能胡扯了，梁遇只覺又可氣又可笑。走出春華樓後待要訓誡她，竟發現幾名千戶和少監正湊在一起盤問她——

「大姑娘，真有那個夫人嗎？」馮坦問。

月徊幾乎要翻白眼，「您不是東緝事廠的大檔頭嗎，掌全國上下偵緝之事，連掌印督主有沒有夫人都不知道？」

馮坦被她回了個倒噎氣，訕訕閉上了嘴。

「那指腹為婚呢？」秦九安小心翼翼問：「這個我瞧著有幾分真。我們老家兒也時興這個，兩家交好，兩個大肚子起誓，同性為兄弟，異性為夫妻，就是這個。」

楊愚魯的目光更深了幾分，藉著燈籠的光亮緊緊盯著月徊的臉，「姑娘，您昨兒夜裡扒在老祖宗門上喊得那樣……難道您就是那個指腹為婚的姑娘？」

此話一出，石破天驚，居然像打通了任督二脈一樣，總叫人想不明白的環節，瞬間就豁然開朗了。

原來是這麼回事，兩家早前訂了親，但因後來梁家沒落，掌印無奈之下進宮當了太監。為了不耽誤姑娘，找到姑娘之後以兄妹相稱，便於抬舉姑娘。將她送到皇上身邊，也是為了成全姑娘的前程，以期將來她能攀高枝，兩相得宜。

果然好深的算計，好隱忍的一番真情啊，大家眼中無情的掌印，原來也是這麼有血有肉的人。難怪月徊姑娘最終還是跟著南下了，難怪昨晚借酒澆愁想逼掌印就範，如此這般前後一連貫，簡直比臺上的戲文還要精彩。

這些人忙著探聽祕辛，月徊卻覺得很心煩。

他臨走時和孫知府說了什麼？還要把那姑娘帶上船？他是真拿她當死人了吧？這種吃味的感覺，一下子膨脹得無限大，月徊覺得自己要發瘋，必須找他好好掰扯掰扯。他一個太監，到底要女人幹什麼使？難道真如她早前說的，就算吃不上，看著也香嗎。

她悶著頭，加緊步子趕上他的轎子，「掌印，多麗姑娘身嬌肉貴，在海上飄幾個月，她會受不住的。」

轎子裡的人淡聲說：「妳怎麼知道！別操心別人，多操心妳自己吧！」

月徊執著地說：「我當然知道，您別看我和她都是姑娘，人家是麵團堆起來的人，我皮糙肉厚耐摔打，自小就跑漕船，不一樣的。」

轎子裡的梁遇「哼」了一聲，「她經不經得住，又有什麼關係。我只要她伺候，要是死了，就扔到海裡頭餵魚，橫豎不用妳來搬屍首。」

月徊嘖嘖，「您怎麼能這麼不知憐香惜玉呢，人家背井離鄉不容易，您就別禍害人家了。」

轎子裡的人終於忍不住打起窗上簾子，「怎麼就成了我禍害人？妳沒瞧見那鴇兒巴不得我把人留下？還有，妳鬼扯一通，掃了我的臉，等回了衙門，我再找妳算帳！」

月徊聽得後脊梁發涼，他是咬著槽牙說的，這回真要動怒了，不講情面起來也怪瘮人的。

她錯後兩步，權衡利弊下，還是決定不捅那灰窩子了，「我想了想，您要是執意想帶上多麗姑娘，我也不能枉做小人……那什麼，我這就把人給您接過來。」

梁遇見她要折返，氣得大喝了一聲「站住」，「妳別忙，孫知府自然會辦妥，用得著妳大夜裡來回竄？」

月徊搓著手說：「那怎麼辦？您這也不行那也不行……」

「妳沒聽過，說出去的話潑出去的水？既然敢做，就要敢當。」他哼了聲，重重放下垂簾。

所以掌印大人的名聲被毀了？月徊細想想，其實他名聲原本就不佳，毀一回是毀，毀一百回不也是毀嗎。難道是因為懼內聽起來沒面兒，這才做臉子的？可懼內不是美德嗎，他渾身上下就剩這一點杜撰的美德了，他非但不感謝她，還在這裡大呼小叫，真是不識好人心！

月徊憤憤不平，當然不平完了就剩下害怕了。當時一拍腦袋衝口而出，現在想想的確欠思量。這可怎麼辦呢，她對哥哥的懼怕就像孩子對父母一樣，平時插科打諢都可以，要是真惹得他生氣，後果不堪設想啊。

她心驚膽戰地退回楊愚魯身邊，「楊少監，今晚我能住回船上去麼？」

楊愚魯不大明白，「為什麼？在船上住了半個月了，姑娘還沒住夠啊？」

月徊囁嚅了下，「我剛才胡言亂語編排了掌印，他說回頭要找我算帳，我不是害怕嗎。要是能躲一躲，興許好點兒，明天再見他，他氣也消了，那就天下太平了。」

楊愚魯卻搖頭，「您退讓了，老祖宗明兒真把那個高麗姑娘帶上船，那您怎麼辦？依我說，反正硬氣了一回，就硬氣到底。姑娘是碼頭上見過世面的，幹完了又退縮，不是您的作風。」

月徊聽了，覺得有道理，橫豎破罐子破摔了，哥哥要是被人霸占去了，那她活著還有什麼趣致！

於是到了衙門，用不著梁遇來提溜她，她自己就戳到他眼窩子裡。

他還是那副不冷不熱的樣子，傲慢地打量她一眼，「幹什麼？」

「等著挨您的訓斥啊。」她滾刀肉一樣，在屋子裡溜達了兩圈，「實話告訴您吧，在我沒答覆您之前，您別想和那些亂七八糟的女人怎麼樣。我得替爹娘看著您，咱們梁家是詩禮人家，好人家的孩子宿妓，擎等著被打斷骨頭吧！就算您如今升發了，也不能忘了本，這還要我提點您嗎？」

梁遇哼笑一聲，「我不是梁家的血脈，做了醜事也不和梁家相干。」

「不和梁家相干？就算做了女婿也是梁家人，您想往哪兒逃吶？」

她說得痛快，卻沒想過這話對他內心造成多大震動。

是啊，他現在並不盼著做梁家的兒子，他想做梁家的女婿。這話從月徊嘴裡說出來時，本該帶著幾分羞怯的，可實際呢，她像剛才在人前胡扯一樣，臉不紅，氣也不喘，越是這樣，越表示她對他還是沒有上心。她如今是出於江湖道義，一個殘了的養哥哥砸在手裡，自己不接收，彷彿對不起全天下。

他因她的坦然而失望，別開臉道：「妳要說的話都說完了嗎？說完了就出去，別攪了我的好事。」

他要是這態度，那更不能出去了。月徊賴定了，覥著臉道：「哥哥，您今晚有什麼好事？」

梁遇也不理會她，轉身解了腰帶，把直裰脫下掛在衣架子上。

月徊盯著他不放，「您還不死心呢？在等多麗姑娘來？您身上的傷還沒好利索，人來了又怎麼樣？」

她最會捅人肺管子，梁遇順了順氣道：「我就是讓人做個伴兒，怎麼的，也礙著妳了？時候不早了，快回妳的屋子吧，別再叫我攆妳了。」

月徊說就不，「做個伴兒，我也能做伴兒啊。不就是陪您睡覺嗎，我陪您不是一樣？」她邊說邊脫衣裳，一面嘀咕著，「又不是沒睡過您的被窩，我早就想和您一頭睡了。找個外頭人多麻煩，還得提防她是不是紅羅黨，找我不是現成的嗎，又可信又貼心，何必捨近求遠。」

她脫衣裳，脫得比他還快，脫完了一骨碌爬上床躺下，毫不見外地說：「哥哥，擰把手巾，讓我擦洗擦洗。」

梁遇卻彷徨了，心虛地朝外看了一眼，「快起來，叫人看見像什麼。」

月徊直挺挺地說：「就在昨兒晚上，您害得我在艙房外頭顏面盡失，我現在已經沒臉了。一個沒臉的人還在乎什麼，您不是要人作伴嗎，我給您作伴，您還愣著幹什麼，有話躺下說。」

遇見這麼個胡攪蠻纏的人，實在是沒轍。先前有意吩咐孫知府一句，不過是為了激她，結果這人經不起攛掇，一攛掇她就豁出去了。

梁遇也負著氣，她這麼耍賴是做給誰看？既然她不在乎，他又怕什麼？於是擰了手巾扔給她，「擦乾淨了，我可容不得臭人躺在我的被窩裡頭。」

吹燈，上床，齜牙咧嘴，虎視眈眈。

月徊的語氣十分不屑，「吵著鬧著要帶上那個高麗姑娘，別怪我說話不中聽，您帶上了也就這樣。」

梁遇盯著帳頂，氣湧如山，連連冷笑著，「看吧，嘴上說得好聽，心裡終究瞧不起我，可憐我。」

月徊說沒有，「您是我最親的人，我瞧不起我自己，也不能瞧不起您。我就是覺得您作踐自己，那個什麼高麗女人，不管她是青的還是紅的，反正是個粉頭兒。您和她糾纏，不光我傷心，地底下的爹娘也會傷心。」

然後梁遇便不說話了，就這短短的幾句，讓他讀出了人世的辛酸。不管她對他有沒有發自肺腑的愛意，至少她全心全意為著他好。就像她說的，身邊躺著的人是她，他就不用擔心半夜睡夢裡被人殺了。他當初認汪軫做乾爹，後來又除掉汪軫自己執掌司禮監，知道周圍的人個個野心勃勃，所以他誰都信不過。曾鯨是他一手調理出來的，他對曾鯨也同樣提防，唯獨她，他是可以放心的。這陽世上，什麼都是假的，什麼都靠不住，只有甘苦與共過的親情，才讓人踏實

還好她就在身邊，夜很寂靜，甚至能聽見她的鼻息。

一輪月亮懸在窗屜子上，這樣的夜色，常叫人心生漣漪。慢慢有莫名的小衝動，像蠕蟲一樣爬上來，爬進他心裡，爬上他的指尖。他知道月徊離得不遠，手腕稍稍轉動一下，就能觸到她。

「月徊……」他勻了勻氣息道：「妳是不是覺得太監的身子殘了，就變成了女人，沒有威脅，什麼都幹不成了？」

月徊唔了聲，「我不這麼覺得啊，我看您和少監們，明明還都是男人。只要換下司禮監這身衣裳，外頭誰能把您當女人。」

「我說的不單是表面上看，是骨子裡。」他說著，翻身撐在她上方，「我這樣，妳有什麼想頭？怕麼？」

月徊看著他，屋子裡光線迷濛，他的五官不似尋常凌厲，有種溫潤的美感。只是滿眼都是那張臉，能嗅見他領緣的香氣，暴風雨那晚的情景便不由自主又回到眼前。月徊的心都快從腔子裡蹦出來了，還嘴硬，「怕什麼？怕您吃了我啊？」

他確實很想吃了她，從得知自己不是梁家人開始，一日日的積累，把他的胃口養得越來越大。

她裝糊塗，他也順勢而為，慢慢逼近她，「這樣呢？」

他的臉在她眼前放大，那種心慌，那種喘不上來氣，她覺得自己真要陷進他的無邊美色裡了。

好看的人，只要略微撩撥，就能勾出無限遐想。月徊憋得面紅耳赤，唱反調似的又搖了搖頭。

果然他繼續欺近，最後慢慢地，極溫柔地，在她唇上吻了一下，「那這樣呢？」

月徊又要哭出來了，這回和上回不一樣，這回是有了防備，也隱約猜著了會有這麼一齣，可他親她的時候，她還是覺得羞澀且惶恐。

羞澀是應該的，大多姑娘挨了親，都是這樣感受，然而惶恐，就讓她覺得十分無奈。可能是長兄如父的緣故，他親她一下，她心裡就哆嗦，所以當他問她怕不怕的時候，她慌得忘了回答。

不回答，就包含很多可能，也許是姑娘心慌意亂了，也許是姑娘覺得不怎麼樣，沉默只是為了保全體面。不管她是出於何種考慮，這種時候就不能太講究君子風度。梁遇像個渴了太久，好不容易在沙漠裡找到水源的人，既然掬著了一捧清泉，就該狠狠受用。

「我知道妳膽兒大，什麼也不怕。」他貼著她的唇角說：「妳知道女人上了男人的床，會發生什麼事麼？躺著聊天？除非我是死的。」

他的唇重新落下來，細細地緩緩地描摹，像小時候跟著老師學山水畫，狼毫筆尖在山峰勾勒，一筆不夠再添一筆，然後暈染，著色。反正他是歡喜的，親過幾下挪開看她一眼，越過了心裡最初的那道障礙，他發現自己原來如此酷愛這種動作。

月徊可能已經嚇傻了，如果享受，她應該閉上眼睛，可是她沒有。他便有意問她：「現在呢？妳還願意頂替那個高麗女人，和我作伴嗎？」

月徊覺得都到了這個份上了，挨他親了那麼多下，現在退縮那可虧大了。她的目標是澈底打消哥哥把高麗女人帶上船的念頭，只要他親痛快了，自然就想不起那些不相干的人了。

「我這怎麼能叫頂替！本來和哥哥作伴的就是我。」她說的時候攢著勁，那雙眼睛閃閃發光，「除了我沒別人。」

所以女人啊，意氣用事起來就容易吃虧。他輕輕一笑，「這話是妳說的，千萬別後悔。」

月徊腦子發懵，她到現在才發覺，原來一向正經的哥哥，在床上也有顛倒乾坤的手段。

其實也不需要他多做什麼，就是披散著頭髮，輕飄飄煙視著你，一個眼神一個笑，輕而易舉就能讓你找不著北。月徊開始感慨，長得好多占優勢啊，別人明明吃了虧，也像占了便宜似的……

他的唇又來了，珍重地落在她額上，落在她鼻尖上，落在她眼皮上。她能感受到他的溫情，毫不莽撞地，循序漸進地，撬開她的牙關，火辣辣地糾纏上來。

奇怪，真是奇怪……她有些驚訝，有些羞赧，又有些歡喜，沒想到親密到一定程度，還有這種奇怪的花樣。起先會不適，但很快又有異樣的感受，彷彿舌尖勾連著心，一點震動就讓心停跳，然後一片狂熱的血潮，綿密地推向四肢百骸。

他齧了齧她的唇瓣，說話變成了纏綿悱惻的氣音，微微齉著鼻子問：「這麼作伴，妳怕不怕？」

月徊的不解風情，實在和她欣賞美的能力天差地別，她說：「嚇唬誰呢！不過你是怎麼學會這些花樣的？以前和誰親過？」

梁遇唔了聲，「這種事用不著學。」說罷低下頭，舔了舔她的耳垂，「喜歡一個人，喜歡到一定程度，就什麼都明白了。」

月徊居然因他這番話，認真思量了一回，那她眼下還不知道應該拿他怎麼辦，就說明她還不夠喜歡他吧！

其實並不啊，她是真的喜歡他的，打從第一天見到他起，就折服於他的容貌，不加掩飾地對他垂涎三尺了半年之久。要論情，她除了一時沒法子把親哥哥變成情哥哥，其他真沒什麼可著急的。梁遇這樣的人，除了小小的一點遺憾，還有哪裡不招人待見？然而這大寶貝放在她面前，她確實是無從下口，也不知應該怎麼疼他。

他的手，順著她身側曲線慢慢挪上來，落在她中衣的交領上，細長的指尖輕輕一挑，便挑出一片坦蕩。

月徊很緊張，越是使勁，越顯得頸項瘦得伶仃，鎖骨高高聳立起來，像兩座別致嫵媚的橋。

他一笑，「妳不是說了，不害怕的麼，現在這是怎麼了？」

月徊梗著脖子，咽著唾沫說：「怕……誰說我怕……」

「不怕……」他唇角的嘲諷又大了幾分，「多麗姑娘要是在，可不光這樣，這才哪兒到哪兒。」

月徊眼睜睜看著他俯下來，把臉貼在她脖頸上，動脈裡奔流的血液鮮活，讓他發出一聲喟嘆：「過去十一年，我是行屍走肉，我不知道人活著是什麼感覺。」

月徊雖然心驚膽戰，但讓他還陽的功德，沖淡了這刻的緊張和焦躁。她在他肩上撫了撫，「我看您活得挺滋潤的，敢情是活在陰間了？」

這人真是缺乏想像力，梁遇白了她一眼，「我這麼一說，不過是表達心情。」

她「哦」了聲，「我明白了，您就是缺個女人。有人天天給您渡陽氣，您能活出花兒來。」

結果梁遇的手攀上來，捂住她的嘴。

他不愛聽她說那些沒情調的話，但他貪戀她的身體。十八歲的姑娘，正是熱火朝天的年紀，每一寸骨節都湧動著旺盛的生命力。他活在太監堆裡，活得太陰沉，不近女色，清心寡欲。長久的壓抑讓他扭曲，他知道自己要什麼，只是她還糊塗著。這個他從小看著長大的孩子，一面畏懼他，一面又想著討好他，他常氣得牙根癢癢，但還是捨不得怨怪她。

指尖在她身上遊走，讓她枕著的臂彎輕輕一收，把她收進懷裡。

「月徊，閉上眼睛。」他在她耳邊誘哄。

他的嗓音像加了阿芙蓉，化成縷縷看不見摸不著的妖氣，從她的七竅滲透，一直滲透進腦子裡。她順從地閉上眼，視線被阻隔，覺知便尤為警敏。她能感覺到他周身的熱量，這種熱量像病了，沒來由地讓人心慌。

「哥哥……」

她這麼叫他，他曾經不喜歡這個稱謂，可是這種情況下的一聲「哥哥」，居然讓他品咂出一種羞恥的激蕩。

想法很多，多得不敢去細想，他急於以手丈量她，然而她終於還是壓住他的指尖，什麼都沒說，卻把他從深淵裡拽了出來。

頃刻清醒，他鬆開她，才發現肩頭的傷隱隱作痛。情欲真如麻沸散，居然讓他忘了自己的傷，要不是她一個細微的動作叫停，接下去還不知會怎麼樣。

他翻身坐了起來，輕聲說：「我的傷口好像綳開了。」

月徊忙掩上衣襟跳下床，雙腿著地的時候有些虛軟，她定了定神，才趨身過去點燃了燈。

藥是隨身攜帶的，梁遇脫衣裳的時候居然還有些扭捏。月徊嗤之以鼻，剛才不是豪放得很麼，果然光線一亮他就變成另一個人，如此表裡不一，讓人唾棄。

「快脫吧，不脫我怎麼給您上藥啊。」她兩手一撕，撕開他的明衣，果然見肩頭纏裹的紗布上血跡斑斑，她嘖了一聲，「這還沒怎麼樣呢，就見紅了。」

她就是俗話中的鹵煮寒鴉——肉爛嘴不爛。剛才是誰中途退卻的？這會兒又抖起機靈來，可見還沒受到教訓。

她忙著替他換上藥，手停在他肩頭的時候，他抬手壓住她的，「今晚在我這裡過夜麼？」

月徊心頭趔趄了下，「讓少監和千戶們瞧著……不好看吧！」

她幾時這麼在意面子了？歸根結底都是藉口。

他哂笑了下，「罷了，換好藥就回自己房裡去吧。」

月徊說「得嘞」，手腳麻利地收拾好藥和紗布。臨要出門的時候回頭問：「哥哥，您還帶那個多驢姑娘上船嗎？」

梁遇蹙眉，「人家叫多魚……」

……那高麗姑娘到底叫什麼？經過剛才一場混戰，好像已經想不起來了。他嘆了口氣，「妳不是說夫人不答應麼，不帶就不帶了。」

月徊這下子終於長出了一口氣，折騰這半天總算不是無用功。他早就動過心思，說路上收的女孩兒給她做丫頭。要是真把那高麗女人放在她跟前，她每天看著他們眉來眼去，早晚會被他們氣死的。

她心滿意足從他屋子裡退了出去，順便替他關好了門。回身的時候嚇了一跳，對面廊廡上站著高漸聲和秦九安，正直直看向她這裡。

月徊摸了摸後腦勺，「二位，還沒安置呢？」

秦九安「哦」了聲，「出去採買的人回來了，我才清點完一車貨物。」

月徊又瞧瞧高漸聲，「四檔頭，您呢？」

高漸聲說：「我出來解手，恰好遇見秦少監。」

兩個人對視一眼，「哎呀，真巧！」

月徊看著他們演雙簧，像在看兩個傻子。

「吃飽了撐的，大半夜不睡覺……」她自言自語著，沿著廊廡回自己的臥房。

進門後吹了燈便倒在床上，可是卻無論如何都睡不著了。梁遇的氣息，梁遇的親吻，還有他指尖遊走的軌跡，都讓她惴惴不安。她覺得不好意思，但又不討厭那種親暱。她記得那雙迷離的眼眸，動情的時候雲山霧罩，彷彿隨時能滴下淚來。

可憐見兒的，一定是憋得太久了，她撫著自己的嘴唇想。到這會兒還殘留著酥麻的感覺，什麼無師自通，八成是騙人，他要是不知道裡頭門道，怎麼會懂得那些羞人答答的小訣竅！

月徊心裡又百感交集起來，哥哥二十五歲才找回她，那在她沒回來的那幾年，他是怎麼過的？本來她一直以為太監不能人道，睡在一張床上也不過如此，今天算開了眼界，他們哪怕下半截有欠缺，也照樣有很多法子讓自己得趣。

沒想到哥哥是這樣的人！這一夜月徊睡得不太安穩，到三更的時候才勉強闔上眼，結果睡了不到兩個時辰，就聽見外面傳來廠衛的大嗓門。那呼喝伴著淅淅瀝瀝的雨聲，在她腦門上旋轉出一個小型的風暴眼。

她坐起來，腦子還是迷糊的，心裡琢磨著是不是要動身了，可等了等又沒人來叫門，她擔心他們把她落下，便揉著睡眼過去打開了門。

果然下雨了，雨打芭蕉劈啪作響，這種時令來一場豪雨，正能緩解欲揚的暑氣。廊廡上廠衛穿梭，院子裡停的馬車都蓋上了油布，車上裝的全是需要運送上船的日常所需。月徊幫不上什麼忙，呆站了一陣子，正要回屋，看見梁遇從臥房裡出來，一身牙白的行蟒曳撒，烏紗上垂下赤紅的組纓。搖著一柄摺扇佯佯經過，眉眼間那份風煙俱靜，和昨晚判若兩人。

「福船修繕得怎麼樣了？」他偏頭問楊愚魯，眼波從月徊臉上劃將過去，略一停頓，又飄然移開了。

楊愚魯道：「二十四名船工日夜趕工，已經修得差不多了，今兒就能移回去。」

梁遇「嗯」了聲，「海滄船太小，窩在裡頭施展不開手腳。我瞧那些廠衛都愛吃海鮮，咱家在船上也敢下網打漁，弄得甲板上臭氣薰天，一幫猴兒崽子！」嘴上怪罪，但並不真的生氣，自己倒先笑了，「我挪回福船上，讓他們吃個盡興。只是叮囑他們一聲，海味兒性涼，別吃壞了肚子。要是鬧出人命來，可沒船送他們回去，立時扔下海餵魚。」

掌印心情好，果真大家的日子都好過。楊愚魯笑道：「老祖宗放心吧，小的特地跑了一趟藥鋪，這地方海上貿易彙聚，竟然還有金雞納霜。我把能買的全買下了，以備不時之需。」

梁遇點了點頭，正要說話，見大門上孫知府進來，便含笑拱了拱手。

孫知府滿臉堆笑，哈著腰道：「廠公昨夜睡得可還安穩吶？咱們這兒是小地方，又臨近港口，天一亮就有魚市喧嘩，只怕攪得廠公不得安睡。」

梁遇道：「託福，睡得很好，比行船時舒稱多了。」

「那就好、那就好……」孫知府看了院子裡的馬車一眼，遲疑道：「廠公今日就走麼？外頭正變天呢，何不再歇一日，等天放晴了動身不遲。」

梁遇道不必了，「咱家還有公事在身，不能耽擱。」

孫知府長長「哦」了聲，略斟酌了下道：「既如此，卑職也不敢誤了廠公行程，那……人就直送上船……」

梁遇的笑意更盛了，和聲道：「孫大人的好意，咱家心領了。原本是有這個打算的，但昨晚細細思量了一會兒，海上顛簸，帶個女人不方便，況且家裡頭不讓，咱家也沒轍。人我就不要了，孫大人自己且留著吧，他日孫大人入京，咱家再好好回報孫大人盛情。」

他說完，抬起了手，小太監即刻把傘撐起遞過來。他淡聲吩咐楊愚魯動身，一面望向月徊，「梁少監，還愣著幹什麼？等著咱家給妳打傘？」

月徊一聽，忙點頭哈腰擠進他傘底。待要接傘，他微微一揚胳膊讓開了，只是那秀目婉轉垂眼瞥她，唇角一抿，抿出個欲說還休的笑。

天上下著雨，一路上攢了無數的水窪，雨水落下來，便激得那水窪裡漣漪一片。官衙門前停了車，雖說從衙門到碼頭路途不遠，但萬萬沒有讓廠公步行的道理。孫知府將梁遇送上了車，自己率領門子鄉紳，一路將人護送到碼頭上。天氣不好，但不妨礙臨港碼頭排場盛大。登州府大小官員恭送，船隊上錦衣衛下船接應，那些廠衛們一色黑甲笠帽，個個腰上別著繡春刀。天上雨箭墜落，地上皂靴林立，雨中有種格外肅殺的氣象。

這原是一幫殺人不眨眼的匪兵啊，相對於無情無緒的廠衛而言，言笑晏晏的提督就和善多了。孫知府瞧著這個陣仗有些犯怵，但仍顫巍巍向梁遇拱起了手。

「廠公此行匆忙，卑職等未能盡地主之誼，深感羞愧。原想著再留廠公一日的，可惜廠公要務在身，卑職也不敢虛留。登州是個小地方，沒有什麼能拿得出手的，內子昨兒連夜烙了一百張餅子，請廠公和諸位大人們別嫌棄，帶著路上吃吧，算我們夫妻的一點心意。」

孫知府親手將兩個包袱交到兩位少監手上，楊愚魯和秦九安是辦慣了事的人，上手一摸就明白，只管笑著說：「請孫大人代為道謝，勞夫人費心了。」

眾人嘴上又熱鬧寒暄了一番，終於辭別孫知府登船。船隊在細雨紛飛中揚帆起航，艙房裡兩位少監將包袱放在桌上，解開後不出所料，哪裡是什麼餅子，是成遝成遝的銀票和金條。

梁遇搖扇笑道：「這登州府果真富得流油，別瞧海港邊上整日和魚蝦為伍，那些外邦人上岸交易的稅收，還有疍民捕撈的漁課，一年能抵三個河南。」

秦九安也笑，「以前倒是聽說沿海一帶官員出手闊綽，沒想到這回見了真章。」

月徊在邊上看著，喃喃說：「這麼多錢，少說也有十萬兩。這孫知府圖什麼啊，這麼費心巴結，又是美人又是錢的。」

還能是什麼，「外放官員油水再多，終究是外放的，缺個頭銜，也缺升發的機會。」梁遇倚著引枕，慢慢盤弄他的菩提，一面道：「錢掙夠了，就想進京任職，弄個京官閣老當當。」

唉，真是煞費苦心，月徊感慨：「這位孫知府也夠能扯的，好端端的抬出什麼夫人來，還一夜烙一百張餅，也不怕熱油濺得一臉麻子。」可是說完，發現屋裡的幾雙眼睛都盯著她，她心虛起來，「瞧我……幹什麼？」

梁遇驕矜地一哂，「就許妳假借個莫須有的夫人攪局，不許人家夫人連夜烙餅？」

還真是……這孫知府的腦子果然靈便！月徊訕訕摸了摸鼻子，「我前幾天受了驚嚇，近來神思總是恍惚……」

那三雙眼睛繼續盯著她，彷彿在腹誹，「妳也好意思說得出口」。

月徊加重了語氣，「真的，像昨兒晚上，我被那些姑娘的胭脂嗆著了，不知怎麼就說出那番話來，罪過罪過。」

秦九安和楊愚魯交換了下眼色，忙打圓場，「姑娘是正派人，去不慣花街柳巷。」

月徊有臺階就下，連連點頭，「這話說著了，我也覺得那地方有毒，把人弄得五迷六道的。」

梁遇不聽她耍嘴皮子，微抬了抬下巴吩咐：「都收起來吧，留著將來剿滅了紅羅黨，給廠衛們做賞金。」

肉肥湯也肥，就打這上頭來。上峰得了利，自然虧待不了底下人。兩位少監道是，捲起包袱存放進箱籠裡，復行了個禮道：「老祖宗連日辛苦，受了傷也不得好好歇息。登州府上過了一回岸，下回再想沾著土星兒，得到威海衛。目下船上諸樣都齊備，老祖宗不必操心，且好生養傷，海上潮濕，沒的落了病根兒。」

梁遇點了點頭，秦九安和楊愚魯方退出艙房。一時屋裡只剩下月徊，她和他獨處的時候顯然不大自在，大約因為昨晚那半場風花雪月，她開始意識到他不單是哥哥，也是男人了。

「我……」她張嘴，本想順勢告退的，沒曾想才蹦出一個字，就被他打斷了。

「我身上不舒坦，妳先別走，留下給我鬆鬆筋骨。」他婳婳瞥她一眼，把菩提放在一旁，摘下頭上烏紗遞了過去。

月徊沒法兒，只得上前接了，回身擱在粉彩帽筒上。

「其實我伺候人不得法，怕力道不夠，反倒撓癢癢似的。」她捲起袖子，兩手落在他肩上。

梁遇暗想只要她在身邊，只要觸碰得到，他就百樣受用了。

他閒適地閉上了眼，「撓癢癢不怕，撓癢癢也舒坦……」

月徊小心避開他的傷口，一面問：「哥哥，您還疼嗎？」

這話說得不明不白，倒像是男人新婚第二天問女人的話。他說不疼，「就是心裡空落落的。」

月徊說怎麼會空呢，「您不是才收了十萬兩冰敬嗎，我要是有那些錢，心裡不知道多踏實，哪還有空地兒啊。」

可見這丫頭沒心沒肺，在她眼裡虛頭巴腦的情，從來沒有實打實的銀票來得實在。那雙手在他肩背上揉搓，花拳繡腿真沒什麼勁，他也不嫌棄，只是嘆息著：「再多的錢，也買不來心頭好。錢攢得足了，到頭來不過帳上多添一筆，有什麼用！」

月徊跟著惆悵起來，迂迴開解他：「天下哪兒有白得的便宜啊，您想咱們家早前遭了那麼大的難，要論常理，梁家翻不了身了。我聽過一句話，叫英雄莫問出處，能反敗為勝的，就是英雄。」

「英雄……」他喃喃地說：「受的那些苦，就一筆勾銷了麼？」

月徊自然答不上來，不知他人疾苦，怎勸他人大度。他今天的一切是拿男人的尊嚴換的，說一筆勾銷，太難了。

好在他沒有繼續揪著這個不放，又笑道：「總算還攢下些家私，能保妳吃喝不愁。等回了京，讓曹甸生把帳冊子交給妳，不說親手掌家，至少知道家底兒，心裡有數才好辦事。」

月徊「啊」了聲，有種趕鴨子上架的感覺，「您攢下的錢，怎麼交給我啊……」

梁遇回過頭看著她，瞇起的眼裡帶著危險的成分，「妳的意思是，寧願我把賣命得來的錢交給別人打理，也不願意自己經手？妳究竟是不要我的錢，還是不要我的人？」

這話說得她小鹿亂撞，月徊驀然紅了臉，「我不是……不是這個意思……」

她手足無措，他恰好可以轉過身抱住她。因一坐一站，臉頰便偎進她懷裡。

少女的馨香瞬間填滿他的世界，他滿足地輕嘆：「月徊，哥哥這輩子的幸與不幸，全在妳身上了。我知道不該糾纏妳，盛二叔曾告誡我，讓我不要對妳動妄念，我也盡力克制過，可惜還是忍不住。這世上的人，有哪個不自私？盛二叔看似大義凜然，說什麼不可亂了倫常，如果換個立場，如果我不是太監，如果我才是梁家親生的，結果又會怎麼樣？」他哼笑，「不過欺負我是外人，欺負我是個半殘……」

他越是自暴自棄，月徊聽著就越心酸。

他靠在她懷裡，原本她還有些難堪，可經他這樣以退為進，她反倒滋生出勇敢來，捋捋他的頭髮說：「您別難過了，您的錢和人我都要了。先收人，回京再管帳，一樣一樣來，成不成？」

所以她就是個傻大膽。他仰起臉望她，眼神像無辜的孩子，像等著認養的貓兒狗兒。雖然月徊知道他又在扮豬吃老虎，但還是經不得他這樣。他問「真的麼」，她使勁點頭，「放心吧，我不是那麼膚淺的女人，只要有財有色，其他的都不重要。」

他的眸子閃了閃，眼波便搖曳起來，「那讓我瞧瞧妳的真心。」

一個在外呼風喚雨的人，背著下屬怎麼成了這樣！月徊老漢嬌羞，扭扭捏捏說：「您這麼著，真叫我不習慣。其實您要是訓我，我還踏實點兒……」一邊說，一邊左右環顧，見門外沒人，便彎下腰，在他額上親了一下，「我給您蓋個章，往後您就是我的人了。」

像豬肉上蓋了「梁記」，好有個出處。

她主動親他一下，已經是很大的進步，可他知道她心裡的高牆還沒有拆除。以她的懶散，他這頭要是不逼迫，她很快就會心安理得繼續當她的好妹妹，再也沒有要收人的念頭了。

得她親一下，他的眉眼顯見柔和，那雙眼睛裡星輝璀璨，「還有呢？」

月徊臊得腳趾頭都發燙了，「還……還有……」

「我昨晚可不只這麼對妳。」他笑得和善，笑得眼波瀲灩水一樣柔軟，「妳再好好想想。」

看樣子是躲不掉了，月徊橫下一條心，捧住他的臉先在唇上一親，然後把舌頭探了進去。

梁遇驚得瞪大了眼，沒想到還有這樣意外之喜，正要回敬她，她又挪開了，擦了擦嘴唇道：「我看見海滄船上又下了網子，回頭要是有蝦，我去要一盤，咱們在船尾支個烤架，我給您烤蝦吃。」

狂喜來不及消化就沒了，他苦笑起來，從昨天起他就攢著勁兒想引她上鉤，可惜都是無用功。她心裡還拿他當哥哥，即便糾纏了那麼多回，親也親了，抱也抱了，始終不拿他當可以依託終身的人。

他輕嘆口氣，「月徊，要妳愛我，那麼難麼？」

月徊怔忡地望著他，「我愛您啊。」

她分不清喜歡和愛，您啊您的，都是尊稱。京城是有這個老禮，有時候爺爺和孫子講道理還用「您」呢，可放到平輩間，日常說就透著客氣生疏。也許哪天把這個字換了，她的心境就變了。

他慢慢將菩提繞回腕上，平下心緒站起身道：「我還要看珠池的文獻，妳先去吧。」

他轉眼就變了態度，月徊惴惴不安，臨走再三看他兩眼，確定他沒生氣，這才邁出了艙房。

一個逆境裡長起來的孩子，能糊口就足意兒了，不懂得那些百轉千迴的心思。她跑到外頭，海上細雨紛飛著，起了一點風，海面上渺渺茫茫的，因天氣不好，出海打漁的漁船都見不著。

尋常少監們忙碌，鞍前馬後伺候梁遇，但在海上時候長了，既沒有公文也沒有往來的官員需要應付，便難得地閒在起來。

楊愚魯相比秦九安，少了點浮躁，多了幾分沉穩。他愛喝茶，不像秦九安還到下層去，和千戶番役們擲骰子下注，他就一個人安安靜靜地，在船樓東南角的棚子底下泡一壺茶，慢悠悠品茗，看海上無甚奇特的景色。

月徊出艙的時候，他揚聲喚她：「姑娘來坐會兒？」

月徊「噯」了聲，在他對面落座，看他托起琵琶袖，執起茶壺給她斟茶。

月徊不懂茶，對她來說喝茶除了解渴，沒有其他功能。她抿了一口，淡了呱唧，不過挺香，為了找點話說，便問他：「少監在掌印跟前幾年了？」

楊愚魯算了算，「老祖宗還是少監的時候，我給他做司房，差不多有五六年光景了。當初老祖宗身邊也有紅人兒，派到山西去的駱承良就是，我在人堆裡頭是資質最平庸的一個，好在老祖宗不嫌棄，才有了我的今日。」

月徊點點頭，「您又勤懇又踏實，如今他最信得過的就數您了。」

楊愚魯笑著說過奬，「老祖宗知人善任，盡心辦差的人，他都願意抬舉。不過我瞧著，他老人家這程子好像有心事，這心事且不是咱們能解的，最後怕還要勞煩姑娘。」

那些爬上高位的太監都是人精，月徊知道敷衍也沒用，他們心裡明鏡似的，便托著腮幫子向他打探，「掌印早前，有過親近的女人沒有？」

楊愚魯搖頭，「汪軫在的時候，衙門的公務就已經扔給老祖宗了，那會兒老祖宗又年輕，光是應付差事就得夜以繼日，哪兒來的工夫找女人。連現在的提督府，都是咱們催了好幾回才著手建的，一個不想蓋房的人，沒有成家的心思。」

月徊「哦」了聲，捧著茶盞道：「我聽說連秦少監都有人了，您呢？您有伴兒麼？」

楊愚魯倒也坦誠，頷首道：「有的，不在宮裡，外頭私宅養了一個，湊合著搭夥過日子。其實咱們這號人，原不該生這種心思，可太監也是人麼，也有受委屈遭白眼的時候。在宮裡做奴才，到家有個知冷暖的人，哪怕說兩句窩心話，也能解了一天的乏。都說男女之情，無非那個……」他赧然笑了笑，「咱們那宗上頭欠缺，對情的要求反比尋常人更高，所以和太監作伴不容易。姑娘既然和老祖宗指腹為婚過，自然比外人好千百倍，兩下裡體諒，不為難的。」

月徊聽了他的話恍然大悟，怪道梁遇人前驕縱人後彆扭，原來就是缺人心疼。她自覺已經很愛戴他了，可光是愛戴還不夠，那人得寵著。

不過梁遇這人不好相與是真的，月徊說：「我回來這麼長時候，也不知道他喜歡什麼。咱們說投其所好才能拉攏人心嘛，我瞧他什麼也不缺，什麼也不上心，連昨兒看上那個多餘姑娘都是假的。」

楊愚魯琢磨了下道：「老祖宗這些年，確實獨來獨往慣了，連他近身伺候的人，在回了私宅之後也不讓跟在身邊。不瞞姑娘說，早前咱們當差一直戰戰兢兢，生怕什麼地方疏漏了，惹得他老人家不高興，又要吃掛落。這程子因您回來了，老祖宗高興到了心縫兒裡，逢人也有個笑模樣了。」

梁遇不是有個諢名叫「太歲」嗎，其實早年沒有上位之前，底下人悄悄管他叫「夜貓子」。不光是他常半夜巡視的緣故，更因為這人不將就，要是叫他盯上，那就倒了大楣，要遭殃了。

大鄴的司禮監，高宗時期開始創建，起初也不過是個尋常內侍衙門，專管皇帝出警入蹕事宜。汪軫掌權那會兒，尚且和御馬監分庭抗禮，直到梁遇接管，因著他是皇帝大伴，這才徹底將這個衙門推向全盛。

一位了不起的開山鼻祖，見天和你嬉皮笑臉，那是絕不能夠的。加上他的長相原就讓人生出距離感，一旦大權在握，愈發不可攀摘。

人活著，誰還沒點脾氣呢，不過小人物的脾氣最後都被馴化，大人物的脾氣萬古長青，屹立不倒罷了。

楊愚魯含蓄地衝月徊笑了笑，「姑娘用不著琢磨老祖宗的喜好，琢磨也琢磨不透。橫豎只要順著他的意，萬事都答應，就不會觸了逆鱗。咱們越往南，天兒越熱了，人一熱就犯毛躁，我和幾位千戶先前還犯嘀咕，就怕老祖宗經不得南邊的氣候，到時候大家日子都不好過。」

月徊忽然有了種重任在肩的責任感，「您幾位還指著我呢？」

楊愚魯算得世事洞明的，他說：「姑娘不是為著咱們，是為著老祖宗。他老人家也不容易，腥風血雨闖過來，多少回險象環生，撐到今兒實屬命大。如今二十六了，底下二十郎當歲的司房都張羅找伴兒了……」

月徊抬了抬手，示意他別說了，「反正你們全覺得我對他有非分之想，那天夜裡我拍門的經過，你們也瞧見了。」她「唉」了聲，站起來摸摸額頭，「我知道您的意思，就是讓我臉皮再厚點，對他再放肆點，掌印面上正派，其實心裡喜歡，是不是？」

楊愚魯算是服了，這位姑娘是真敢說話，說起來一針見血，毫不藏著掖著。就得要這份果敢，楊愚魯朝她豎起大拇哥，「姑娘您真局器！」說罷給她斟茶，「來，再喝一杯。」

月徊擺擺手，「不喝了，灌一肚子水，回頭吃不下海鮮。」

她信步踱開了，隔一會兒，海滄船上吆喝起來，離了十來丈遠都能聽見，分明是又捕了一大網。那些拿刀的廠衛們，骨子裡也有貪玩的天性，很多時候並不單是為了吃，更多是為享受捕撈的過程。

月徊趴在船舷上瞧，扯著嗓門喊：「大檔頭，給我留點好的。」

馮坦當風揚了揚胳膊，表示沒說的。

然後為了傳遞海味，兩船幾乎船舷貼著船舷。福船比海滄船高很多，最後是從福船上放下吊籃，才吊上來滿滿一大籃的活魚活蝦。

那蝦是真大，放在手掌上比一比，頭尾超出一大截。月徊還從裡頭發現個稀罕巴物，軟綿綿雞蛋一樣的東西，拿手一扽，扽出了一隻八爪魚，那個光滑的蛋形，原來是它的腦袋。

八爪魚的觸手之靈活，簡直如同落地生根，在月徊還沒來得及撒手的時候，無數大大小小的吸盤纏上來，嚇得她頓時雞貓子鬼叫。

那一嗓子，驚動了艙房裡的梁遇。梁掌印這會兒顧不得髒，不由分說上去救駕，拽著八爪魚的腦袋就往下扽。那爪子上的吸盤吸著皮肉，硬被撕扯下來時，像烈日下曬裂的豆莢劈啪作響。最後魚拽下來了，腦袋也拽掉了，裡頭墨囊濺了滿手。梁遇大張著五指無所適從，月徊還要擼起袖子讓他看，「快瞧我這一身雞皮疙瘩！」

聞訊趕來的少監們見了，知道大事不妙，儘量用平和的語氣說：「老祖宗，小的命人備水，您擦洗擦洗，換了這身衣裳吧。」

月徊也老大的不好意思，「您別上火，我來伺候您。」

梁遇已經氣得沒轍了，又不好在外人面前責備她，只是蹙眉問她：「妳招惹那魚幹什麼？」

月徊說：「吃它。」

「後來呢？是它吃了妳，還是妳吃了它？」他無可奈何，這麼些年從沒弄得這麼狼狽過，一手一身的墨汁子，還帶著一股隱隱的腥味，薰得他直犯噁心。

少監和近身的司房們如臨大敵似的把他迎進艙房，打水的，侍奉他更衣的，好一通忙活。他把手按進水裡，胰子打了一遍又一遍，可那墨汁子浸入了指甲縫，想洗淨不容易。

於是眉擰得愈發緊了，邊上的人又不好上手給他擦洗，最後還是月徊撈起袖子，一把抓住他，嬉皮笑臉地說：「我來我來，要慢慢地搓洗，像您這麼著急，皮都該蹭破了。」

少監和司房們鬆了口氣，因為老祖宗臉上神色分明和緩了不少，這位月徊姑娘真是治病的神藥，只要她一出馬，大夥兒立刻就有救了。

都是識趣的人兒，這會子戳在眼前不方便，艙房裡眾人都退了出去，月徊心裡還惦記著楊愚魯的話，打算好好疼一疼哥哥。

「您坐。」她拿眼睛示意他，手上說是搓洗，其實像在撫摸，「瞧瞧這肉皮多嫩，不能下勁兒，要是搓壞了可怎麼辦！就得這麼輕輕地……」邊說邊瞅他，「您就說，受用不受用？」

梁遇起先面色不善，經她這麼撩撥，臉上隱隱顯出尷尬之色來。抽了下手，沒能掙脫，便也由她去了，只是嘴裡還在教訓著：「幾時能改了這親自上手的毛病？那是個八爪魚，逮了就逮了，要是條蛇，妳也這麼冒失？」

月徊不敢頂嘴，一徑諾諾稱是，「我記住教訓了，這不是著急嗎，想拿它給您烤著吃。人說吃哪兒補哪兒，您肩上受了傷，它胳膊多，吃了能補您的虧空。」

她說的比唱的還好聽，原本他還置氣，誰知道孩子竟是存著這樣的好心，便也不忍苛責她了。

她極耐心極仔細地在他指縫間穿梭，輕柔的分量加上水的浮力，觸碰得曖昧。他還記得早前南炕上擺桌給她表演竹節人，炕桌底下牽絲轉交時，那看不見摸得著的巨大震撼。

那時候心裡有事，不敢讓她窺出端倪，拚盡全力地壓制著，壓得那麼苦。如今她雖然還不開竅，但他蠻狠地拽動了愛情，她已經落進他的網子裡，回頭無岸了。

可惜墨汁子洗不乾淨，指甲邊緣的暈染讓他很不稱意，但月徊有她哄人的技巧，她旋過來，挨在他身邊，狗搖尾巴似的說：「這是哥哥從魚嘴下救我的見證，洗不掉才好呢，看見這個就想起我啦。」

梁遇失笑，「是看見這個就想起八爪魚了，和妳有什麼相干？」

月徊自作多情著，「我記得您小時候最怕那些滑溜溜的東西，剛才為了我，您想都沒想就拽那魚，我都看在眼裡呢。」

說起小時候，梁遇有些失神，是啊，其實他自小也嬌生慣養，怕這怕那的。後來遭逢驟變，家門頃刻坍塌，他從官家少爺變成了下等火者，才知道那些怕都能克服。如果還想退縮，只是因為沒被逼到那個份上。

他牽了下唇角，悄悄同她十指相扣，「妳心裡明白就好。咱們的事上頭，我是有些咄咄逼人了，可我也作不得自己的主，請妳見諒。」

月徊耳根子發燙，垂首喃喃自語著：「我覺得我命挺好，爹娘雖走得早，也沒虧待我，給我留下個童養夫，用不著費心再找人，省了好些事。」

這話一出口，梁遇心不甘，「什麼童養夫……」

月徊瞥了他一眼，「不是嗎？那我不給您洗手了……」

她想鬆開，可惜沒成功，他緊緊扣住她的手道：「往後別您啊您的了，就你我相稱吧。我用不著妳敬重我，把我當個尋常人，譬如對小四那樣對我，也成。」

月徊直搖頭，「小四老挨我揍，我可不敢那麼對您。」說罷發現這習慣改不過來，笑道：「我先把這茬改了吧。」一面回身取巾帕，把他的手撈起來包上。隔著棉紗細細地擦拭，那份無微不至，簡直像娘對兒子。

所以男人得這麼寵著，順著他的意，又不能太不見外。月徊對他的感情一度相當複雜，不過本就存著覬覦之心，在捅破了窗戶紙後彷徨了一陣兒，漸漸也就品咂出另一種截然不同的風味了。

不討厭他時不時渴望親近的心，也不討厭他暗中的一些小動作。月徊曾經短暫地喜歡過皇帝，然而皇帝和哥哥相比，居然就像楊愚魯的那壺茶，著實地淡出鳥來。月徊是個俗人，自來喜歡大紅大綠，大富大貴，感情上頭也是如此。越是煙霧繚繞，火星子四濺，越是激發她離經叛道的豪興。

她在船尾上翻轉著烤串的時候想，宇文家送了那麼個美人兒進宮，皇帝眼下八成早把她忘到腳後跟去了。這樣很好，她等著回去倒打一耙，然後輕鬆脫身，好和哥哥雙宿雙棲。

仰頭看看，天公作美，離開登州的時候還下著雨，等到了傍晚時分紅霞滿天，入夜便星輝無邊了。船隊日夜兼程，夜裡除了船工，剩下的人都各自找樂子，在甲板上搭流水席，廚子一造兒接一造兒地上海味。月徊架的小爐子像在方外，船尾沒人來，她就帶著梁遇，在那裡辟出個清淨地，盤著腿舔著唇，一手翻串一手打蒲扇。

梁遇本來不愛吃那些，經不住她的好意，也進了兩隻蝦，一條魚。酒是管夠的，月徊邊喝邊嘀咕：「等明年，我要拿楊梅泡一缸酒。楊梅酒就海鮮，吃得再多也不怕鬧肚子。」邊說邊剝了一隻蝦遞過去，「哥哥吃吧。」

梁遇接過來，曼聲問她：「月徊，妳心裡的好日子，是什麼樣的？」

月徊想了想，「有吃有喝，兜裡有錢，身邊有哥哥。」

月下的梁遇微笑的時候，有種說不出的靦腆滋味。好看的人任何一個動作，都有流雲般淡泊的蘊藉，他一手撐著身子，一手挑在膝頭，那蝦串慢悠悠顛蕩，他的語氣也慢悠悠地。

「我在做隨堂的時候，也曾親自出去拿人，那時候經過一個村子，看見有戶人家生了一兒一女，兩個孩子在籬笆搭的圍牆裡頭嬉鬧，大人就在一旁看著，那才是真正的煙火人間……」

他話裡透出豔羨，想必那是植根在心底深處最美好的嚮往吧！

月徊知道他的難處，有些東西是不能碰觸的，便道：「等將來，咱們也領個孩子養活。擎小兒養的有良心，將來知道孝敬。」

梁遇聽了，抿唇一笑道：「妳不想要自己的孩子麼？」

月徊喝了口酒道：「抱養的孩子也是自己的孩子啊，我一樣心疼。」說完覰覰他，「咱們抱個好看的，像哥哥這麼俊的。」

他搖頭，「難找。」

月徊「哈」一聲笑起來，笑過再思量，也同意他的說法，「是難找，不知道什麼樣的人家，才能生出這麼好看的孩子來。不過……你想過找親生父母麼？」

他閉了閉眼，臉上神情淡漠，「我不缺老子娘，找著了幹什麼使？」

月徊聽完鬆了口氣，「我也不願意你找，有了自己的親爹親媽，咱們的爹媽多可憐，自小捧大的孩子說丟就丟了。」她抱膝問，「那你說，咱們養一個好麼？」

他在昏暗的光線中深深看她，「替別人養孩子，妳倒甘願？」

月徊說沒什麼不甘願的，「只要認準他，怎麼著都值了。」

然而梁遇緩緩搖頭，「養別人的孩子講究瞞，我這身分，怎麼瞞？親的疏不了，疏的也親不了，別讓自己委屈，也別叫人家孩子為難。」

月徊惆悵不已，他的心思不好琢磨，她以為他看見人家的孩子眼熱了，可她說要抱養一個，他又不喜歡。

她神情沮喪，梁遇知道她在想什麼，這丫頭說她傻，她也懂得思慮長遠。他呢，並不因生養的事而困擾，探過手指，輕刮了下她的面皮，「我的月徊長大了，開始想那些羞人的事了。」頓了頓，哀婉又惆悵地長吟，「我那麼貪，偏要留住妳，倘或什麼都給不了妳，叫我怎麼對得起妳……」

月徊的見識相較於深閨裡的姑娘，也算廣的，她以前帶著小四走街串巷，去的最多的就是教坊煙館。那地方的紅男綠女，污濁得不像陽間人，也有狎妓的內侍大太監，先是聽歌賞舞，後來就摟著女人進房。不知道他們有什麼手段，弄得那些女人連哭帶喊，那種調門兒，像五更時的雞啼，又尖又利，直捅到天上去。

見識雖足，可她沒親身體會過情滋味，也不知道他這樣半吞半吐的，究竟是什麼意思。只是兩情相悅了，就得睡在一張床上，她暗暗掂量過，要讓男人得趣，是不是就得女人受罪……其實原不該想那些的，哥哥這麼乾淨人兒，往那上頭想是玷污了他。可這事又是必須，既然不做兄妹，就得有另一種身分來拴住彼此。他說她長大了，開始琢磨羞人的事了，這話讓她汗顏，但經過登州府衙留宿的那半夜，怎麼能不想！

也許想才是對的，不想反倒壞事。其實和他在一起，就跟神仙不食人間煙火似的，也挺好，可他的想法顯然不僅於此。月徊有時候覺得哥哥心裡藏著一頭吃人的獸，言笑晏晏背後是血盆大口。他的性情好時雖好，但每常也陰晴不定，說到根兒上，還是因為他自卑，怕她現在青澀不懂事，以後老練了，想頭多了，漸漸會嫌棄他。

「您別怕對不起我，」她不假思索地說：「陪您一輩子是我自願的。您看您，人又怪，名聲又壞，我要是不接著，您就得打光棍。」

梁遇聽著她那些直眉瞪眼的話，不知道拐彎兒，很有梁月徊的特色。原倒也沒什麼，只是一口一個「您」，他心裡知道，那些故作輕鬆都是表面文章。她心底裡當真認同他們現在的關係嗎？恐怕未必。

可他不忍戳破，就這麼含糊著，能騙自己一日是一日。他笑了笑，「這話很是，我也知道自己的毛病，瞧著花團錦簇，其實願意和我搭夥的人不多。」

他垂手，撿起一旁的通條，鬆了鬆盆底的炭火。綠色的火焰照亮他的眉眼，他眼睫深濃，看不見眸底的鬱色。

月徊說怎麼了，「剛才不還好好的嗎，我怎麼瞧您不高興呢？」說著醒過味來，忙捂住自己的嘴，「我又忘了！這些年在京畿地界兒上，每個打交道的都是爺，都得這麼尊稱人家。」邊說邊挨過來，輕輕勾住了他的胳膊，「你可別惱，我說著說著就忘了，你要是聽見了，就訓我兩句，我下回一定不犯了。」

他倒顯得很寬容，「不著急，慢慢來，這稱呼本來沒錯，不過是我太講究，太性急了。」

月徊這才放心，她就怕自己有時候口沒遮攔，傷了哥哥也不自知。

仰脖兒看看天，今晚夜色真好，一條天河在頭頂橫貫，不知怎麼，那些星星也慢慢挪動起來……她揉了揉眼皮，「我有點兒暈了。」

她喝酒沒什麼章法，直龍通地往下灌，喝得太急了，容易上頭。嘴裡說著暈，人便崴下來，賴皮地枕著他的大腿，端端正正躺著，兩手擱在肚子上，滿足地一長嘆：「就這樣，容我躺會子。」

他起先有些不自在，但同她親近了兩回，那種防備的心思也漸次淡了。月下看她，玲瓏美好，因人躺著，曲線畢現。

原不該看的，也不該時時有那種旖旎的心思，她還是妹妹的時候，他連想都不敢想。如今邁出了那步，很多感情洶湧如浪，就不由他控制了。

他的指尖微涼，落下來，輕輕撫觸她的唇瓣。月徊濛濛睜開眼，笑著說：「哥哥怎麼了？別不是還沒吃飽吧？」

這話聽起來一語雙關，也許她並沒有別的意思，不過是他自己想得過於複雜了。他赧然一笑，「人心哪有足意的時候……我喜歡妳的嘴唇，生得極好看。」

月徊最愛聽人誇她，寥寥兩句，也讓她打了雞血似的。

「真的？」她勾起頭，一雙眼睛晶亮，「你再說說，我還有哪裡長得好看。」

真是不經誇，他笑得愈發深了，曼聲道：「我瞧著，哪兒哪兒都好看，哪一樣都不能換。就要這樣的鼻子，這樣的眼睛，這樣的脾氣。換了一樣就不是妳了，我都不喜歡。」

月徊扭捏起來，嘀咕著：「沒看出來，你這麼能誇人吶。我以前瞧你老是板著臉，那些少監見了你連大氣都不敢喘。」

他哼笑了一聲，「這世上，不是憑誰都能受用好臉子的。太監是賤骨頭，你不發威，他們當你軟柿子拿捏。別瞧他們現在個個俯首貼耳，早年間可不是這樣。就得把他們踩在腳下，叫他們怕你，這麼著他們才知道忠心，才知道反了你沒有好果子吃。」

月徊聽他放狠話，臉上還是笑吟吟的，「可我知道你也恩威並施呀。像上回遇著風暴，死了那麼些人，我以為那些落水的屍首你不會再管了，沒想到費了那麼大的周章把人撈上來，還專程打發鷹船送他們回家。」

說起那場風暴，他便沉默下來，那樣昏天黑地絕處逢生，對活著確實有了更深的感悟。不過月徊瞧事，還是只瞧表面了，他慢慢說：「讓他們魂歸故里，一則是安撫其他人的心，二則是給朝廷看，給皇上看。」

月徊「嗯」了聲，腦瓜子繼續迷糊著，沒鬧明白。

梁遇望向遠處渺茫的天際，喃喃說：「讓朝中知道此行不易，九死一生，才好堵住他們的嘴，讓他們不敢輕視司禮監，不敢輕視我。至於皇上，這些年成功唾手可得，忘了自己的斤兩。我這趟兩廣之行越艱難，他理政上頭摔了跟頭，才越得低聲下氣來求我。」說罷美目一轉，笑道：「妳這程子看見的勾心鬥角只是皮毛，更深的告訴妳，怕嚇著妳。人活著，不到那份交情，不能真心對人，有時候面上為著妳，其實是衝著更大的利益。」

月徊怔忡著，想了想還是固執地認準了，「反正這回辦的是好事。你也別老把自己說得那麼壞，誰還沒點私心呢。」

她裝模作樣翻個身，這一翻身可正對著他的肚子了，她在暗處兩眼睜得溜兒圓，就盯著他臍下三寸，越隱祕的地方，她越有興趣。

罪過啊，其實她先前真沒那份好奇心，也是到了這個裉節兒上才突發奇想。梁遇顯然不適，下意識往後讓了讓，可惜腿被壓住了，他不能動彈。

這丫頭有時候滿腦子亂七八糟的東西，這回不知道又在打什麼算盤。他只好儘量引開她的注意力，「我接了京裡奏報，各路藩王送還的姑娘都進了宮，只差南苑王府了。」

月徊隨口「唔」了聲，再一想又覺得不對，「咱們出了大沽口就遇上他們，這都過去多長時候了，論理說早該到了。」

梁遇說是啊，「除非那位郡主有意拖延，不肯進宮。」

月徊瞠大了眼睛扭頭看他，「你的意思是，她和小四真有事？」

梁遇嘆了口氣，「朝夕相處兩三個月，什麼事不能發生？」

月徊訝然，「這小子長行市了啊，那回見了我還假模假式說掙夠了錢要養活我，不讓我在宮裡伺候人呢，原來早和人家姑娘勾搭上了。只是天下好姑娘那麼多，幹嘛給自己挑了一條那麼難走的道兒啊！」

這條路走不下去，人人都知道，可走與不走，哪能由自己做主。

梁遇替她抿了抿頭，漠然道：「宮外小來小往還猶可，要是進了宮再黏纏，可沒人救得了他們。」

月徊心裡亂起來，「小四是個糊塗小子，我怕他一條道兒走到黑。他這是瘋魔了嗎，才吃上飯就想那齣，自己腰還沒人家汗毛粗呢……哥哥，你給曾少監傳個口信，讓他去找小四，和他說明白，成不成？」

梁遇說不成，「要是事情不到那個地步，這麼一來反倒給他們提了醒。況且多個人知情，不是什麼好事。」

月徊說：「我那天瞧著郡主叫小四那份溫情，就知道裡頭不簡單。你就別琢磨了，想轍讓郡主進宮吧，只要把他們分開，這事就過去了。」

梁遇原本不大願意過問別人的事，可又經不得她催促，只得一徑道好，嘆著氣道：「這也是為著妳，就破一回例。否則宮闈裡頭越亂，對司禮監越是有益。」

於是一封飛鴿傳書到曾鯨手裡，曾鯨接了令，立時出宮去了東廠衙衙。東緝事廠雖說人手抽調了不少，但京裡所剩人員也有七八千，進了衙門照舊是一派森然氣象，和梁遇在時沒什麼兩樣。

眼下是三檔頭主事，曾鯨讓他把人傳來，等了會兒才見小四急急趕到，見了他便揖手：「少監找我，有什麼示下？」

曾鯨因他和月徊的關係，自然拿出好臉色來，和聲道：「西洲啊，各藩來的人都進宮了，如今只差南苑。皇上今兒問起，皇后娘娘那頭也預備見過了人，好一一擬定位分。你得了空上南苑王行轅問問郡主，什麼時候能移駕。只要人進了宮，你的差事就算交了，督主有話留下，說即刻升小旗，底下那些番子也不好眼紅。」

小四聽了，猶豫著說：「這趟差事不是我一個人經辦，就我升了司小旗……」

曾鯨「嘖」了一聲，「所以才讓你勸郡主進宮，說動了也是大功一樁。」言罷端著茶盞笑了笑，「你們一路上總有些交情，你去勸說，比司禮監出馬強。南苑打發人進宮，也是盼著郡主得寵，皇上跟前能掙個臉，如今這麼拖著……不是方兒。到底將來要在宮裡頭，在皇后娘娘手底下過日子的，驕矜得過了，大家看著不好看相，對郡主將來晉位也沒個益處。」

梁遇教導出來的人，說話自留著三分餘地，點到即止就夠了，不會直剌剌地戳到人面兒上去。小四心裡明白，垂手應了個是，送走曾鯨後在衙門徘徊了好一陣兒，將到入夜時分才打定主意往廊坊衚衕去。

南苑王因是藩王，遷都之後進京朝貢不便，憲宗皇帝就在廊坊衚衕指了一處宅邸，作為宇文氏的行轅。珍熹格格進京後一直住在行轅裡頭，住了有六七日了，決口不提要進宮的事。大概因為她的豔名已經結結實實傳進了皇帝耳朵裡，皇帝為顯大度，並不急於催促，但萬事都有度，到底司禮監的人出面了，那宅邸也不能再住下去了。

南苑的規矩很嚴，頭道門房傳二門，垂花門再傳裡頭院門，等了會兒才見人出來回話，說：「四爺，格格有請。」

小四隨婆子進去，院兒裡空空的，也不見珍熹的身影。他茫然四下尋找，身後一道雲般輕柔的分量依偎上來，抱著他的腰說：「你老躲著我，我以為你再也不見我了呢。」

小四紅了臉，慌忙解開她的手連退好幾步，垂眼道：「請格格自重。我今兒來，是替司禮監堂官傳一句話，格格要是準備周全了，宮裡這就打發人來接您進去……」

「我不想進去，我就想和你在一起。」她的聲音溫柔，讓他想起春天時，農戶人家孵化出來的小雞子，鵝黃色的，又漂亮又柔軟。

「趁著我還沒進宮，還有機會，你帶上我，咱們逃吧！」她往前一步，繁複的點翠頭飾下，那明眸皓齒美得如同一幅濃麗的畫。

從相識那天開始，就是她步步緊逼，他避讓不及。祁人本是馬背上的民族，不論男女都弓馬嫻熟，因此相較一般的姑娘，她火熱大膽，也讓人招架不住。

從金陵城到臨江碼頭，車馬要走上兩天，晚間在半道上紮營，那時候天兒還冷，生了篝火，她在篝火邊上給他跳了一支舞，跳完就對他說：「我沒看見皇帝是什麼模樣，我先看見了你，將來我喜不喜歡皇帝不好說，但我現在喜歡你。」嚇得他手裡的饅頭落地，那晚挨了一夜的餓。

一個百裡挑一的姑娘，不可能沒有城府，小四知道她有目的，但卻不明白，她這麼做究竟是為什麼。她是蜜糖捏的人兒，對於沒有見過大世面的窮孩子來說，年紀相仿，美貌奪目，已經足夠讓人找不著北了。從南苑到北京這一路，她的美麗和果敢像太陽一樣照耀著他，這種金玉裡長出來的嬌花兒，怎麼不讓人心生嚮往！

可是不能夠，他又往後退了一步，「我是個沒家沒業的人，連個司房都沒混上，我能帶您去哪兒。」

「隨便去哪兒……」她哀聲說：「我害怕進宮，怕在宮裡站不住腳，怕皇帝不喜歡我。」

「不會的。」小四說：「皇上一定會喜歡您的……」

可她像個妖精一樣纏上來，那無處不在的玉臂緊緊摟住他，「我怕宮裡寂寞，怕生不出皇子，被打入冷宮……西洲，你忍心見我過這樣的日子嗎？」

小四心慌意亂，「格格，我不過是個庸人，您到底想讓我為妳做什麼？」

然而珍熹卻不說話了，連空氣都靜止下來，那雙深邃的眼睛望著他，眸中金環緊緊圈住了他，隔了很久方啟唇，「如果你也讓我進宮，我可以聽你的，但是你得答應我一件事，在我需要的時候，進宮來瞧我。」

小四愈發糊塗了，「宮裡不是尋常廠衛能進去的……」

珍熹說：「只要你想，沒有什麼幹不成的。梁遇是你乾姐姐的哥哥，宮裡那些太監自然讓你三分面子。你是知道的，皇帝體弱，登基兩年就生了好幾場大病，將來怎麼樣，誰也說不準。我孤身一人來到京城，總得有個依靠……」說著將唇探過去，在他耳邊吹了口氣，「我不願意找別人，那些人看我的眼神，個個叫我噁心。我知道你也喜歡我，那幫我這個忙，應當不為難吧！」

第二十二章 天青如洗

小四驚得臉色大變，「這……這……這是大逆不道，要剝皮抽筋的啊。」

珍熹目光灼灼望住他，「怎麼，你不願意麼？」

小四自然不願意，他一直覺得珍熹行事作風詭異，也知道她必定有所圖，但萬萬沒想到，她竟然打著這樣的主意。

因為南苑隨行的人雖多，除了幾個嬤嬤丫頭，剩下那些人帶不進宮裡去。她瞧準了他，說喜歡不喜歡其實都是嘴上敷衍，要緊一宗，就圖他和梁遇能沾上一點關係。

其實要說進不得宮，倒也不儘然，至少領了牌子的廠衛能進神武門，能入司禮監衙門回事。分隔民間和皇城的，不就是那座神武門麼，只要穿過那道壁壘，想見一面並不難。

然而和嬪妃往來甚至走影兒，拿住了是什麼罪過，實在不能想像。就算他無父無母，也不是孑然一身，到時候牽連起來少不得害了月徊，拖垮梁遇。珍熹就是瞧準了梁遇為求自保不會袖手旁觀，最後不得不和宇文氏拴在一根繩上。同榮同辱，可比那些身外之物堆砌起來的交情靠譜多了，原來她費盡心機，所求竟是這個。

小四覺得失望，要說對她的感覺，那樣美麗的姑娘世間少有，任誰瞧上一眼都會失了魂魄，他也不例外。他原本是存著僥倖，覺得興許自己真有那麼好的機緣，認識這麼一個絕色，不想那些嘎七馬八的東西，單是做朋友，那也三生有幸了。

可惜，她的算計讓他發現自己那一腔熱血太不值錢了，在她看來，他就是個出了事能禍害梁遇的傻子，別無其他。他捂著耳朵退後兩步，「對不住您了，這事我幫不上您。非但幫不上，您要是敢胡來，我還會把您的原話告訴督主，一切等他老人家定奪。」

珍熹傻了眼，「你這人……我原還說你憨直，原來你不光憨直，還缺根筋。」

小四道：「隨妳怎麼說，你們宇文氏想在朝中有一席之地，也不能讓妳幹這種事兒。妳以為這是在保全自己，在替宇文家掙臉？其實是在折辱妳自己，妳不明白麼！」

珍熹被他疾言厲色一通訓斥，剛才那種妖嬈嫵媚的氣韻霎時消退了，有些懵，又有些可憐地站在那裡。像要變天，慢慢蹙起眉頭，慢慢堆起了滿眼的淚，最後淚水越積越多，劈啪地砸下來，仰著脖子咧著嘴，嚎啕大哭起來。

小四慌了，「妳……妳哭什麼……」

珍熹大淚滂沱，「我不過和你開個玩笑，你這榆木腦袋，竟然還當真了。」

可究竟是不是開玩笑，只有她心裡最知道。

她以為這世上很少有男人能拒絕這種誘惑，沒想到在他這裡碰著了釘子。其實喜歡他是真的，想拉攏他也是真的，只是算錯了他的心，他不是那種得知利己就從善如流的人，他知道取捨，也懂得守正。

令她對他刮目相看的，不單是他義正辭嚴拒絕了，更因為他那句「折辱妳自己」。他說得很對，說進了她心坎裡，她是帶著宇文家的重托和厚望進京的，家裡人不遺餘力地告訴她，成敗在此一舉，宇文家能否中興，全看她能不能在紫禁城裡站得穩腳跟。為了成功，她可以豁出一切，將來進宮便要媚主，要不惜代價生下皇子……至於她自己喜不喜歡，情不情願，壓根不重要。

可是怎麼能不重要，她才十五歲，十五歲本該是偎在額涅[2]身邊學女紅，偶爾聽說誰家少年郎風姿卓然，想辦法偷偷看一眼的年紀，為什麼要這麼糟踐自己！無奈家裡人一心為著所謂的「大業」，時候一久她也漸漸麻木了，可忽然聽見他說了這句話，像從塵土下挖出了遠古的記憶，明明她也有自己的委屈，她怎麼就忘了呢。

她哭得盡興，哭出了心裡堆積的塵埃。做宇文家的女兒幸也不幸，宇文氏給她人人豔羨的美貌，但這美貌又會招來無比的災禍。

她向他伸出手，「西洲，我開個玩笑，你會不會就此討厭我了？」

她試著碰了碰他的衣袖，他沒有避讓，給了她一點信心。又輕輕牽住他的腕子，含著淚說：「你別惱，也別把我的話當真。我知道宮裡森嚴，要你進來看我是強人所難。我會進宮的，之所以延捱到現在，還是因為捨不得……我捨不得離開宇文家，捨不得外頭閒散的日子，也捨不得你……你放心，我明兒就進宮，真的……」她囁嚅著，抽泣

2　額涅：滿語，媽媽。

著，略沉默了下，又擠出一個笑，「可是從南苑到京城這一路，是我這輩子最快活的時光，這樣的日子，以後怕是不會再有了。」

她含著淚微笑的模樣，像釘子似的砸進他腦子裡。這一刻有些迷惘了，這麼好的姑娘，為什麼要成為野心的犧牲品。不懂她的人，只知道她小小年紀心機深沉，然而自己和她朝夕相處，有些天性是掩藏不住的。她也有所有姑娘都有的柔軟，看見蟲豸會受驚，打雷的時候會害怕。她不過比一般姑娘長得美些，這美讓人變得有鋒芒，所以長得太過好看了，不是好事。

小四轉過腕子，握了握她的手，「我就送格格到這裡了，往後的路，得妳自己走。」

她張了張嘴，到底話都隱匿進顫抖的唇瓣裡，眷戀地抬起眼望望他，最後偎進他懷裡。

「西洲，我不會忘了你的。」她閉上眼睛，「你將來會忘了我吧？會娶妻生子，過自己想過的日子吧？」

小四說不知道：「也許會的……」也或者永遠忘不了她，忘不了蹲在艙房門前生爐子，煙薰火燎裡她滾燙的嘴唇。

第二天她依約，答應進宮了。皇帝被吊足了胃口，早就急不可待，派了司禮監和御前的人去接應，排場之大，不是那些順順溜溜進宮的王女所能比擬的。

小四盡護衛之職，送到神武門前，看著她盛裝下車，登上了宮裡預備的抬輦。內侍太監擊了擊掌，廠衛依規矩退讓到一旁，隨著掌事太監高呼一聲「南苑王郡主入宮伴主啦」，抬輦上肩。珍熹腦後壓住燕尾的那排米珠步搖簌簌顫動著，他看不見她臉上神情，總覺得她隨時會回過頭來，可惜沒有。

抬輦滑入順貞門，漸行漸遠漸漸不見了，曾鯨走過來，負著手朝他笑了笑，「恭喜傅小旗，今兒就換了牙牌，走馬上任吧。」

無論如何，南苑王郡主進了宮，各自的差事都算交了。曾鯨沒有立時向梁遇回稟，吩咐乾清宮的人仔細留意御前的動向，待次日才寫了信，裝進鴿腿上的小竹筒裡。

信鴿飛躍重洋，沿著臨海一線向前搜尋，蒼茫的海面上終於出現一支船隊，福船巨大，後面跟隨數十艘中小型戰船，風帆鼓脹一路南行，在海面上綿延了百丈之遠。

高大的船樓後部設了鴿巢，信鴿甫一落地，守在一旁的番役便解下腿上竹筒，將信送到梁遇面前。

艙房裡正議事，隨堂和司房都在，梁遇展開紙卷看了一眼，淡然笑道：「南苑王府的人進宮了，拖了這麼長時候，皇上一見果然被勾了魂兒，當晚就翻牌子，且留宿到天明。」

翻牌子並不稀奇，皇帝也圖新鮮，新進宮的嬪妃當晚侍寢常有，但留宿到天明的卻是不常見。宮裡關於侍寢，有老祖宗傳下來的規矩，嬪妃不在龍床上過夜，一般完事後就送回自己寢宮，這也是確保皇帝睡夢中不受驚擾。當然也有不肯照章辦事的，但能讓皇帝破這種例，必然聖寵已極。這宇文氏才第一日進宮，就引得皇帝不顧禮法，瞧這勢頭，恐怕將來還有與皇后分庭抗禮的時候呢。

「這女人不簡單，讓曾鯨派人好好盯著，用度上頭別虧待了她。皇后是詩禮人家出身，少不得看不慣，倘或因此訓誡，勢必明面上結仇，她不是宇文氏的對手，還是得想法子勸著點，可別皇后寶座還沒捂熱，就讓人給拱下了臺。咱們不在京裡，六宮小小變動不礙的，根基不能亂，要是亂了，再想收回來可不容易，別叫咱家費那個手腳。」

秦九安道是，「小的回頭就去傳信。」

楊愚魯斟酌道：「眼下南苑郡主不是頂要緊的，要緊的是羊房夾道那位，這幾天就該臨盆了。」

梁遇「嗯」了聲，「還是照著早前的安排，生的是帝姬，就把信兒報給皇上；要生的是皇子，暫且壓一壓，皇上問起了再如實說，不過勸著皇上宮闈太平要緊，皇子才沒了生母，不論交給誰養活都遭罪。倒不如留在羊房夾道，我這裡安排人好生撫養。皇上小時候也坎坷，聽了這話，自然明白裡頭意思。」

橫豎就是要留下皇長子，這孩子將來是個香餑餑，捏在誰手裡，誰就能占盡優勢。楊愚魯在梁遇手底下當差多年，習慣了每字每句仔細琢磨，他說皇子才沒了生母，那就說明司帳不能留，所以這就得安排下去了。免得皇帝看在皇子面上，給她晉個不上不下的位分，皇長子生母難產而死，沒來得及冊封，比起皇長子生母出身微賤，可好聽太多了。況且諸如死後哀榮之類的，帝王家出手一般不會過於吝嗇，將來皇長子大些了，也不會因生母的緣故招人恥笑。

他思慮之深，全不用底下人提點諫言，只要照著他的吩咐去辦，總錯不了。

艙房裡的人都退出去辦事了，月徊這時才從隔壁過來，探了下腦袋，小心翼翼問：「哥哥，宇文格格進了宮，就不會再和小四有來往了吧？」

梁遇將字條抛進水呈裡，看著上面的字跡一點點暈染，最後模糊得不能分辨，才打開窗，連水一塊潑了出去。向來她提起小四，他的興致都不高，只道：「他要是知道利害，就不會再和人家有來往。宇文氏一進宮便得皇上厚愛，什麼規矩體統，在她這裡慢慢就行不通了，屆時她想見什麼人，隨時傳召即可，半點也不難。如今就看小四的定力，不被美色迷花了眼，才是他的本事。」

月徊坐在邊上圈椅裡，不無遺憾地長嘆：「男人的嘴，真是叫人信不實啊！我離京那天早上，皇上還牽著我的手依依惜別，說心裡只愛我一個人呢。瞧瞧現在，珍熹格格進宮了，他得了個大寶貝兒，怕是連我長得什麼樣都想不起來了。」

梁遇瞥了她一眼，「妳在登州府喝花酒的時候是怎麼編排我的？如今是誰吃著碗裡的看著鍋裡的？皇上那時候之所以口口聲聲喜歡妳，是因為御前四位女官已經伺候他兩年了，他是圖妳臉兒生。」

月徊不理他，「我也是被皇上惦記過的女人，我不圖別的，就圖長過臉。」邊說邊覷他，「你呢，還想著皇后娘娘呢？怕她和珍熹起衝突，怕皇后位子沒坐熱就給拱下來。」

她的酸言酸語換來他一笑，「我也得皇后垂青過，怎麼就許妳長臉，不許我長臉？」

這下子月徊白眼亂翻起來，「好啊，終於瞞不住了吧！早前你們眉來眼去的，我就知道有貓膩，這回不打自招了！」

不過那些都是鬧著玩的說笑，當不得真的，月徊還是岔到司帳生孩子上頭去了，「你怎麼知道孩子會沒了生母？生孩子也不是必死無疑。孩子沒了娘，那多可憐，退一萬步，實在不成了交給皇后養活，對孩子將來也有益處。」

梁遇站在桌前，慢吞吞歸攏先前查看的珠池採收謄本，一面道：「太醫院早就替司帳查驗過，說她胎位不正，孩子頭上腳下，臨盆時必然艱難。至於把孩子交給皇后……皇上的生母病逝後，皇上就是歸到江太后名下的，又怎麼樣？依我說，要是位皇子，咱們自己領來養活，不比養外頭每根沒底的孩子強些？」

月徊咋舌不已，「怪道你要留他在羊房夾道，人家養舍哥兒，你倒好，要養就養皇子，不愧是辦大事的！那天咱們也聊這個來著，你說什麼都不答應，我差點兒以為你想自己生一個呢……」

梁遇怔了下，見她眼神複雜望向自己，下意識微微偏過身子，「又在瞎琢磨什麼！」

月徊說沒有瞎琢磨，覥臉提出了個令人匪夷所思的提議：「咱們在海上飄著，淡水越用越少，不知道幾時能看見陸地。今晚讓他們預備一桶水就成了，咱們倆一塊洗澡。」她拿兩手，照著他的方向撓了撓，「我能給你擦背，又能省下一桶水，過日子就得這麼精打細算，你說好不好？」

她的那些話，有時候真能驚飛人的三魂七魄。

梁遇朝外望了眼，所幸外頭廠衛離這裡很遠，聽不清她在說什麼，他也有些糊塗了，疑心自己是不是聽錯了，便遲疑著問了一句：「妳先前……說什麼？要一塊兒洗澡？」

月徊說是啊，「我沒有別的意思，就是覺得淡水用得太快了，咱們得省著點。」她說完，很正派地朝他笑了笑，「別胡思亂想，胡思亂想就說明你心思齷齪。我是個很純粹的人，有一說一，我就想給你搓搓澡，這麼一點小小的心願，應當不為過吧？」

梁遇瞧人很準，他早前就看清了月徊，說這丫頭是錯投了女胎。其實她的好些行事作風活像男人，那份勇往直前的壯闊像男人，那份好色起來毫不遮掩的魯莽也像男人。對於肖想已久的那個人，她彷徨過，懼怕過，經過了最初那段礙於倫理的痛苦掙扎，終於進入了變本加厲的階段。

月徊覺得哥哥像個謎，因為認回她起他就一直孤高著，越是孤高的人，越引發人的破壞欲。她有時候會出現幻聽，不知哪裡來的聲音一直在慫恿她，親近……再親近點，她懷疑發聲兒的就是她娘。於是內心蠢蠢欲動，掂量再三，終於預備向他伸出魔爪了。是他說的喜歡她的，她也答應讓他喜歡，既然彼此已經約定好了，就可以順利該幹嘛幹嘛了。

月徊夜裡躺在床上也思量，哥哥是她見過最誘人的男人，有那麼一點小缺憾，可能因此性情變得矯情又古怪，但她不能就此嫌棄他。她要顯得對他感興趣一些，讓他覺得自己受到重視，那樣才不會自卑，不會時不時沉浸在自怨自艾裡。先前住在海滄船上，因兩間屋子離得遠，不大方便，她尚且還顯得很矜持自重。後來搬回福船上了，船工照著原來的格局重新修好了船樓，不單兩艙之間的小窗保留下來，還特意擴大了幾分。本來只能探過腦袋的窗戶，現在能鑽過半個身子了。

天時地利的時候，要壓制住內心的騷動很難，於是昨晚她悄悄把窗戶推開了一道縫。那時候梁遇剛擦洗過，正在換衣裳，她頓時心頭一拱一熱，險些流下鼻血來。兩隻眼睛偷看怕太明目張膽，她把一隻眼睛湊在那道縫上，等了半天想等他轉過身來，可惜沒能如願。

也不知他是發現了還是怎麼的，全程拿後背對著她，但結實的肩背往下，腰肢竟然纖細得不可想像。他坐在床榻上，身後換下的裡衣堆積得像一蓬雲霧，那小蠻腰和半截臀就浮在雲霧之上……嘖嘖，果然人長得好看，屁股也出眾。

前半夜沒能睡著，大睜著眼睛看著艙頂，心裡默念「罪過」，擔心自己偷窺成癖，遂敲了敲牆板，「哥哥，你睡著了麼？」

隔壁應了聲：「怎麼了？」

她老實招供，「我剛才偷看你換衣裳了。」

結果隔壁半天沒有回話，隔了好久才道：「時候不早了，睡吧。」

梁掌印居然對這種無恥行徑逆來順受，一味地姑息，所以最終換來了她更加沒羞沒臊的要求。

「妳真打算一塊兒洗澡？」梁遇瞇著眼睛問。

月徊表示當然，「我看運河邊上人家，兩個孩子常放在一個澡盆子裡搓洗。咱們倆年紀差了八歲，料著小時候也沒有機會，多可惜！」

梁遇失笑，「妳的願望真古怪，不過妳說得也對，船上淡水儲備少，是該省著點用。」他說著，走到她面前，彎下腰在她耳邊呢喃，「妳要是因昨晚偷看了我心生愧疚，大可不必。妳偷看了我，我也偷看了妳，區別在於我察覺了，而妳直到現在還蒙在鼓裡。」

他抽回身，在月徊震驚的目光裡笑得肆意，也不再說旁的了，揚聲吩咐門外：「今晚給咱家預備一桶水，加足了香料，咱家要沐浴。」

門外小太監朗聲應了，月徊站起身，有些憤懣地說：「你怎麼能偷看我……都看著哪兒了？看見腿沒有？看見屁股沒有？你一個做人哥哥的，怎麼這麼不要臉！」說罷憤然拂袖，昂著腦袋心虛著，溜回自己的艙房。

進了屋子就倒在床上，捶胸頓足大呼倒灶，偷雞不成蝕把米，說的就是她！他到底是什麼時候偷看她的？她洗澡的時候？還是換衣裳的時候？她明明不時留意那扇小窗的，並沒有發現他有任何異動啊。

「嘩」一聲，窗又拉開了，梁遇的聲音從容地響起，「姑娘，今晚還一塊洗麼？」

月徊氣不打一處來，「我還沒看見你正面呢，自然要洗，我不能吃這個虧！」

梁遇道好，又闔上了窗。

今晚倒是可期待了，其實遭遇風暴那晚起，他就一直覺得月徊彆彆扭扭很不自在，她應當很難接受哥哥變成一個不相干的人，再轉而說喜歡她，她那個不甚複雜的腦子經不起這樣的顛騰。現在好了，她大概是想明白了，人也漸漸活泛起來。他一直懸著的心終於落了地，她不再怨怪他，一定是爹娘在天上保佑的。

說起爹娘，他依然有愧不敢面對，雖說月徊那裡的態度，眼看這事成功了一半，但他仗著年紀比她大，半帶逼迫半帶誘哄地把她騙到這個地步，還是他的不該。日裴月徊……他提筆把兩個名字寫下來，左看右看，甚是般配。老天註定他們是一對兒吧，否則茫茫人海中，怎麼讓他停留在梁家，怎麼又讓娘三十二歲的時候懷上月徊。

只是今晚要共浴……他有些心慌，耳根子也發燙。其實心裡知道，到最後無非鬧劇一場，不用那麼當真的，然而就是七上八下，這丫頭總有辦法興風作浪。

摸摸肩上的傷，好得差不多了，已經感覺不到痛，即便沾了水也不怕。還有什麼要預備的？他將紙疊起來，壓在硯臺下，揚聲喊近身伺候的人：「桂生……」

桂生撫膝進來回事，「老祖宗什麼示下？」

「我那件雨過天青的寢衣呢？」他站起身道：「在哪兒，給我找出來。」

桂生連連應了，打開螺鈿櫃的門，從裡頭翻出那件寢衣呈上來，一面笑著說：「老祖宗怎麼要找這件？咱們在登州府進了新料子，都是上好的，已經交人縫製了。小的才下去看了，正盤鈕子呢，過會兒就能送上來。」

梁遇只管抻著肩頭往自己身上比對，再三看鏡子裡，淡聲道：「還是這件好，這顏色顯白。」

桂生差點笑出來，忙憋住了呵腰，「老祖宗原就生得白淨，這程子吹著海風，我瞧大檔頭都黑得像炭了，老祖宗還是出發時的模樣，一點也沒變。」

梁遇「嗯」了聲，摸摸臉皮，這倒是真的，天生肉皮兒細嫩的，要比那些糙人占優勢得多。

寢衣準備好了，好像就沒什麼可操心的了。他問：「給姑娘做了新袍子沒有？回頭上了岸要用的。多備兩件男人的衣裳，在外行動起來方便。」

桂生道：「老祖宗放心吧，姑娘的衣裳已經做成了兩套，這會兒正給姑娘做官靴呢。」

梁遇點了點頭，抬手一擺，把桂生遣了出去。

因著晚間要共浴，兩個人各自在自己的艙房裡籌備。回頭想想怪有意思的，就這麼負著氣約定了，誰也沒想毀約。

月徊坐在鏡前往臉上撲了厚厚一層珍珠粉，然後打了熱手巾把子，仰在床上敷臉。腦子裡小風車轉得呼呼地，今晚洗過一回鴛鴦浴，哥哥就真是她的人了。

何德何能，何德何能啊……到這會兒還像做夢似的。老天爺厚待她，轉了一大圈，梁遇還是落進她手心裡。她美滋滋地想著，人財兩得，且又不擔心他像皇帝似的三妻四妾，小四兒要是知道她做了這麼穩賺的買賣，不知得多高興！

敷完臉起身，一腳踏在床板上，捲起褲腿看了看，腿毛不算多，稀稀拉拉的，但有點長。怎麼辦，得想辦法刮一刮，於是跑出門找人，還得藏著掖著不讓哥哥知道。終於找見了秦九安，她招了招手，「秦少監，來、來……」

秦九安見她賊頭賊腦，自發放低了嗓門，「姑娘有什麼吩咐？」

月徊說：「我要那種小刀——刮鬍子那種。」

秦九安和她大眼瞪小眼，苦笑著說：「姑娘找錯人了，咱們哪兒用得上那個啊。您瞧瞧我……」邊說邊一抬下巴頦，「乾乾淨淨的，寸草不生。」

月徊才發現自己確實強人所難了，便四下望了望，「那廠衛們呢，他們有沒有？」

對於她的要求，他們這些人向來有求必應，秦九安說：「您別著急，我來給您想法子。」讓她先回去，自己順著木梯往下層去了。

月徊在艙房裡等了半天，終於見他托著一個盒子進來，壓聲道：「姑娘，這是從裁縫那兒找來的，專用它拆舊衣裳縫線的，還沒用過，使著乾淨。」見她伸手要來拿，他讓了讓，賠笑道：「不過您是做什麼用度，我得知道，用完了我還得拿走。畢竟這東西放在您這兒危險……您到底是幹什麼使？釬腳嗎？」

月徊吸了口氣，「您瞧我多大年紀，用得上釬腳？我的腳嫩著呢！您別管了，我用完了再還您。」

她不由分說，把秦九安推了出去，自己坐在桌旁小心翼翼篦了篦刀刃，然後往腿上打了胰子，把脛骨上那幾根稀稀拉拉的毛全剃了。剃完摸了摸，真是光滑乾淨，無可挑剔。開門把刀還給秦九安，又往腿上抹了一層玉容膏，這才安安心心等著天黑。

司禮監是最講規矩的衙門，即便行船在外，到了時辰也得掌燈。福船很大，左右兩舷掛上一溜的風燈，後面隨行的船見了也如法炮製，海上頓時有光逶迤一片。月徊放下窗屜子上的綃紗，眼下天兒到了頂熱的時候，海上有水有風，比陸地上還好些，但也有細小的蠓蟲，咬人又疼又癢。桌上放盞油燈，它們能想方設法鑽進來，飛蛾撲火般撞向燈罩子，底下放個水碗接著，一夜能接上厚厚一層蟲屍。

側耳聽隔壁，有嘩嘩往桶裡注水的動靜，月徊喘著粗氣琢磨，時候快到了，她得想好說辭，安慰不久後自責自卑的哥哥。

「沒什麼，我不圖肉體上的歡愉，我圖的是長久。」這話聽起來是不是很上道？還有，「知道虧欠我，就對我好一點兒」，公平交易誰也沒占誰便宜，減輕梁遇的負罪感。月徊感慨著，果真人長大了，開始面面俱到考慮別人的處境，不像以前四六不懂呼嘯來去，老子天下第一。

篤篤地，隔壁傳來敲牆聲，她被吸進肺裡的氣嗆著了，匀了好幾下，才重新續上。自己說出去的話，就算咬碎了牙也得辦到。她握了握拳，穿著中衣就衝進了梁遇的艙房。進門見他一襲雨過天青的寢衣，寬袍緩袖披散著頭髮，站在巨大的木桶前，隔著一汪清水，半帶憂鬱地望著她。

「妳想好了，真要共浴？」

月徊故作輕鬆地哈哈一笑，「哥哥不會是退縮了吧！早知今日，何必當初呢，你要是安安分分當我哥哥，哪有今天這些事！」

梁遇擰著的眉心逐漸舒展開了，牽著袖子比了比，「請。」

月徊拱拱手，「承讓。」

於是各自抬腿邁進木桶裡，形成一個無比詭異的畫面，各自穿著寢衣，各自坐得筆直，不像在沐浴，像在運功療傷。

兩片花瓣從他們面前飄過，小船一樣前仰後合著，彷彿在嘲笑他們憨蠢。水淹到了胸口，梁遇曼妙的曲線在水面下忽隱忽現，月徊的脖頸上沾了水珠，水珠滑落，滑進交領裡，兩人齊齊咽了口唾沫。

「你就是這麼洗澡的？」月徊的語氣裡充滿無盡的嘲笑。

梁遇看了她一眼，「妳又是怎麼洗澡的？」

月徊道：「我省水啊，連衣裳也一塊洗了，我可真是個當家的好手。」

梁遇的眼神鄙夷，「妳不會打算洗完還穿著，然後站到大太陽底下曬乾吧？」

月徊哼笑了一聲，「別光說我啊，你呢，還不是穿著不肯脫。」

梁遇看了看自己的肩頭，「我的傷口還沒癒合。」

月徊嗤笑，「別胡扯，明明早就癒合了。」說著伸手抓住他的衣襟，順勢一扯，哥哥的香肩就暴露出來，受傷的地方覆蓋了一層嫣紅的結締，那形狀，竟和她肩上的胎記一模一樣。

這莫不是命裡註定的吧！月徊「咦」了聲，褪下自己肩頭的衣裳讓他看，「你瞧瞧，是不是似曾相識？自打認親以來，我就覺得咱倆各長各的，八竿子打不著，為這個還傷心過呢。這回可好，總算找著了一點相像的地方，我可足了。」

梁遇垂眼打量，心裡也暗暗驚訝，果真都是北斗一樣的形狀，連斗柄的朝向都分毫不差。

他望瞭望她，「這是老天爺的恩典，咱們註定要在一處。」

月徊「嘖嘖」兩聲，「你是越長越隨我了，怪道老話說了，長得像的不一定是兄妹，還有可能是夫妻。」

提及夫妻兩個字，彼此都有些尷尬，這詞原本離他們那麼遙遠，不知怎麼的，如今變成了必然的歸途。

梁遇避開她的視線，轉頭望向垂簾外迷濛的月色，月徊不像他，她是個二皮臉，當即拿手當勺兒，舀水往他肩上澆了兩下。水過之處，他的肌理更顯得豐盈飽滿，在燈下發出蜜一般的光澤。月徊又咽了口唾沫，要是有張餅子，有碟子醬，她能把他捲進餅裡吃了，誰讓他水靈得像大蔥一樣。

「哥哥，你不是說傷還沒好利索嗎，且得養著，不能操勞。」她的爪子就那麼大喇喇從他衣襟處掏了進去，一面自言自語著，「別著急，有我呢，我給你洗吧洗吧……」

秀色可餐的男人，像王母娘娘的蟠桃，仙品怎麼吃都不覺得膩。她之所以大膽，就是因為壓抑了太久，跳過了他揭露身世那段，往前倒推，她哪天不在遺憾生在了一家！她不是那麼死腦筋的人，只要突破了心理上的阻礙，對他下手只是時間問題。

梁遇唯有閃躲，難堪地說：「月徊，妳別這樣。」

月徊頓住手，「是你說喜歡我的，既然喜歡，不就是答應讓我對你這樣那樣嗎。」

他一時語窒，想了半天，居然找不到一句話來應對她，只好繼續任她胡作非為。

月徊𦢊得很高興，這種沒羞沒臊的揩油，簡直比吃上蘇造肉還滿足。梁遇的手感很好，不肥不瘦酸甜可口，美人果然渾身上下都是寶，除了臉，冠服端嚴下還有異於常人的美好。

她得意地「嘿」了聲，「我的福氣，真沒的說了！」

梁遇起先被她撩撥得心浮氣躁，聽見她如此感慨，反倒沉澱下來。他抬起手，濕漉漉的指尖摸摸她的臉，在那如玉的面頰上留下蜿蜒的水跡，然後學著她的樣子，掬了一捧水潑在她胸口。

女人不比男人，中衣帖在身上，能看出裡頭朱紅的主腰。月徊五雷轟頂，呆滯地低頭看了看，「你幹什麼？」

梁遇淡然道：「只許妳潑我，不許我潑妳？」

要是互不潑水，這澡洗得就太無趣了。他又瞧瞧自己的手，似乎正琢磨，她在自己胸口𦢊了好幾下，自己是不是也應該𦢊回去。

月徊戒備地環抱住自己，「你潑我一身就算了，別再想其他的了。」

梁遇揚了揚眉，不置可否。

只許州官放火，不許百姓點燈，這種行為確實不好，月徊權衡之下伸出兩臂，「我可以讓你抱抱。」

然而木桶就這麼大的地兒，要是在水下糾纏住，只怕上不得岸。可是誰又能拒絕這樣的提議，他終於伸出臂膀，傾前身子擁抱她。各自都盤著腿，像兩株絞殺榕，蠻橫獰厲地，找到了寄主便急切向上生長。

水原本還帶著些微的溫度，時候一長慢慢涼下來，他終於發力托起她，讓她盤坐在他大腿上。這麼一來就很羞人了，月徊捂住自己的臉，「哥哥你花樣真不少，這個我知道，聽教坊裡老鴇教訓那些雛兒說起過，這叫觀音坐蓮。」

梁遇說閉嘴，板著臉道：「我冷。」

月徊一聽，那可不得了，忙抱住他的肩背搓了搓，「我來給你取暖。」

兩個人就這麼一本正經胡扯，一個敢冷，一個敢抱。

梁遇把臉偎在她胸口，喃喃說：「妳還記得那夜大雨，我和妳說過的話嗎？」

月徊有些暈乎乎的，哥哥像酒，沾了一點就上頭。他這樣的動作，又多情又羸弱，月徊迸出一腔柔情，撫了撫他的髮，心不在焉地應了聲，「嗯？你說了那麼多話，我怎麼知道是哪一句。」

梁遇沉默了下，她沒有一般姑娘的細膩，大大咧咧，橫衝直撞，所以就得他引領，自己拋出的問題，還得他自己回答。

「我曾經和妳提起過，進宮之前算計了一家子，妳知道那是個什麼人家麼？」

月徊想起來了，那時候他口口聲聲說自己不是好人，原因就打這上頭來。只是當時過耳不入，也沒仔細問過，想來裡頭還藏著內情。

她眨巴著眼道：「一家子全在你身上栽了，看來不是一般的人家吧？」

他的目光慢慢移上來，眼眸深沉，裡頭藏著獸，「南長街會計司衚衕，畢家。」

月徊愣了愣，她這些年在京裡摸爬滾打，哪條衚衕有哪些人家，都爛熟於心。南長街會計司衚衕畢家，和地安門外方磚衚衕劉家，是京城有名的兩個閹割世家，朝廷曾賞七品銜兒，手藝父子相傳，對外稱「刀子匠」。那是朝廷認準的太監牙行，每個進宮當皇差的，頭一道要過的就是那條三尺寬的春凳。不過畢家早年間聽說犯了事，家給抄沒了，人也死絕了，如今只餘劉家一家獨大，鬧了半天，原來畢家的衰敗竟是因他而起。

月徊訝然看著他，「這麼記仇可不好，人家職責所在，你怎麼能滅人全家呢？」

所以他說過的話，有幾句她聽進耳朵裡了？梁遇寒著臉道：「妳好像一點兒都不擔心將來，也不在乎我經歷過的種種。」

月徊說我在乎啊，「可你現在不是好好的嗎，我也跟著沾光啦。過去的事，能不想就不想，何必自苦呢。想想將來，置他千畝良田，再造上幾個大園子……你吃過的苦，拿榮華富貴來償，也不算虧。」

梁遇嘆了口氣，「起來。」

月徊扭了扭身子，「不起。」嬉皮笑臉道：「話才說了一半，怎麼不接著說？畢家到底哪裡惹著你了，讓你升發後頭一件事就是除掉他們？」

這件事……真是說來話長，裡頭藏著一個天大的祕密，這些年一直深埋在他心底，要不是她，他可能一輩子都不會再提起。然而現在，很多事情開始改變，也到了讓她知道內情的時候了。

他輕輕蹙了下眉，回憶得有些艱難，「那兩家，不用我多說，妳也知道，他們吃著朝廷的俸祿，想巴結不容易。這兩家裡頭，劉家根深葉茂，畢家卻只有一個獨子，才十來歲光景。那會兒畢家兒子常上門頭溝瞧他姑姑，半路上要經過一條板橋，那橋年代久遠，一鑿就碎了……」他說著，笑了笑，笑容裡有淒涼的味道，「我眼看著他摔下橋，在他快淹死的時候才把他撈上岸，畢家對我感恩戴德，自然我說什麼，他們都會替我周全。」

月徊越聽越不對勁，一口氣提到了嗓子眼，「然後呢？你費了老鼻子勁兒和畢家攀上關係，不是為了上畢家串門吧？」

他垂眼說不是，「畢家承辦牙行多年，和宮裡掌事的多有往來，有時候小人物辦事，比大人物還方便，使個眼色，讓高抬貴手，事兒就通融過去了。況且我還仗著盛二叔的排頭，他那時候是宗人府經歷……」

月徊原本結結實實坐在他腿根上的，這下子好像有點危險了。藉著水的浮力，她悄悄抬了抬臀，嘴裡打著哈哈，「還真是，別瞧不起小人物……」

他抬眼望住她，那眼神鑽筋斗骨，要把人穿透似的，「怎麼不接著往下問？」

月徊說：「哪兒還要問呢，後來你就在宮裡扎根兒了，那個根兒啊……那個……扎得挺深，從小火者當上了掌班司房，後來做了隨堂，替汪軫掌管了司禮監。」

她有心繞開了說，看來是怕了。他牽著一邊唇角笑了笑，「根兒確實扎得深，我的身上，全是恩將仇報的故事，對畢家是如此，對汪軫也是如此。」

月徊已經悄悄從他腿上邁下來了，為了穩住他，嘴上還在敷衍著：「話也不能這麼說，汪軫在的時候司禮監都是你在掌管。他就知道弄女人，但凡漂亮的落了他的眼，他想盡法子也要把人弄到手，老百姓都恨死他了。你取而代之，是替天行道。」

他點了點頭，「那畢家呢？」

月徊這時候已經扒上桶沿了，冥思苦想了一番說：「畢家幹的是害人斷子絕孫的買賣，這得多缺德啊，是不是？所以……」她邊說邊想跨出木桶，「所以照樣算你替天行道。」

可惜她的小動作沒有得逞，身子剛探出水面，又被拉了回來。

她在水裡身姿纖纖，哪怕性情粗豪不解風情，那腰還是女人的腰。

他兩手扣著她，將她翻轉過來，似笑非笑道：「怎麼了？妳似乎很怕我？是怕我的城府，還是怕我這個人？」

月徊心裡突突地跳，從沒像現在這刻這麼狼狽過。

她來前設想的，居然全部被推翻了！她的那種大度和憐香惜玉的心，現在已經英雄無用武之地了，他根本用不著她去安慰。天底下最荒唐的事，不外乎姐妹變夫妻。沒錯，其實她一直以來的種種齷齪行為是沒有性別認知的，那哪是沒臉沒皮，分明就是小姐妹之間的玩笑啊！結果現在崴泥了，這小姐妹變成了男人，她心裡實在受不了這種刺激。她覺得自己得離開這是非之地，可他勾住她，讓她脫不了身。

「我這不是怕，是慌。」她哆嗦著下巴，使勁拍了拍自己的臉，「八成是在做夢、在做夢……」

他的那雙眼睛蒙上了塵，「怎麼？妳不高興麼？」

月徊說高興什麼，「我都快嚇死了！這事我得好好琢磨……我得琢磨琢磨……」邊說邊手腳並用掙了出去，濕淋淋的一身在艙房裡轉了兩圈，然後跌跌撞撞，跑回自己的屋子。

一切得從長計議，她好不容易接受的關係，好像又得推翻了。以前梁遇是太監，太監嘛，在她看來和女人差不多，她和哥哥膩歪，心裡著實沒把他當男人。可現在得知他全鬚全尾，還瞞天過海犯著誅九族的大罪……雖然梁家的九族未必能挖出來，但這一切也讓她惶惶不安。

她穿著濕衣裳站在地心兒，衣服上的水滴滴答答落下來，在她腳邊聚起了無數的水窪。她拿手比劃了個桃兒的形狀，「還在？」又拿兩手比劃個西瓜，「還在？」越想越玄乎，「當我是傻子吧，騙誰呢！」

她重新打開門，氣勢洶洶衝了過去。梁遇才從桶裡出來，大概也正彷徨著，還沒來得及換明衣。見她回來有點意外，剛想開口，就聽月徊大喊了一聲，「我不信！」

他怔了怔，「妳要怎麼樣才肯相信？」

她沒有給他機會自證，大步上前，掀起他的寢衣。

雨過天青，這時候真是個羸弱的顏色。因為料子薄而柔軟，沾水之後幾乎緊貼身形，她垂眼一看，似乎隱隱約約能看出形狀，臉上轟然就燒起來。

梁遇的臉色反倒越發蒼白了，「妳……看見什麼了？」

月徊說：「像個蛤蟆……」險些叫他一口氣上不來。

然後她又一陣風似的捲走了，回到屋子裡默默換了衣裳上床，心裡一時說不上是種什麼滋味。以前她都幹了些什麼？累累罪行罄竹難書，現在回想起來，讓她冷汗直流。

明明那麼難的事，為什麼到了他面前就迎刃而解了，這人天生是來挑戰世俗的麼？月徊側過身，伸手敲了敲牆板。那頭沒有回應，過了很久，才見頭頂上小窗開啟半邊，梁遇的嗓音平淡如常，「怎麼了？」

月徊喃喃說：「我就想知道，是全在呢，還是……留下一半？」

那頭沉默了下，大概回答這個問題很令他羞恥吧，隔了好一會兒才道：「齊全。」

「啊，齊全……也就是說還能有後。月徊蜷縮起身子，心頭乍悲乍喜，五味雜陳。從今天開始，她就真的該和「哥哥」道別，去迎接一個嶄新的梁遇了。她忽然迸出兩眼淚花，哽咽著說：「哥哥，你往後還是你嗎？我怎麼覺得，一下子把你弄丟了……」

隔壁沒出聲，不一會兒外面傳來腳步聲，停在她艙房前，輕輕敲了敲門。

關於梁遇最初給她的印象，就是個當了大太監的親哥哥，結果現在這兩樣都發生了變化，實在讓她有種說不上來的憂傷。

他還在敲門，篤篤地，敲得很有耐心。月徊略掙扎了下，還是過去打開了門。

她紅著眼睛說：「其實我沒想讓你進來，是怕敲門聲吵著少監們。」

梁遇道：「我來也沒有旁的意思，就想陪妳一會兒。」

他能明白她的感受，哥哥忽然丟了，無關旁的，只是心理上的落差，讓她覺得難受。說起來有些怪誕，本以為要跟的那人六根不全，也做好了守一輩子活寡的準備，忽然得知一切都變了，換成一般的姑娘，會高興得忘乎所以吧！可月徊不同，她矯情的點和別人不一樣，她這會兒不是慶幸，只覺得哥哥面目全非，好像不是以前那個人了。如同母親看著長大後人嫌狗不待見的孩子，常會懷念繈褓中的溫馴柔軟，不明白自己怎麼就養出了個不盡人意的東西……他眼下就是這樣處境。

他害怕不陪著她，她過不去那道坎，分明齊全是好事，為什麼到最後愧對天地似的，實在讓他想不明白。

她在桌前發呆，他在她對面坐了下來。燈下看她，神情呆滯的她，和眉開眼笑時大不一樣。他嘆了口氣，「月徊，我本來不想告訴妳，甚至打算咱們成親那晚再……可我覺得這麼騙妳，心裡過意不去。我……」他勻了勻氣道：「本來是想向妳邀功，想告訴妳，我沒有對不起爹娘，沒有拖累妳一輩子，如今看來，我好像做錯了。妳是更喜歡那個殘缺的我麼？我這樣，反倒讓妳為難了……」

「不不……」月徊摸著額頭說：「我只是一時回不過神，你再容我緩一緩，我能想明白的。」

她抬眼瞧瞧他，還是原來的人，原來的眉眼，沒有哪裡不一樣啊，可她心裡就是空落落的。她有時候一根筋，想不明白的時候一腦子漿糊，但要想明白，也是一眨眼的工夫。

「你別動，就坐著，等我開竅。」她安撫他兩句，托著腮幫子使勁，想了半天沒想明白，伸手在他手上摸了摸，「這樣，沒準兒能明白得快點兒。」

他轉過腕子，把她的手攥進掌心，誠摯道：「這麼生死攸關的事，我只告訴妳一個人，妳應當能明白我的心吧？」

月徊「嗯」了聲，「想是海上的風鹹，把我的腦子吹得鏽住了，我就是轉不過這個彎來……你別急，再等等。」

梁遇聽了，恍惚窺出了其中端倪，挪著杌子往前湊了湊，人離她那麼近，近得能聽見彼此的心跳。

「妳看這樣，能不能對妳有助益。」他牽起她的手，放進胸懷裡，臉上赧然，但手上卻將她壓緊了，目光堅定，「怎麼樣？腦子轉得快些了麼？」

月徊說：「我好像感覺到一點陽剛之氣……」

那是好兆頭，雖不明白她所謂的陽剛之氣到底指什麼，至少她在慢慢適應。不過眼下他有點懷疑她的動機，是不是有心放長線釣大魚。他給的餌不夠，她就意興闌珊，要是下猛藥，也許那鏽住的腦子就豁然開朗了。

「淨身之後，長不出這樣的肌理。」他說著站起身，抽了胸前衣帶，筆直站在她面前，「自小爹就給我找了四川最好的武師，教我習學刀劍弓馬。這些年我沒有落下，只是越練身上越結實，後來就不敢讓人近身伺候了。」

月徊看得臉頰發燙，他光膀子的模樣早前也見過兩回，可沒有一回是這麼豁得出去的。這一身好肉，確實讓人看得很歡喜，回頭再琢磨琢磨，既然垂涎他的身體，更應該慶幸他還健全著。

月徊說：「我好像又明白點了。」

他伸出手臂，把她圈進胸膛裡，貼著她的唇角，用那種酥麻的語調說：「妳還沒發覺裡頭好處，等時候久了，自然就知道了。」

他也會玩若即若離那一套，月徊就等著他親上來，可他偏不。唇瓣像羽毛，拂過去又拂過來，拂得她渾身起了一層細慄。

「現在呢？」他問：「想明白沒有？」

月徊聽見自己的心在腔子裡亂竄，面前擺著兩條路，一條是正道，一條是歧途。說句掏心窩子的，正正經經談事，哪兒及這種摟著腰喘著氣兒的切磋來得驚心動魄。她占足了便宜，這會兒已經想明白了，但她覺得應該再多堅持一下，畢竟積黏的女人，才讓男人又愛又恨。

於是她說：「明白了一大半吧，還差那麼一點。」抬手摸摸他的嘴唇，唇周光滑，明明和秦九安他們是一樣的。她眨巴著眼睛問他，「哥哥，你就說，是不是上我這兒蒙事來了？一個大男人也沒長鬍子，你說齊全，我怎麼信不實呢。」

他笑了笑，「這世上有好些玄而又玄的藥，能讓人變了聲調，也能控制男人不長鬍子。只是傷身，時候用得久了，就當真長不出來了。」

月佪說：「我不信。」一面斜眼覷他，「哥哥，你可別欺負我見識少。」

梁遇被她的固執氣著了，拉著她，直接壓到床板上。

他居高臨下看她，那雙眼睛裡漫上了山雨欲來的空濛，「妳是成心的，是不是？」

月佪「哎呀」了聲，「我哪兒是成心的！你別這樣，有話咱們站起來好好說。」

他哼笑了聲，「梁月佪，別以為我不敢法辦了妳。今兒既然準備洗鴛鴦浴，我自然預先把人都遣散了，就算我對妳做出什麼事來，也沒人救得了妳。」

月佪配合地篩了一回糠，「真的嗎？你竟然這麼算計我……」

梁遇看她演得做作，不由枯了眉，「妳能不能專心點，我正和妳談人生大事。」

月佪道：「我挺正經的，難道你看不出來？你忽然和我說了這麼聳人聽聞的事，我沒被你嚇瘋就不錯了，多問兩句，你還不樂意呢。」

她是個滾刀肉，在他的預期裡，也沒有她平靜甚至帶著高興勁兒的接受事實的猜想。只是她不知道，要證明他說的都是真的，有多容易。以前那個八風不動，禁欲自持的人，在遇見喜歡的姑娘後，也能調動起渾身潛藏的愛意。

她在他身下，眼眸明亮，充滿好奇。就這樣看著她，即便不動她分毫，某種朦朧的東西也在抬頭……攪得他方寸大亂，心神不寧。

「月佪，哥哥如今是把命都交到妳手裡了。」如果沒有愛到這樣程度，如此致命的把柄，怎麼能讓她知道。

他原本以為自己夠冷靜，想得夠長遠，誰知並不。他像所有墜入情網的人一樣，急於安撫她，急於澄清自己，急於讓她知道，她跟著他不會不幸……他害怕她會逃，他必須織起大網把她密密圈住。他已經孤注一擲了，就算她背叛他，也只能高高舉起，輕輕落下。

他略略壓低身，那寬大的繚綾錦衣像水浪上綿密的泡沫，將她嚴嚴覆蓋上。他順著她的肩頭往下，找到她的手，與她緊緊十指相扣，指根上那種若有似無的接觸，愈發在心尖上撥動出震顫的回音。

他輕吸口氣，沉了沉身子，眼波卻碧清，衝她靦腆一笑，「月徊……」

月徊經不得他這種奇異的挑逗，只要他帶著羞澀的表情和語氣叫她，她立刻就像個色欲薰心的莽漢一樣找不著北，百試百靈。

「我小時候還挺愛戴你的，哥哥在我心裡，是比爹小一號的人物。」她喃喃自語著，因他欺近渾身發燙。有種不可言說的感受，從心縫兒裡，從腳底心兒，從臍下向外擴散。似乎被什麼輕輕碰觸一下，起先還不明所以，後來才慢慢明白過來，哥哥真是齊全的。

驚訝過後便是感動，沒想到她還有這一天。什麼都不用說了，事實勝於雄辯，她吸了吸鼻子道：「這回我信了。」

他說很好，湊在她耳邊勻著氣息，壓低嗓音道：「每回我靠近妳，就想……」

他是個文雅的人，不愛說粗鄙之語，那些人之常情，說到這兒也頓住了，繼續不下去。

月徊撫撫他的脊梁，很真摯地說：「彼此彼此。」看著他，心裡湧起一種酸澀的味道，那味道衝了鼻子，潮濕了眼眶。她捧住他的臉，貪婪又用力地審視他，「還好，肉爛在鍋裡了，要不我該多難過啊。」

喜歡她，就不要在意她的措辭，可他還是忍不住發笑，頷首說對，「妳在對皇上笑，對小四笑的時候，我真恨妳胡亂勾搭，恨不得掐死妳。」

月徊嘖了聲，「那怎麼能是勾搭呢，是我人緣好……」

她忙著給自己貼金的時候，他隔著明衣慢慢尋覓，好像找見了，輕聲問：「是這裡？」

月徊續不上來氣兒，「好……好像……」

接下來也不必她說什麼了，他溫和地微笑，擠擠挨挨，就算隔靴搔癢，也異常舒心。

月徊終於開始感激那藥了，能妥善地，把他隱藏得那麼好，「回頭把方子借我抄抄，萬一後輩裡頭有人用得上，也算功德一樁。」

梁遇並不認同，「妳不會指望後世子孫裡頭，還有人做太監吧！大鄴朝出了我一個，已經亂了章法，要是再來一個，那這王朝八成氣數將盡了。」

傳續了一百多年的王朝，興衰交替也是尋常。照著他們的立場來看，司禮監崛起是好事，可擱在哪朝哪代，宦官專政都是亡國的預兆。大鄴從哪輩兒開始抬舉太監的，說不清了，但梁遇這輩兒拿了票擬和批紅的大權，民間對他的口誅筆伐只會越來越多，往後皇帝懶政也罷，政績不佳也罷，都是他的罪過。

「哥哥，你想過隱退麼？」她輕喘著說：「我早和你提過的，想讓你從良，你現在幹的事，都不是人事啊。」

這又算在罵他了吧！確實，打從進宮那天起，他的累累罪行便數不勝數。他排除異己，把持朝政，苛待後宮，製造冤獄，哪一樁不夠他砍一百回腦袋！他真不是好人，朝堂上那些有利天下的舉措，即便是他極力促成，功勞也不在他身上，對天下人來說，他仍舊十惡不赦，連紅羅黨也是為反他而生的。他眼中的逆賊，卻是天下百姓心裡的義士，畢竟苛捐雜稅堆在每個人頭上，都是一座壓彎人腰的大山。在所有人敢怒不敢言的時候，只有紅羅黨挺身而出，他們是敢於反抗吏治的英雄，梁遇則是人人得而誅之的奸佞。

可是他這樣的奸佞，卻官場情長兩得意，這世上沒有靠善心白手起家的人。手順著她身側的曲線下滑，猛地托起她的腰，他很稱意，姣好的眉眼染上一層桃色。

「我抽不了身，嘗過了權利的味道，沒人能再拒絕。那些辭官返鄉的，哪個不是仕途不順急流勇退？若官做得順風順水，今兒七品明兒一品，傻子才隱退。」他貼著她的耳畔說：「我要在這位子上長長久久地坐下去，讓十萬廠衛聽我號令，三朝之內無人敢逆我。做不到這些，多年的隱忍就都白費了，慕容氏得我伺候，不配！」

月徊傻歸傻，心頭也打哆嗦，「這野心有點兒大啊……」

梁遇懶懶從顛倒中掙脫出來，笑道：「妳是第一天認得我麼？我的惡名，妳應當早就聽說過的。」

他打定了主意的事，向來不由人置喙。月徊無可奈何地琢磨起來，「咱們沒家沒口的，也不怕誅連九族，是吧？」

這就說明她打算和他同進退了，不過表達方式古怪了些，梁遇道：「妳放心，萬一大事不妙，我會安排妳逃命的。」

月徊說不，「我是那種只能同富貴，不能共患難的人嗎？你辦大事，我幫襯著你，反正要命一條……咱們真像一對兒亡命之徒。」

所以非但有兄妹的深情，有情人的濃稠，還有螞蚱般同生共死的勇氣，這麼複雜的感情，光是想想就叫人頭暈。

梁遇喜歡她的通透，他有應對變故的手段，保全她綽綽有餘。司禮監眼下如日中天，至少在他這輩裡，這個衙門是絕倒不掉的。她擔憂的境況不會出現，她來人間一遭，享盡人間富貴就好。

又是輕柔的進擊，一浪接著一浪，他吻了吻她的唇，「今兒先支些利錢，等上了岸，挑個好時候拜祭過爹娘，咱們圓房。」

月徊心裡暗自詫異，她有點不認得他了，彷彿脫下層層華美的外衣，底下藏匿的是另一個靈魂。她記憶中的哥哥不是這樣的，她還記得他端著架子，冷冷一瞥她的神情，沒想到換了個關係，他的某些本性毫不掩飾地呈現在她面前。鸞狠血腥的欲望，令人戰慄的掠奪，霸道是霸道了點，可是不得不說，還挺讓人心潮澎湃。

第二十三章 運籌帷幄

船隊一路南下，沿著海岸線蜿蜒的弧度，經過了寧波府、福建府，直下廣東。

離廣東越近，沿途傳來的消息便越密集，提前派往廣西剿滅紅羅黨的錦衣衛千戶萬海樓，與先遣的東廠檔頭匯合，據說已經聯手搗破了一個亂黨窩點。

楊愚魯將消息報進來時，臉上卻帶著鬱氣，「可惜這回代價頗大，又死傷了駐紮在當地的幾十名番役。擬定計畫的時候曾報與總督衙門，兩廣總督是知情的，也答應派遣衛軍接應，可是廠衛衝破亂黨巢穴後，卻遲遲不見衛軍增援。事後責問總督衙門，衙門派出一位參將，以記錯了時間搪塞，氣得萬海樓一刀把人砍了。」

梁遇坐在案後，放下手裡的書信，「把人砍了？總督衙門是怎麼處置的？」

楊愚魯道：「葉總督大怒，欲羈押萬海樓，廠衛與衛軍對峙了半個時辰，最後這事不了了之了。」

梁遇冷笑連連，錯著牙道：「就這麼翻篇了？且翻不了篇呢，一個小小參將丟了條命，就想糊弄過去，真是錯打了算盤！葉震封疆大吏當久了，有些得意忘形了，咱家要捏死他，像捏死一隻螞蟻一樣簡單。我損失了幾十廠衛，他還想動我的千戶，是瞧著咱家好說話，打算爬到咱家頭頂上來了。」

他生氣的時候並不疾言厲色，只是那種沉澱下來的陰冷，叫人心裡頭直起慄。

楊愚魯道：「老祖宗稍安勿躁，總算廣西那個賊窩兒被鏟平了，還生擒了幾個番主。照著咱們的行程，再有三天就能抵達廣海衛。廣海衛離總督衙門駐地近，兩廣總督鎮守南地多年，根基深厚是不假，但君要臣死，臣不得不死。老祖宗手上攥著皇命，先斬後奏，全在老祖宗一句話。」

梁遇閉了閉眼，長嘆一聲道：「上次去大國寺求了一卦，解簽的說我殺氣過重，宜多結善因，我原不想一來就弄得腥風血雨，可惜這位總督不肯成全我。他縱著紅羅黨，縱著瑤民造反，既然他要圖自己的好名聲，那少不得讓咱家當這個惡人。也罷，咱家從來不稀圖那些虛名，能為朝廷辦事，能替皇上分憂，萬死不辭。」他說罷，沉吟了下，「上岸後不去總督衙門，先會一會布政使。葉總督這地方大員不得人心，聽說布政使同他面和心不和，咱家這巡撫到了，正好給他們調停調停。」

所謂的調停，不過是聯蜀抗魏，過後再各個擊破。楊愚魯道是，「已經派了哨船先行安排住處，並未通知三司衙門和總督衙門，到時候那些大員們來不來迎接，全憑他們的心意。」

梁遇一笑，「不來倒好了，各辦各的差事，誰也不礙著誰。可惜了，到時候只怕孝子賢孫爭著當，想接管水師和珠池，反倒不容易。」

這頭正說話，外面秦九安進來回事，說：「老祖宗，臨海一線出現一支隊伍，看樣子像海朗所的駐軍，跟著咱們的船隊跑了一炷香了。」

楊愚魯道：「海朗所的駐軍是肇慶總督府的前鋒，看來兩廣總督已經得了消息了。」

梁遇並不理會那些正兵，撐著額頭有些意興闌珊，「別管他們，船隊繼續往廣海衛進發……朝廷眼下什麼情形？」

秦九安道：「皇上並未重啟內閣，還是照著老祖宗離京前的規矩辦事，只是批紅權因老祖宗不在，皇上收回親自料理了。這兩個月來，聖斷和內閣諫言多有衝突，內閣那幫人見老祖宗離京，倒有些故態復萌了。皇上要增加屯兵他們不讓，要修繕茂陵他們不讓，連給慈慶宮加個頂，他們也要指手畫腳，弄得皇上大發雷霆。」

文官最要緊的是諫言，諫言是什麼？就是讓皇帝不痛快，不停給皇帝醍醐灌頂。梁遇走前就預料到了，只要有這幫言官在，皇帝就會越來越惦記他。現在還能忍耐，再過上兩三個月，難保不發御筆聖旨，召他回京。

「宮裡呢？這程子還太平麼？」

秦九安道：「皇上獨寵宇文氏，短短兩個月，已將其從貴人升為順妃。照這勢頭看，順妃取代皇后，不過是朝夕之間的事。」

梁遇略沉默了下，蹙眉道：「皇上年輕，不知道裡頭厲害，宇文氏早前也是北方的霸主，後來被神宗皇帝馴服，圈養在江南。可狼就是狼，骨子裡的血性磨滅不了，他們這些年看似老實，其實沒有一日不在暗中活動。躺在富貴窩兒裡頭也沒忘臥薪嚐膽，不信去瞧瞧宇文家的子孫，有哪一個是貪圖享樂，養得一身肥肉的！」

這倒是，當今皇上登基時，宇文家的人進京朝賀，不管是南苑王也好，南苑王世子也罷，警敏從容，一雙眼睛像鷹隼似的，瞧人一眼就能瞧出個窟窿來。這樣的人家，血性一輩傳一輩，據說哪怕是繈褓裡的孩子，也是日日雞起五更，和朝中君臣一樣作息。不過宇文氏善於做表面功夫，每到御門聽政的日子他們就燃香，朝著北京方向三跪九叩，面兒上是感念皇恩浩蕩，實則是提醒兒孫不忘馬踏天下。

梁遇早有過削弱異姓王，收攏兵權的提議，可惜小皇帝膽色不夠壯，怕因此社稷動盪，怕被世人詬病。其實眼下那些藩王還不成氣候，這時候不下刀子，等他們招兵買馬根基壯碩了，就會把刀子架在朝廷脖子上。

然而……有時候細想，也只有自嘲一笑，有利家國天下的創舉都得傷筋動骨，小皇帝想安逸，維持現狀最好。後來他便不怎麼過問這事了，畢竟江山是慕容家的，興也罷，亡也罷，他管不了那麼多。

秦九安問：「那老祖宗看，是不是該往宮裡傳個口信兒……」

梁遇瞥了他一眼，「皇上正在興頭上，你去勸人，皇上不高興了，咱們能高興得起來嗎？」他站起身，擺了擺手裡摺扇，佯佯走出艙房。

海上漂了兩個多月，從北走到南，從春走到夏，不容易啊！邁出艙房，迎面一股熱浪，天亮得發白，即便走到風帆籠罩的陰影下，風裡夾裹的熱也讓人無處躲藏。

梁遇站在甲板上看，因是沿著海岸線航行，隱隱綽綽能看見陸地，對於許久不沾土腥兒的人來說，已經是極大的寬慰。他長出一口氣，兩廣送來的奏報一封接著一封，越是看得多了，越是對地方總督衙門恨之入骨。不過兩廣總督葉震也不是等閒之輩，早年進士出身，在京裡摸爬滾打多年，才調撥出來當上了封疆大吏。京城那一套虛與委蛇他全會，甚至做得比登州府迎接的排場更盛大。

廣海衛登岸那日，所有官員悉數到場，烏泱泱的一大片人，穿著官服頂著大日頭，站在碼頭上苦等。梁遇永遠是不慌不忙的氣度，錦衣華服的侍從撐著巨大的華蓋，他帶著月徊走在華蓋下，風吹動他曳撒下的襞積，隱藏的暨襉裡也是大片織錦行蟒，邁動的時候被陽光照見一角，光華璀璨，令人炫目。

「葉總督。」他滿臉堆笑，拱了拱手，「總督大人離京時，咱家才入司禮監辦差，沒能有幸一睹總督風采，今兒得見，也算圓了我的缺憾。」

葉震笑得比他還熱絡，簡直如見了闊別多年的老友一樣，迎上前來見禮寒暄：「內相……內相間關千里，一路辛苦。本督離京多年，但早已聽聞過內相大名，內相說沒見過本督，本督卻見過內相。有一回本督進宮面聖，內相恰好從橫街上路過，算來有五六年光景了，內相相較那時愈發沉穩矜重。本督原想今年平定了紅羅黨後，入京向皇上面稟，也好拜會內相，沒想到朝廷竟派內相親來坐鎮，實在令葉某汗顏。」

梁遇「噯」了聲，「都是為朝廷分憂，總督大人不必過謙。咱家臨行前皇上一再吩咐，廣東若亂，南國不寧，這件事是扎在朝廷心上的刺，皇上為此，常徹夜難眠。這次咱家就是衝著剿滅亂黨來的，番役加上錦衣衛及十二團營禁軍，少說也有五六千人，不過……」他意有所指地牽唇一笑，「強龍壓不過地頭蛇麼，到了緊要關頭，還需仰仗總督大人。」

葉震打著哈哈道：「這是自然，本督必定竭盡全力配合內相，若有疏漏之處，內相只管提點就是了。」

這是嘴上的漂亮話，就在前幾天，廣西搗毀紅羅黨窩點時，總督衙門可是聽之任之，讓他折損了幾十廠衛。

梁遇哼笑，把手裡摺扇遞給月徊，「咱家不大明白，紅羅黨究竟有多少人馬，竟那麼難以剷除，須得朝廷出動兵力平叛。咱家想著，是不是兩廣的駐兵不夠？還是廣海衛的水師懈怠已久？」他的目光在那些曬得滿臉油汗的官員頭上巡視，一眼便瞧見了人群前列的總兵，「楊總鎮，兩廣的駐軍海防等軍務由你統領，倘或辦事不力，總督大人怪罪下來，恐怕你吃罪不起吧！」

他親點了名，不由令在場官員俱一瑟縮。照理說他是京官，又是內官，和地方大員並沒有什麼往來，可頭一回見面就能精準辨認出什麼人什麼銜兒來，可見這東廠提督不是白乾的。

總兵楊鶴上前兩步，拱手行了一禮。自己心裡也暗暗琢磨他的話，兩廣的兵力都由總督調度，但名頭上卻是在他手裡。亂黨平定不了，最後揹鍋的少不得是自己，梁遇浸淫官場多年，一開口便四兩撥千斤，先替他鬆了一回筋骨。

楊鶴戰戰兢兢，「因那些亂黨在各地流竄，想一網打盡屬實不易……」

梁遇「嗯」了聲，「倘或真有難處，咱家也不會強人所難。橫豎廠衛偵緝一向在行，查出亂黨行藏的差事，就交由廠衛去辦。不過剩下的接應增援事宜，可得勞動總鎮了，倘或再發生前幾日的事，咱家身為欽差巡撫，有先斬後奏的特權……總鎮大人，你可聽明白了？」

一般美人兒耍起狠來，半點不講情面。大七月裡的天氣，明明驕陽似火，經他一番殺雞儆猴，在場眾官員冷汗無不涔涔而下。

東廠的惡名鮮少有人沒聽說過的，那群擅長使用酷刑的殺人狂，目光也和正常人不一樣。他們在梁遇身後一字排開，蒼黑粗糙的皮肉，眼睛如同黎明時分的獸瞳，光天化日之下，也發出幽幽綠光。

「是、是、是……」人群裡眾口雜亂地應著，要論官銜，東廠提督還在兩廣總督之下，但有了御封的巡撫一職，便能正大光明管轄兩廣地區。

下馬威做足了，梁遇又換了個平和面貌，笑著說：「咱家初來貴寶地，往後仰仗諸位大人的地方多了，還望諸位精誠合作，早日助我剷除亂黨，早日向朝廷覆命。」

是是是，又是一疊聲的敷衍，葉震扭曲著笑容上前支應，「本地最好的會館，當屬梅山會館，本督已將它包了圓，作內相行轅之用。」

梁遇道：「總督大人客氣，先遣上岸的人已經把一切安排妥當了，大熱的天兒，能不煩勞總督大人的，就儘量不勞煩吧。但他日若有不情之請，還望總督大人伸一伸援手。」

他說完也不等葉震回話，舉步往堤岸那頭走去。華蓋隨他的步子向前移動，前後錦衣衛護持著，那壯觀排場讓兩廣官員嘖嘖：「險些以為是御駕親臨了。」

葉震冷笑，「怕也差不了多少。」

楊鶴腳下蹉著步子，壓聲道：「這位內相，看來是個不好相與的。」

葉震卻不以為然，「虛張聲勢罷了。在京裡靠著一張臉媚主求榮，這套在兩廣可行不通。傳令下去，不論梁遇傳召誰，一應不得前往。籬笆紮得緊，野狗鑽不進，要是誰敢壞了規矩，一律按軍法處置。」

楊鶴道是，看總督大人重新妝點上笑，快步追了上去。

天兒是真熱，又客套一番，終於辭別了眾官員，一行人進了落腳的地方。頭頂上大樹參天，遠處還有棕櫚樹搖曳，但那熱流是從小腿肚上貼地竄上來的，像炒熱的沙子當風揚起，一陣陣氾濫成災。

月徊熱得臉都紅了，梁遇抬手替她解了領上金鈕，「往後白天別出去，沒的曬脫一層皮。」

月徊新到一處地方，眼裡裝滿了好奇，左顧右盼著：「比起冷來，熱可好受多了，我不怕熱。」扭頭看見無處不在的「瓶隱」二字，咧嘴笑著說：「這些南方人真別致，還愛取諧音兒呐。瓶穩，平穩啊，他們的口音和咱們不一樣，這兩個字也是這麼念來著？」

梁遇一聽，就知道她要鬧笑話，「那是瓶隱，不是瓶穩。古時候有個人叫申屠，常在山林間遊歷，隨身攜帶個瓶子，縱身一躍就能藏身瓶中，所以才叫瓶隱。」

月徊「噢」了聲，「這倒好，不用蓋房子，想住哪兒就住哪兒。蓋上蓋兒，興許裡頭還冬暖夏涼呢。」聽得楊愚魯和秦九安都笑起來。

梁遇對於她胡扯的能耐見怪不怪，轉頭吩咐秦九安，「廠衛們的吃住你要多費心，才到新地方，保不定水土不服。伙房用自己人，不許外頭人插手，飲食多加小心。」

秦九安應個是，呵腰退了下去。

待進了廂房，才感覺把層層熱浪阻隔在外面，梁遇脫下罩衣搭在一旁的玫瑰椅上，一面道：「今兒入夜前，把總兵楊鶴和布政使籍月恒給咱家請來。用不著下帖子，帶著廠衛登門，他們不來也得來。」

這兩廣就算是銅牆鐵壁，也經不得一處一處慢慢鑿，楊愚魯道是，放輕了語調說：「海上這麼長時候，老祖宗只在登州府上過岸，這程子腳下怕也虛浮了。趁著午後靜謐，好好歇會子，剩下的交給小的們承辦，錯不了的。」

梁遇點了點頭，抬手一擺把人打發了出去。

外面伺候的小太監開始張羅，一桶一桶的水往屋子裡運，他偏頭瞧了月徊一眼，「姑娘，身上有熱汗沒有？一起洗洗吧？」

月徊因記著他說過的，等上岸後就要打她主意，因此很小心地保持警惕。他問要不要洗澡，她搖頭，「我就愛聞汗味兒。」

梁遇嫌棄地別開了臉，「這是什麼怪癖！」她不洗也由她，自己挪著步子往裡去，邊走邊散漫道：「我洗澡，妳替我守門。今兒夜裡有鄭仙誕，回頭等我洗乾淨了，帶妳上外頭看女人去。」

南方的民俗和北方不同，月徊以前跑漕船，最多只到江南一帶，從沒到過兩廣這麼遠的地方，因此什麼鄭仙誕，連聽都沒聽過。不過能去看姑娘，倒是不錯的消遣，但轉念再一想，如今的哥哥不宜多看女人，他興致勃勃，究竟想幹什麼？

看來到了炎熱的地方，燒得他沸騰起來了，腦子那麼活絡，是不是看見海岸邊上往來的漁女穿著露腰的衣裙，他就開始無端蕩漾了？

「我只想知道，有沒有男人可看。」月徊摸了摸下巴，「小時候在前門大街上賣呆看女人，一看能看一整天，早就看膩了。我如今大啦，通人事啦，我要看男人。」

梁遇聽了，臉上一陣陰沉，「男人？這裡的男人個個長得黑亮黑亮，恐怕不合妳的胃口。」

月徊說那不至於，「大檔頭眼下黑得就剩兩隻眼珠子了，可我瞧他也挺有意思，又高又大，一笑一口大白牙。」

她說這話的時候，從對面廊子上經過的大檔頭背後忽然一涼。

轉過身看看，背後沒人，但胳膊上汗毛根根豎立，那成串的雞皮疙瘩，看得他撕心裂肺百爪撓心。

屋裡的梁遇衝她直發哂，「大檔頭？沒曾想妳還有這心思呢。」

月徊眨了眨眼，「我就是好有一比，黑點兒的人看著結實，還顯臉小。」

梁遇不再搭理她了，一拂袖，轉身就往隔壁去。月徊還挺欠地跟上去，他進屋後就關上了門，她趴在直欞門上直拍打，「您別惱啊，我可是您的好妹妹……」

裡頭水聲更大了，嘩嘩地，證明梁掌印很生氣。

大檔頭見她退回來，快快坐在廊廡底下陰涼處，便捧了個椰子送給她。

月徊顛來倒去地看，這東西長著一身青皮，掰又掰不開，不知該怎麼下嘴。大檔頭立刻抽出隨身的繡春刀，「唑」地一下削了一半。裡頭椰汁一漾，灑了滿地，他把剩下的遞給月徊，「大姑娘，妳連椰子都不知道？兩廣可是個好地方，不光有這個，還有荔枝。楊貴妃那時候恨不得長在荔枝樹上，妳這回有福，來得正是時候。回頭我讓人送兩筐來，讓妳瞧瞧新鮮的荔枝是個什麼模樣。」

月徊端著椰汁喝了一口，這水碧清，很甜，還帶著一股清香的味道。像這種東西，產地上遍地都是，一點兒不稀奇，但路遠迢迢運進北京後奇貨可居，只有那些官宦人家或是有錢的富戶，才品過這鮮美滋味。

月徊喝出了哀傷，「等咱們回去的時候運一船，渴了喝這個，又解渴又解饞。我啊，小時候看見有人拿椰子殼做燈，按上個提手，頂上再鑿個小窗，裡頭裝一支蠟燭……那會兒不知有多羨慕。」

大檔頭琢磨了下，「椰子殼燈？那得找毛椰子，這個太嫩了。妳要不要？要的話我給妳找去。」

有機會彌補小時候的遺憾，當然是好事。月徊說要，「只是怕給您添麻煩，才到廣東地界兒上，還有好些差事要辦呢，淨給我找椰子了。」

大檔頭提起手裡的刀，朝不遠處的海岸指了指，「看見沒有，滿地的椰樹，等我給妳砍一個回來。」

他才說完，月徊還沒開口，身後的直欞門就打開了。

剛出浴的督主新鮮得像抽芽的蘭花，人是剔透的，但眼神也如刀鋒般銳利，倨傲地睨著大檔頭，「馮千戶，看來你閒得很呢。咱家吩咐的要請楊總兵和布政使來園子裡敘話，你是沒聽見咱家的令兒？」

大檔頭神色一凜，垂首道：「回督主，楊少監和四檔頭已經帶人去了……」見梁遇仍舊冷冷看著他，再不敢多言了，縮著脖子說是，「卑職這就去看看，有沒有幫得上忙的地方。」

大檔頭夾著尾巴跑了，月徊捧著椰子，把裡頭椰汁喝盡了。

梁遇衝大檔頭的背影哼了聲，「偷奸耍滑，不知怎麼有臉在十二檔頭裡排第一的！」

月徊說：「哥哥你是在吃醋嗎？見我先誇了人家，又趁著你洗澡的當口和人家閒聊……」

梁遇並不承認，淡漠地轉過身，搖曳著直裰向前廳走去，邊走邊道：「不是人人都配得上我拿正眼瞧的，吃醋？吃馮坦的醋？」他不屑地哼了哼，「他也配！」

橫豎天下人都不配，也許在他眼裡，只有小皇帝能在這件事上和他論一論高下。

月徊跟著他進了前廳，一面問：「哥哥，我聽說皇上和珍熹格格恩愛逾常啊？」

梁遇「嗯」了聲，「有件事忘了告訴妳，宇文氏從順妃晉封為貴妃了。」

月徊目瞪口呆，愣了半天，心裡湧起一股莫名的哀傷，氣得坐在圈椅裡直蹬腿：「那不是答應給我的銜兒嗎，說話兒就給了別人，還金口玉言呢，我看是人嘴裡鑲了狗牙！他拿貴妃位分當什麼？喜歡誰就賞誰，我連一天都沒坐上，就給我轟到保定去了。」越說越氣惱，仰著脖子長嚎，「我的貴妃，被人撬了，我心不甘吶，氣死我了！」

梁遇看她撒氣，像在看唱戲，「妳又不實心跟著人家，卻貪圖人家的貴妃位分，任是讓誰來評理，都會覺得妳辦事不地道。那個宇文氏，使了多少手段才登上貴妃的寶座，妳以為憑妳那兩隻蟈蟈兒就能收買人心？我勸妳醒醒神兒！」他當然也有他的不滿，別開臉嘀咕著，「還有臉說別人吃著碗裡瞧著鍋裡，自己這頭吃肉，還非得把筷子杵到人家碗裡……」

她「嗯」了聲，「你說什麼？別打量我耳背聽不見。那肉是我要吃的嗎，是你塞到我嘴裡的。」

梁遇這下真被她氣著了，霍地站起身扭頭往裡間去，臨走拋下一句話，「妳給我進來！」

傻子才進去吧，月徊心想。原本沒打算理他，結果他走了兩步見她沒跟上，重新折回來，不由分說，一把將她硬拖了進去。

廣東的屋子和北方不一樣，北方冬天冷得真材實料，南方最冷的時候也不用大棉褲子二棉襖，因此屋子裡隔斷不用板磚，就用藤篾編織的牆，又透風又敞亮，在裡頭坐著能聽見外面的動靜。

月徊給拽了進去，不敢高聲，壓著嗓子警告：「你可別胡來，我會叫的。」

梁遇那雙眼睛盯著她，要吃人似的，「剛才那話，妳再說一遍。」

月徊裝傻充愣，「啊？我剛才說什麼了？我什麼也沒說啊。」

「妳說這肉不是妳要吃的，是我硬塞給妳的。梁月徊，妳說話可真傷人心吶，對，是我偏巴結妳，是我硬纏著妳不放，是我害得妳當不上貴妃的……」他把她壓在竹榻上，他上面一使勁，底下就吱嘎作響，「可那又怎麼樣？這肉不可口，不香嗎？妳情願和那些女人掙一鍋爛肉，也不要我這碗櫻桃肉，妳是瞎了眼，還是瞎了心？」

他說得咬牙切齒，月徊卻聽得大笑，這世上也只有梁掌印能覥著老臉自比櫻桃肉了。可是這肉啊，真如他說的那麼爽口，那麼香。早前她還不能接受，到現在卻是錯眼不見就心慌。

她笑不可遏，笑完了還得安撫他：「我也沒旁的意思，就是覺得自己像在考科舉的時候被人坑了，說好的榜眼，一下子名落孫山，我這是官場失意，你能明白我的感受吧？」

梁遇說不明白，一邊親她，一邊嗡噥著說：「有真才實學的人，叫人頂了才難受……妳狗肚子裡沒有二兩墨，考不上榜眼不是預料之中的嘛……」

月徊在底下掙扎不已，原本被他親了就親了，他還偏捅人肺管子。她不服，掙著脖子說：「是啊，我是個葡萄架子，哪有人花架子美。別人豔冠群芳，做貴妃是名至實歸，我不成，我做貴妃是狗戴嚼子，冒充大牲口。」

梁遇實在覺得支應不了她了，鑾狠地堵住了她的嘴。

廣東的七月芯兒裡真熱，才洗的澡，和她一糾纏，又弄得一身汗。可是他喜歡這種熱烘烘的感覺，像渾身泡在溫泉裡，通體都透著舒坦。

她起先還不屈，他一點一點吻暈了她。再看她的時候，她面色紅潤唇色瀲灩，他只覺一股子邪火莫名竄上來，要不是過會兒還要見客，這個午後就是好時機，去辦一件他想辦已久，思之欲狂的事。

以前不是這樣的，證明有些事不能起頭，一旦起了頭，就有愈演愈烈之勢。他緊緊壓住她，眼神專注地望著她，然後解開她的衣領，在她肩頭咬出兩排細細的牙印。

「痛麼？」他問。

月徊「嗯」了聲，為他神魂顛倒，也不差這一回。

他低下頭，從那玲瓏香肩一路親上去，曖昧地貼著她的耳朵說：「原來我也喜歡聞汗味兒。」

月徊紅了臉，知道自己味兒不小，可能薰著他了，心虛地說：「這味兒不正，你等等啊，等我回頭洗乾淨……」

他說不礙的，「不管妳是鹽鹵的，還是糖浸的，我都喜歡。」

哎呀，這人真是太會說話了，月徊感動地說：「我以前做夢也沒想到，你能把哥哥當成這樣。」

以前的哥哥可親可敬，高高在上；如今的哥哥從天上掉下來，又柔情又霸攬。她說不上更喜歡哪個，反正她願意跟現在這樣的哥哥膩歪著，覺得他是活的，有血有肉，有七情六欲。

月徊小聲問：「爹娘的神位，你帶著麼？」

他說帶著，眼裡情欲一瞬褪盡了，坐起身沮喪道：「我這輩子，最對不住妳的，就是沒法子讓妳名正言順當我的夫人。」

月徊對這個並不太在意，「人不都說了嗎，妻不如妾，妾不如偷。我也沒想回了北京後，在提督府給你看房子，我想做點買賣，開個茶館或是鳴蟲鋪子什麼的。」

所以這姑娘心是真大，一個人善於包容，心胸能裝下天地。他坐在那裡，抿著唇淺淺地笑，「妳開個買賣行，我下了值來瞧瞧妳，也不錯。」

月徊歲過身子枕著他的腿說：「我要選個前面是門臉兒，後面是住家的鋪子，只要門一插上，就能在鋪子裡過夜。」她自己暢想著，喜歡得笑起來。伸出手勾他的脖子，在他耳邊說：「哥哥，將來咱們能有孩子嗎？要是能有，長得像你也不要緊，人家會說，外甥像娘舅。」

她老有那種來歷不明的急智，讓梁遇哭笑不得。可惜廠衛們都知道他們是一對，要是沒個男人頂缸，真生出個像他的孩子來，流言也不會斷。

他撫了撫她的臉，「會有的，說不定將來會封侯拜相。」

月徊並不擔心孩子的前程，有他這個爹，還能錯得了嗎。

這頭正說私房話，透過篾牆疏朗的經緯，看見外面直道上有人來了。梁遇站起身，抻了抻身上衣裳，輕聲囑咐：「在後頭等著，我辦完了事帶妳出門。」

走進前廳，他又是那個長袖善舞的掌印督主。臉上掛著笑，老遠便拱起了手，「蕃臺、總鎮，先前碼頭上人多眼雜，不便多言。眼下請二位下降行轅，怕是要連累二位反了總督大人的令兒，咱家是實屬無奈，還請多多包涵。」

那些官員心裡忌憚的種種，他率先便點明了，用不著藏著掖著，才好繼續說事。

梁遇把內閣的諫言和皇帝的意思都同他們交代了一遍，臨了笑道：「不瞞二位說，內閣對葉公頗有微詞，皇上也對其提督兩廣的能力存疑，咱家這回來，是帶著皇上密旨的，且留觀葉總督一陣子，倘或實在不成就，也只好摘了他的烏紗。」

楊鶴和籍月恒交換了下眼色，畢竟都是官場上混跡多年的，只要風向一變，立刻就能敏銳地察覺。

布政使先吐露一番自己的內心，「內相有所不知，下官專管兩廣民政、財政，譬如行政、軍事、監察大權等，下官是無權過問的。這兩年兩廣亂，一造兒瑤民，一造兒紅羅黨，下官就是有反總督之心，也沒那個能耐。」

梁遇又瞧楊鶴，「總鎮大人，您的意思呢？」

楊鶴道：「葉震拿捏著兩廣綠營和水師，卑職對此早就不滿了，可惜因葉震是頂頭上司，朝中也沒有派人前來接管，我若有異動，便是謀反，因此一直忍到今日。如今既然內相親臨，我也發一發心裡的牢騷，內相知道葉總督為什麼既不平息瑤民作亂，又不剿滅紅羅黨麼？因為總督衙門和亂黨有利益往來。桂平那些山頭，本來都是總督私帳上的產業，後來朝廷要收管，葉總督對瑤民宣稱增加八成賦稅，這才調唆得瑤民作亂的。葉震在兩廣欺上瞞下一手遮天，朝廷哪裡知道，內相縱然耳聽八方，兩廣離京城萬里之遙，這些細枝末節的東西，難免會有疏漏。」

梁遇倒不是完全不查，大鄴每個封疆大吏，多少都有侵公貪墨的小動作，但像葉震這樣挑起民憤對抗朝廷的卻不多。眼下從總兵口中聽見這些話，算是給了他定心丸吃，他含笑看向布政使，「蕃臺，勞您出馬的時候到了，以欽差巡撫的名義擬一封告瑤民書，朝廷並未增加稅賦，不過將私田納入兩廣魚鱗圖冊罷了。私田的田主，大可拿田契來布政使司兌換朝廷分發的兌銀，桂平一線從未將田地分割給百姓，這些瑤民本就是租田耕種，既不用增加賦稅，又可減免租金，咱家倒不信，還有哪個再來造反。」

楊鶴和籍月恒頓時對他肅然起敬，再一想又猶豫，「這稅賦……果真不加了麼？」

梁遇負手在地心踱步，長嘆道：「這個咱家來想辦法呈報朝廷。瑤民本就不易，不增稅賦，也是天子仁政，體恤夷民。」

於是楊鶴與籍月恒忙起身向他長揖，「下官等，先替瑤民謝過內相了。」

只是他們不知道，他們進入瓶隱商談的消息，早就被廠衛有意洩露給總督府。葉總督聞訊震怒，那兩位大員便斬斷了一切退路，這下子除了與梁遇一條心，別無他法了。

所以何為瑤民難以平定，紅羅黨難以根除，只是因為兩廣的掌權者不作為，縱容他們與朝廷為敵，才有了這一長串的舉步維艱。

如果不到當地來，憑著派遣出京的幾位千戶，和兩廣總督的官銜差得太遠，就算清楚裡頭隱情，也沒人奈何得了他。

梁遇後來又問及葉震和紅羅黨暗中有什麼利益牽扯，布政使簡單直接地說：「紅羅黨分上黨和下黨，上黨培植讀書人，下黨是民間壯勞力。葉總督想藉那些讀書人控制兩廣科舉，將來他的門生遍布朝野，那麼他說話，震動的便不只兩廣，而是整個朝廷。」

梁遇發笑，這位葉總督確實有遠見，還知道控制朝廷選拔賢能這條路。只是他料錯了，皇帝沒有派那些文弱的內閣官員來，卻是遣了他。他不是正經科考出身，本走的就是野路子，靠著與皇帝親近的關係才有了今天，他手上能轉圜的餘地，比一般官員大得多。尋常大員來，官銜和葉震相差無幾，又怕得罪人，最後少不得表面敷衍一番就草草回京覆命，他卻不是。為了給司禮監立威，這次平定瑤民也罷，剿滅紅羅黨也罷，必然都要做到極致，所以就少不得拿葉總督開刀。

梁掌印對於願意歸順的官員還是十分客氣的，笑著拱手道：「今日有勞兩位大人了。兩廣大員無數，碼頭上悉數到場迎接，什麼人什麼心，咱家全瞧在眼裡。咱家是寧撞金鐘一下，不打破鼓三千，免了與葉總督的周旋，好專心辦我自己的差事。二位與咱家，都是為皇上分憂的，食君之祿忠君之事，但凡政務上相互扶持的，他日咱家回京必定向皇上呈稟蕃臺與總鎮的大功。」

所以聊到最後，楊鶴和籍月恒反倒要慶幸這位巡撫大人傳召了自己。總督再大，大不過皇帝，梁遇是伴著皇帝長大，扶植皇帝登基的人，這樣的人物若是想扳倒一個兩廣總督，不是難事。

梁遇看了看天色，時候確實不早了，他該預備帶著月徊出去逛了。應付官員這種事，一旦談得差不多，就不必再費神支應，他只叮囑楊鶴，「廣海衛的綠營和海師，總鎮要清點明白，到了緊要關頭，咱家會暫且接管。」

楊鶴道是，「卑職聽內相號令。」

梁遇又對籍月恒道：「廣東的幾大珠池連年入不敷出，朝廷調撥高昂的采珠用度，到最後收成竟只有下等米珠幾斛。今年皇上大婚，廣納後宮，宮裡珍珠的耗費要比往年大得多。咱家已經傳召了廉州和雷州八處珠池的管帶，要澈查裡頭情形。今年采珠時節，咱家正好在，到時候如有存疑之處，還請藩臺助咱家一臂之力。」

籍月恒一疊聲道：「該當的、該當的……不瞞內相，八大珠池的採收，連年都由總督府轄下親軍承辦，下官雖說管理財政，這件事卻也不敢過問。」

梁遇唇邊笑靨加深了幾分，「藩臺不必多言，一切咱家來兩廣的路上就已經踅摸清了。總鎮這總兵當得憋屈，藩臺這布政使也當得憋屈，越性兒趁著這回不破不立，各自盡了職責，將來自有好處。」

兩位要員諾諾稱是，又寒暄了幾句，方從瓶隱山館退出來。

那廂門外對街的角落裡，總督府的人看著總兵和布政使離開，方匆匆趕到門上遞了名刺。

站班的錦衣衛粗聲粗氣讓等著，其中一個轉身進去通稟，過了會兒才出來，打雷般說：「今日巡撫大人不便，制臺大人的好意心領了。」

至於什麼不便，裡頭並沒有說。總督府同知斟酌了再三，壯著膽兒道：「兩廣夏季炎熱，巡撫大人若是中了暑氣，咱們這兒有特治的藥……」後面的話沒能說完，在錦衣衛兩眼銅鈴般的瞪視下，嚇得咽回了肚子裡。

總督府的邀約不去，誰知道是不是鴻門宴。梁遇在京裡時養成了一身驕縱的毛病，要是合脾胃，就算你是草廬茅舍，他也願意和你把臂言歡；但若是你不合他脾胃，那對不住，就算你住著廣廈豪宅他也不賞臉。

還是那句話——你不配！

◡ ◒ ● ○ ● ◓ ◠

月亮慢慢升上來了，今天的月色不怎麼樣，細細的一線掛在天邊的海面上，有些迷迷滂滂的。

這樣的夜，星月都是點綴，鄭仙誕的夜裡，十里八鄉處處張燈結綵。鄉民還組織歌舞儀仗，舞龍舞獅伴著八音曲調，吞酒噴火之類，那種熱鬧氣氛，京城只有春節時才勉強能與之相比。

他們在廣海衛登岸，便在廣海衛暫時駐紮下來，這裡臨海，夜市乘著海風舉辦，更有一番趣致。

「這攤兒擺的，總有幾里遠。」月徊搖著蒲扇說，穿過熙攘人潮踮足遠望，前面那些穿著短打的漢子舉著獅頭舞起來，哐哐的鑼鼓聲喧天，震得她腦仁兒嗡嗡地響。

梁遇帶她繞到另一邊，這裡平和得多，道兒旁聚集了好多商販，賣風車的、賣香燭紙錢的，還有廣東特色的椰絲餅、椰子糖。

梁遇帶她出門，像帶著個孩子，到一個小攤前，彎腰捏張油紙，挑了一把花花綠綠的糖果遞給她，「鄭仙誕是為紀念一位成仙的醫者，本來應該上白雲山去祭拜的，但這裡離得遠，在海邊祈福也一樣。這節還有個傳統，夜裡男男女女都露宿在外『打地氣』，據說能求得平安吉祥，百病不侵。」

月徊「哦」了聲，「要睡在外頭啊？那咱們要不要打地氣？」

梁遇的心思有些複雜，她這麼一問，他就想岔了。像他這樣情形，幕天席地不大方便，「還是睡在屋裡的好。兩廣不像北京，總督這會兒恨我恨得牙根兒癢癢，我倒不怕他對付我，我怕他憋著壞收拾妳。」

月徊向來色厲內荏，聽他這麼說，老實地往他身邊靠了靠。眼珠子四下轉，「總督的人，會不會暗殺咱們？」

「那倒不會，」梁遇雲淡風輕道：「周圍有我的暗哨，他不敢。」

月徊鬆了口氣，往自己嘴裡餵糖，又捏了一塊朝他晃晃，他搖了搖頭。

「珠池採收的活兒，我給妳攬下來了。」他微微仰著臉，沙灘上暖風吹著，渾身黏膩，但也不妨礙他悠哉的好心情，「廉州和雷州，加起來共有八處珠池。早前都是總督府打發人採收，這回調遣水師監工，我倒要看看，那些『珠盜』怎麼得逞。」

珍珠啊，和金銀一樣惹人喜歡。月徊設想一下自己坐在珍珠山上的樣子，就覺得意氣風發，別提多高興。

她嘿嘿地笑，梁遇偏過頭打量她，「又在傻樂什麼？」

月徊說沒什麼，「我就是覺得跟著你，能撈好些油水。」

梁遇失笑，「真要是讓妳當了官，八成是個巨貪。既這麼，就好好跟著吧，不光有油水，還有……」

那纖長的眼睫朝她眨了眨，彷彿撩撥到她心上。月徊心頭作癢，「還有什麼？」

他只是笑，搖頭不說話。她再追問，他便快步向前去，邊走邊道：「咱們也去放兩盞燈，求一求五穀豐登，人畜平安。」

月徊心道真是個接地氣的願望，他連隻狗都沒養，求個什麼人畜平安！

不過水岸邊上，蹲在那裡放燈的姑娘真不少。這裡姑娘的著裝和北方不一樣，太熱的地方不講究包裹嚴實，她們愛露胳膊愛露腰，外頭罩一件輕紗，人一動起來，那肉就在底下若隱若現。

梁遇從香燭攤上買了兩遝金紙，吹了火摺子點燃，極有耐心地一張一張燒化。火光暈染他的眉眼，那五官真是挑不出一點兒毛病來。

月徊看得陶醉，心裡感慨，爹娘真是太會養孩子了，怎麼一下兒能養著這麼一個寶貝，長得俊俏又文武雙全。要緊一樁，會使心眼子耍手段，背著人的時候還招人疼……真是的，越想越叫人喜歡。

可她喜歡，別人自然也喜歡。當初延慶宮王娘娘是深宮娘娘，惦記了好些年才壯膽兒勾搭他。眼下廣東的姑娘可不一樣，廣東姑娘的性情隨了當地的天氣，太陽曬得熱火朝天，熱也熱得坦坦蕩蕩。一個披著紗羅的女孩從對面走過來了，柔情款款，手裡還捏著一枝玫瑰。

月徊從沒見過走路能走得如此風情萬種的姑娘，她擺動腰臀，搖曳生姿，臉上掛著笑，皮膚雖然黑了點，但黑得勻稱健康，擱在哪兒都是個美人。

月徊呆呆拽著梁遇站起來，不由分說擋在哥哥跟前，「說不定是葉總督派來的殺手！」

黑姑娘走近了，瞧瞧梁遇又瞧瞧月徊，那股子笑意愈發嬌羞。

「妳是什麼人？」月徊炸著嗓子道：「閒雜人等不得靠近，快退後……退後……」

黑姑娘愣了下，手裡的花兒舉起來。月徊越發如臨大敵，好大膽的姑娘，光天化日之下就給男人送花？

可她好像料錯了，這花送到她面前，就沒有再往上舉。月徊和梁遇一塊兒傻了眼，月徊看看那姑娘，「給我的？」

姑娘笑得靦腆，含情脈脈的眼神，要是個男人，準會被她迷暈了。

梁遇一臉莫名，沒想到她看上的是月徊。也難怪，月徊穿著男人的衣裳，乍一看個子嬌小了點，但也是眉目朗朗一表人才。這廣海衛的姑娘頭頂藍天腳踏海灘，平日魚蝦吃得又多，體格要比中原姑娘大一圈。自己生得魁偉，就喜歡月徊這種小個子，畢竟小個子好養活，適合當上門女婿。

本以為月徊會受寵若驚的，她這人有個習慣，聽不得別人誇她好。誰知她接過花，扔在地上，拿手一指，「看見沒有，我就是這麼糟蹋芳心的！我對妳沒意思，我有人了。」

梁遇的眉頭高挑起來，對她刮目相看。

慘遭無禮拒絕的黑姑娘愣了愣，驚訝地看著她，一般來說接下去的反應就是眼含熱淚，抽泣打噎，可是這姑娘沒有。人家罵了句「衰仔」，轉身就走，從花攤上又拽了一朵花，尋找下一個目標去了。

月徊有點受傷，但依舊挺直了腰桿：「什麼眼神兒！」嘟囔完了又嘆氣，「她是在廣撒網，原來她不是對我一見鍾情。」

梁遇只好安慰她，「妳已經算不錯的了，她壓根瞧不上我。」

「所以我說她眼神不好。」月徊嗤笑，「她要是不換個眼光，這輩子甭想找著男人了。」

梁遇卻很高興，因為她那句「我有人了」，給了他難以言說的安全感。不拘怎麼，有這個覺悟就是好的，現在能拒絕姑娘，日後就能拒絕男人。

「月徊……」他垂下手，袖子蓋住他手指的行藏，指尖悄悄牽住她的手。

月徊笑呵呵的，「哥哥，你覺得這裡的姑娘怎麼樣？」

梁遇道：「不怎麼樣，我心裡有喜歡的人了，她們再好再壞，和我有什麼相干？」

這忠心表的，就很舒稱了。海風鹹濕，熱浪滾滾的夜，因他這句話，夜也變得多情起來。

「噯。」她含蓄地抿唇而笑，扭過頭瞧他，一雙眼睛像天上的星子一樣皎皎，「哥哥，有你在，我心裡頭真踏實。」

她說得由衷，這是真話，自打認回他，她就覺得浮萍有依了，半夜裡睡醒，不會饑腸轆轆，不知道明天的飯轍在哪裡。倒也不是吃飽了肚子的緣故，是心裡那種蔓延到頭髮絲兒上的篤定。她有了靠山，這靠山還對她一條心，咂摸一下，窮孩子頓時感動得熱淚盈眶。

兩個人買了一盞蓮花燈，祈願鄭仙保得這次諸事順遂，又對大海參拜一番，這臨海的夜市彷彿怎麼走也走不到盡頭。最後月徊犯懶了，說：「咱們回去吧，今兒才上岸的，好好歇一晚，明兒你們且有公務要忙呢。」

梁遇也覺得該回去了，趁著鄭仙誕的好日子，把爹娘的神位請出來祭拜祝禱一番，把他和月徊的事稟明了父母，剩下的就可以不慌不忙了。

瓶隱山館離海邊不算太遠，走回去也不過一盞茶工夫。漸漸舞龍舞獅的動靜甩在了身後，他們說笑著回到園內，穿過前頭會客的大院子，後面是就寢的地方。

內寢也有正堂，因怕亮光招蠓蟲，窗上都上了綃紗。

屋裡燈火燃得煌煌，直櫺門內正前方，卻照出個圓圓的黑影，像球兒似的，慢慢在那裡輕搖。梁遇帶著月徊穿過甬道，走到門前停下了，那影子讓人起疑，似乎有了點不好的預感。

月徊還是大喇喇的，「八成是大檔頭給我做的椰子燈……」

她要上前，被梁遇拽住了，左右番子立刻推門進去查看。幾乎是同一時間，他把她的臉摟進懷裡，番子查明後退出來回話，壓聲道：「稟督主，是桂生。」

月徊被捂住了眼睛，不知道他們在說什麼，掙扎著問：「桂生怎麼了？」

桂生是梁遇近身伺候的小太監，十六七歲年紀，比月徊還小些。梁遇這人平常規矩很多，用了好幾撥人，最後都因不合心意草草打發了，只有桂生是唯一留下，且長長久久伺候了四五年的。

梁遇的脾氣確實不好相與，但桂生腦子活絡，也有眼力勁兒，可以預見幾年之後又是一個曾鯨。月徊也蠻喜歡這孩子，好幾回她饞蟲犯了，想吃廚子做的甜米酒，只要扒在窗口喊桂生，他一準兒脆生生應了，跑到底下伙房端來給她。

這是怎麼了？梁遇擋住她的視線不讓她看，她隱約也猜著了七八分，抓著梁遇的胳膊問：「桂生是不是出事了？」

梁遇沒有說話，邊上番子的腳步聲來了又去，潑水清掃，一切寂然而迅速地進行。

等到梁遇放開她時，一切都恢復了原樣，只見正屋門大敞著，門裡燈火輝煌，只是門檻內外灑掃過，澆得滿地稀濕。

月徊惘惘地，「桂生到底怎麼了？」

梁遇鐵青著臉，「被人殺了，砍下腦袋，掛在門框上。」

要不是他察覺異樣及時阻止，月徊稀里糊塗闖進去，那場面，恐怕會嚇破她的膽。可饒是如此，也已經讓月徊淚流滿面。她蹲在地上悶聲哭起來，「咱們應該帶上桂生的，要是帶上他，就不會出這樣的事了。」

幾位少監和檔頭都趕來了，楊愚魯低聲道：「老祖宗先挪到前院去吧，桂生的事兒交由小的們處置。」

梁遇沉默不語，拉著月徊往院門上走，等到了前頭，平下心緒方道：「都殺到我門上來了，辦事的人身手了得，能躲過錦衣衛和番子的耳目，絕不是紅羅黨的人。葉震這是殺雞給猴兒看，咱家本想給他留點體面的，結果他非要逼我動手。」

他說完，緊緊咬住了槽牙，那切齒的模樣真是恨到了極處，楊愚魯和秦九安在他跟前這些年，從來沒見他動這麼大的怒。

月徊坐在圈椅裡只管發呆，四檔頭看了她一眼，拱手對梁遇道：「督主，卑職這就去安排，園子四周加強戒備。」

楊愚魯也忙回稟：「小的命番役出動，連夜偵辦此事。」

梁遇摸著發燙的前額，忖了忖吩咐：「不許聲張，給我暗暗地查。那些正路官員，不是瞧不起咱們司禮監和東廠嗎，好啊，那就越性兒讓他們瞧一瞧咱們的齷齪手段。咱家偏不信了，內閣的閣老都能拉下馬，這遠離京城的地界上，還整治不了一個不得人心的總督。」

眾人道是，只要他發了話，接下來辦事便有主心骨了。

早前他們在船上時是商議過的，這回好歹講究個以德服人，東廠的惡名，不必非得在兩廣地面上得到證實。然而你永遠無法預估那些假模假式的偽君子，會做出怎樣不知死活的事來。老虎不發威，他就當你是病貓，與其如此，倒不如大大方方鬧個痛快。本來就是，廠衛要是不設刑房不設昭獄，哪裡還算得上是廠衛！

辦事的人都退了下去，園子裡夜巡的人手增加了，但今晚絕不會再有變故了，梁遇便好言去安撫月徊：「妳別怕，明兒天一亮，我就命人重新踅摸地方，咱們換個住處。」

月徊卻說不，那張團團的臉上滿是倔強，「換了地方，他還以為咱們怵了呢。就住這兒，等摁死了那個葉總督，咱們再換地方！」

梁遇聽她豪言壯語，全身緊繃的肌肉才放鬆下來，「這地方死了人，妳不怕嗎？」

月徊說：「怕什麼？運河邊上哪年不死十個八個人，要是怕，就擎等著餓死吧！」言罷又耷拉下了眉眼，哀聲說：「就是桂生……太可惜了，那麼曉事兒的孩子。」

梁遇低頭不語，半晌道：「我會讓葉震給他抵命的。但凡是我跟前的人，沒有一個會白白枉死。」

這倒是，他不圖賢名，睚眥必報，下起手來自然大快人心。月徊知道桂生不會白死，可心裡終究過不去那道坎，本來挺高興的夜，因這事變得愁雲慘霧起來。

梁遇見她一臉菜色，便道：「我命人備了水，妳洗漱後早些睡吧。」

月徊僵澀地站起來，拖著步子轉身，可前方燈火杳杳，叫她沒來由地哆嗦了下。

他見她忽然頓住了步子，問：「怎麼了？」

月徊撫了撫肩，「有點兒冷……」

不必說透他也明白，順著她的話頭道：「是啊，兩廣夜裡比白天涼得多……妳一個人洗漱，恐怕看不清，我給妳照著點兒亮吧。」

月徊想了想說也成，兩個人沉默著走進裡間，月徊在屏風那頭洗澡，梁遇就在屏風這頭坐著。

剛才的事不能琢磨，猛然得知身邊的人身首異處了，她雖然沒有親眼看見，但光是想想，就覺得不寒而慄。那是種最深層次的恐懼，打從心底裡，打從腳趾頭縫兒裡四外漫溢。怕得夠夠的，彷彿視線看不見的地方，就有森森的鬼影。浴桶裡撥水的聲音也大，嘩嘩地，攪得她心神不寧。

月徊朝屏風看了眼，「哥哥，你在嗎？」

梁遇「嗯」了聲，「妳放心，我守著妳。」

月徊鬆了口氣，擰把手巾搭在腦門上，腦子似乎慢慢清醒了點，然後又有新的擔憂，「人都殺到門上來了，這葉總督是個上眼藥的老手。他今天敢殺桂生，明兒就敢殺少監，後兒呢？是不是還要打你的主意？我有點怕，怕他對你不利，咱們初來乍到的……」

梁遇卻說別怕，「我走到今兒，水裡來火裡去，多少險象環生，比這厲害的多了去了。要裝好人名垂青史，我是欠缺了點，但殺人放火我在行，他葉震再混，混得過我？今兒是疏忽了，沒想到他能出這樣的損招。眼下他既然下了戰帖，那咱們就來試一試，總督衙門的禁衛和廠衛，誰的手段更厲害。」

月徊在他說話的當口穿好了衣裳出來，細聲說：「哥哥，該你了，我也給你照點兒亮。」

梁遇道好，起身往耳房去，月徊亦步亦趨跟在他身後。要是換了平常，這樣夜色這樣時節，聽著他洗澡的動靜，她不淫心大起才怪，可今天卻因桂生的事萎了，蔫頭耷腦坐在燈下長嘆：「桂生真可憐，他家裡人知道了，那得多難受啊。」

其實窮家子養兒子，送進宮就譬如死了，不會再有更多的牽掛，死活也不必告知家裡。桂生曾為自己能賣五兩銀子給哥哥娶媳婦，而倍覺榮光，這麼個心思單純的小子，在離家萬里的地方無聲無息地死了，縱是個鐵石心腸，也會心生不捨。

這一夜他沒能好好休息，月徊嘴上厲害，其實膽兒小得很，就在他身邊睡下了。他迷迷瞪瞪稍闔了會兒眼，半夜裡有番子進來回稟，說查著了線索，有百姓瞧見那個從山房裡潛出去的人進了連塘綠營。既然能確定是綠營的人，那麼受誰指使，也就一目了然了。

他道好，「查一查葉總督內宅有幾個兒孫，從大到小，一個一個送下去給桂生做伴兒。」

番子領命去了，他一個人在案前坐到了天明。

難免氣不順，自打他執掌司禮監起，七年了，再沒有受過這樣的挑釁。這兩廣山高皇帝遠，封疆大吏全不把朝廷放在眼裡，既然朝廷震懾不了，自然也不拿他這個巡撫當回事。非常時期，就得用金剛手段。雖說他這頭拉攏了楊鶴和籍月恒，但總督的威望還在，擒賊先擒王，如今剿滅紅羅黨不是首要的，頭一樁竟是處置內鬼。

廠衛辦事的效率向來毋庸置疑，葉震的兩個兒子，很快不明不白死了，起先葉總督還沉得住氣，直到孫子溺死在水缸裡，終於勃然大怒，找上門來了。

葉總督面色發青，死盯著梁遇道：「內相，這兩日我府上喪事不斷，內相可聽說了？」

梁遇沉重地頷首，「咱家聽說了，因忙於處置瑤民和紅羅黨，沒顧得及去府上弔唁。制臺大人節哀，人死不能復生，活著的人還需往長遠處看。」

葉震皮笑肉不笑，「內相就不好奇，家下兒孫是因何而死的嗎？」

梁遇道：「如今兩廣匪類猖獗，是該好好整頓一番了。制臺啊，人無遠慮，必有近憂。制臺體恤讀書人，卻不知養虎為患，反噬其身。今日若不是制臺來找咱家商議，咱家也不願和制臺提起，我等抵達廣海衛的頭天夜裡，咱家近身伺候的孩子就被人砍了腦袋，可見這兩廣亂到何等地步，紅羅黨連咱家這巡撫的下馬威也敢給。制臺，現在他們將黑手伸向了貴家眷，要是再一味姑息，今日是令公子，明日也許就是令堂和尊夫人……制臺大人，難道不憂懼麼？」

他這威脅真是給得不加掩飾，面兒上是藉著紅羅黨，可各自心裡都明白，分明是彼此之間的較量。

葉震到這會兒是有些後悔了，僅僅因一時氣憤，貿然命人殺了梁遇身邊的小太監，本以為他查不出端倪，只有吃了這暗虧，誰知最後竟下了這樣的毒手，連著坑害了他三個兒孫。不單如此，聽他的話頭，恐怕還要繼續牽連。葉震又驚又恨，只可惜不能明刀明槍地廝殺，這回來了也是自討沒趣，這閹賊根本沒有收手的打算。

他霍然站起來，重重哼了一聲，「看來這些賊人真是拿本督當軟柿子捏了。本督執掌兩廣多年，還未受過這樣奇恥大辱，此事本督定會一查到底……」說著錯牙一哂，「也會給內相一個說法。」

梁遇道好，「咱家就等總督大人這句話！咱家身邊的人金貴得很，死了一個，咱家就要他們十個來償命。請總督大人一定嚴查，咱家倒要看看這紅羅黨是如何三頭六臂，如何攪得兩廣官員不得安生的。」

葉震咬著牙，終於拂袖而去，坐在圈椅裡的梁遇端起茶盞抿了一口，倒也從容自得。

馮坦上來問：「督主，葉家的人，還要繼續下手嗎？」

梁遇垂著眼道：「葉總督已經怒不可遏了，只要再蹦個火星兒，他就能燒起來。不過越是這個時候，越是要小心，不能讓他逮住任何把柄。後兒給楊總兵傳話，放消息出去，就說咱家要上虎跳門檢閱水師。給他留個扣子，要是葉總督有鋼性兒，那最好；要是他服了軟，咱們就給他點把火。紅羅黨不是第一要緊，不過是烏合之眾，要緊還是這位封疆大吏，只要一舉端了他，平定的事不費吹灰之力。」

馮坦領了命，召集底下檔頭和百戶商討對策去了。梁遇飲完這盞茶，站起身，踱進了月徊的臥房裡。

月徊最初來時的興奮勁，隨著桂生的死被消磨得乾乾淨淨。也因為這裡的氣候和北京不同，熱久了讓她有些厭煩。梁遇進她屋子的時候，她像一條被曬乾的鹹魚，直挺挺仰在竹榻上。聽見腳步聲才睜開眼，半死不活地說：「兩廣總督挨呲來了？他等著，不打出他的黃兒來，哥哥就不是哥哥。」

梁遇笑道：「他們家死了三個人，坐不住了，上我這兒發狠話。也難怪，他當初在京的時候，司禮監還沒掌管廠衛，早前的錦衣衛指揮使是個善性人兒，所以他以為廠衛還是以前的廠衛，不知道我從來不做賠本的買賣。」

月徊撐起身問：「死了三個人呢，再死下去要成絕戶了，你這是想逼他動手？」

所以說了，把她帶在身邊也有好處，能讓她的腦瓜子變得靈活點。梁遇微微一笑，算是承認了，又道：「我後兒要去虎跳門檢閱水師，料著當天會有大動靜。屆時我會命四檔頭提前把妳送到別處去，妳到了地方別亂跑，踏踏實實等我回來。」

月徊在榻上蹭亂了頭，他把她散落下來的頭髮繞到耳後，對外人可以心狠手辣，對她卻是怎麼深情都不夠。

月徊當然不樂意，壓住他的手道：「我要和你一塊去，你把我擱在別處，我心不能安。」

梁遇有些為難，「刀光劍影的，萬一有個好歹……」

「我有個好歹，你就給我守一輩子寡。」

他被她堵得接不上來話，半晌無奈道：「又在胡說。」

月徊說不是，「我告訴你，我想得很明白，別的都好商量，唯有這個，我不能答應。」

這就是牽掛著，牽上了一輩子，沒法子打發她了。他嘆息著，自退了一步，「也罷。」

月徊奓拉著嘴角，摟住他的胳膊，頗有同甘共苦的決心，喃喃說：「放著你和人打架，我跑了，我成什麼人了！這回咱們都平平安安的，等事兒完了就告訴爹娘一聲，我也收收心，再不惦記皇上，也不惦記他的貴妃位分了。」

第二十四章　慈悲為劍

原本要是沒有葉震出的那些么蛾子，他們之間的事早該定下了。無名無分終究欠缺，雖然爹娘不在十幾年了，但心裡還惦記著，要正經焚一炷香，正經通稟過，彼此才算得了長輩首肯，能有理有據地在一起。

月徊提起皇帝，提起貴妃位，其實他嘴上沒說，心裡十分稱意皇帝的移情別戀。自打宇文家的姑娘進宮，他就一直在盼著這個消息，他知道以皇帝的性情，早晚會負了月徊。負了才好，負了才能從從容容地，站在受害者的立場上去解決這件事。要是皇帝果真那樣堅定，果真一心一意空著貴妃位等月徊回去上任，到時候反而騎虎難下。所以從某種程度上來說，梁遇倒是應該感激南苑和那位宇文貴妃，要是沒有他們橫插一槓子，自己這姻緣不說保不住，多走許多彎路是免不了的。

「不是妳的東西，本來就不該惦記。」他半帶玩笑地說：「皇上和貴妃正打得火熱，就算妳這會兒走到皇上面前，也是不尷不尬，處境艱難。」

月徊說可不嘛，「所以我知情識趣，換了個更好的，不叫皇上為難。不過依著你看，我要是真去皇上跟前興師問罪，說『您不是答應就喜歡我一個人的嗎，答應讓我當貴妃的嗎』，你說皇上怎麼辦？會不會良心不安，破格讓我當皇貴妃？」

梁遇不由對她刮目相看，心道年紀不大，胃口倒不小，都琢磨上當皇貴妃了，真是可造之材！

他說不能夠，「皇貴妃是副后，代行皇后之職，統攝六宮。除非皇后廢了或是崩了，否則這位分一般不設，妳就別做這個夢了。」

月徊有點失望，倚著他說：「哥哥，依著你的眼光，是不是男人都喜歡珍熹那號的姑娘，長得好看又會來事，我瞧小四就被她拿捏住了，這會兒不知道怎麼樣了。」

梁遇道：「等回去就給他說門親事，婚事定下，心也就死了。至於男人是不是都喜歡珍熹那號，這個我說不上來……」低頭湊到她耳邊一笑，「到底我在別人跟前不是男人，只在妳跟前是。」

月徊赧然絞起手指頭，「那你瞧我這臉，是不是沒法兒和貴妃娘娘打擂臺？」

梁遇心道還琢磨打擂臺呢，可見女人的好勝心強起來，也夠叫人牙酸的。當然誇還是得誇，她就等著這個，但又不能誇得太過，過了透著假，她還是不能滿意。於是他很務實地說：「光瞧臉，勉強能打個平手，可要是論情，她差得太遠，沒法兒比。妳到底羨慕她什麼？一個女人最好的年紀，消磨在不喜歡的男人身上，這位貴妃娘娘也只剩表面風光了。昨兒曾鯨的飛鴿傳書到了廣海衛，信上說貴妃晉封後，祕密見過小四兩回，也不知道這兩個人到底是什麼打算。」

月徊有點忐忑，「小四這孩子不讓人省心，要是我在京裡，非打斷他的腿不可！人家都當上貴妃了，他想幹什麼？私會后妃，這是怕自己死得不夠快？」

可是這種事，不是三言兩語能勸退的，梁遇道：「打斷腿怕是不中用，我可以替他安排個手藝好點的刀子匠，乾脆淨身進宮，送到貴妃跟前去，省了多少麻煩！」

他說得一本正經，卻嚇得月徊瞪大了眼，「這可不是好輸，快別鬧了吧。」

他嗤笑了聲，知道她不會答應。可玩笑歸玩笑，真要是到了不可開交的時候，這也不失為一個好法子。只是現在和月徊商量，弄得與虎謀皮似的，再深聊下去恐怕惹得她不高興，那又何必。

他正了臉色，提起另一樁事，「皇上對宇文貴妃確實偏愛得厲害，皇長子說瞞下就瞞下，連皇后都沒告訴。還囑咐曾鯨不得洩露，說是怕引得貴妃不高興。」

月徊訝然，「這不是昏君做派……」話沒說完就被梁遇捂住了嘴。

他朝外頭使使眼色，「叫人聽見不好聽，誤以為妳因愛生恨。」見她憋得臉紅脖子粗，又和緩笑道：「皇上年輕，將來會有很多皇子皇女，這位小皇子就算捨下了，也不會有損大鄴根基。他不要，正好咱們要，現成的孩子多好，慢慢帶大他，將來他和妳親，與咱們來說，多個孩子多條路。」

月徊聽著他的話，總覺得哪兒不對勁，再細一深究，恍然大悟，「哥哥真是神機妙算！我想好了，回去多認幾個孩子，養在一處。將來咱們自己……那個，誰也不知道裡頭玄機，嘿嘿。」

梁遇挑著眉，一副孺子可教的神情。可她嘴上孩子長孩子短的，卻沒想過要孩子，須得經歷怎樣的過程。

她自己還是個孩子，雖長到十八歲，自小流落在外，沒受過宅門府門裡的教條，她的心性其實比那些閨閣小姐還單純些。午後清風從撐起的支摘窗下流淌進來，他攬著她，歲身躺倒，看著木作的牆和青瓦房頂，想著等到將來年紀大了，能有這樣從容清閒的時光，似乎也很不錯。

虎跳門……他閉上眼睛思量，一路的行程和排兵布陣，像活動的山海圖一樣，在眼前徐徐鋪排開來。隨行的廠衛有多少，楊鶴手上兵馬有多少，葉震能夠調動的禁衛和募兵又有多少，他早就一一算清了。

不過凝神思量的時候，卻發覺身側有一隻手蠕蠕從他大腿上爬過。她大約是覺得他睡著了，先前受驚老實了兩天，現在又開始想著招惹他了。

他不動聲色，仍舊閉著眼睛，眉舒目展十分愜意的模樣。感覺那手在他腿上捏一把，又爬上他腰側，隔著薄薄的衣料刮了刮他的腹肌。手感和山陵般起伏的線條，應當很令她滿意吧，果然她尖著嘴小聲吸了口氣，表示讚嘆。

梁遇要發笑，卻又忍住了，他喜歡她這種偷偷摸摸的小動作，也喜歡讓她占便宜。猶記得當初，她謹小慎微地覷著他，輕聲叫他「哥哥」，大冬天裡凍得發青的小臉兒，到現在都讓他心頭牽痛。他就要這麼養著她，縱得她膽兒肥，女人的可愛之處不是靠威嚇、靠管束塑造出來的。況且她摸夠了自然就停手了，人身上無非那些花樣麼，男人又不像女人……

然而他好像料錯了，那雙手一直攀上來，從他的斜襟下伸進去，停在他胸前最核心的地方。他渾身不由繃緊了，不知道她還會有什麼出圈的舉動。也許只是為了離他的心更近一些，他倒也能體諒她急於親近的意願。

就這樣，就此停下也好。等了等，那隻手老老實實沒有再活動，料想也不過如此了，誰知在他逐漸放鬆，打算重拾睡意的時候，電光火石倏地閃過腦子——這丫頭，竟然伸出手指頭彈了他一下。

他頓時像隻蝦似的蜷起來，「梁月徊，妳幹什麼！」

月徊「啊」了聲，「你怎麼還沒睡著！」

月徊覺得自己可能真是個瘋子，為什麼梁遇那種紅著臉又羞又憤且有苦說不出的樣子，那麼好看！她心頭大為激蕩，捧住他的臉說：「哥哥，你給洒家笑一個。」

梁遇氣得扭頭，把臉從她手裡掙了出來，「妳知道我是誰嗎？我是司禮監掌印，是東廠提督！」

那又怎麼樣，銜兒再多也嚇唬不了她。不過安撫倒是可以稍稍安撫一下的，她好言好語說：「我就是看它站起來了，想試試它的腰桿子硬不硬。」

梁遇頓時被點著了似的，只覺頭暈目眩，心火一陣陣往上衝，直衝進他腦仁兒裡。日思夜想惦記的就是這麼個怪物，沒有姑娘的嬌羞，粗枝大條起來比漢子還莽撞。他是活人，難道任她的爪子亂竄也不動如山麼？

他一把抓住她的手，那股憤怒在經歷了最初的震驚過後，終於轉變成了磨牙霍霍的挑逗，「妳到底對哥哥的身子有多好奇？我不知道它的腰桿子硬不硬，可我知道另一處一定不負妳所望，妳知道是哪裡？」

月徊是想打著哈哈敷衍過去的，畢竟她也想不明白，為什麼自己要去彈那一下。八成是天太熱，把她熱糊塗了。再不然就是自己睡了太久，現在醒過來百無聊賴，他又恰好在她的竹榻上蹭睡，她不趁機薅上兩把，覺得對不起自己。

其實她可以解釋的，也正預備解釋，豈料他拽住她的手，把她送到一個十分驚奇玄妙的去處。

哦，原來是這麼回事！月徊驚訝不已，這才弄明白，腰桿子最硬的原來另有他處。起先還不敢動，怕這危險所在要吃人，後來經他慢慢引導，才覺得這個比養蟈蟈兒可有意思多了。

月徊盲人摸象，梁遇閉上眼，神色安詳。月徊倒要哭了，「哥哥，你確實全鬚全尾。」

他不說話，微掀起眼皮露出一線眸色，霧凇沆碭般迷濛著，甘為她手下之臣。當真是廢了那麼多的心力，才得以保全，原來所做的一切不單是為自己，更是為她。他重新闔上眼，偏過頭，偎在她肩上，嗟嘆著到了這樣年紀這樣階段，人生終究有今朝。他和旁的男人不同，旁人是等女人託付，他卻是反過來，把這一輩子的把柄交到她手上。像完成了一樁了不起的創舉，比扶植皇帝登基還要壯闊。他本來以為不會有這一日，沒想到兜兜轉轉，那個丟了十餘年的妹妹回來，談笑之間就把他安置了。

他微微仰起臉，在她耳邊嘆息呢喃：「都是命……」

月徊認同地點頭，細細揣摩著，「哥哥，你沒掌權的時候也混在小火者堆裡，你怎麼如廁？你們不都站著嗎，不怕被人看見嗎？」

梁遇這回連眼睛都沒睜，直接奪了回來。扭過身去躺著，兀自嘀咕：「妳閉上嘴，別和我說話了。」

又鬧脾氣，到底掌印督主當久了，不會好好聊天。

月徊不死心，扒著他的肩背說：「哥哥，咱們聊聊嘛，我沒別的意思，好奇一下還不成嗎？」

梁遇直皺眉，「妳打聽那些，沒安好心吧？」

「我怎麼沒安好心了？你別拿你那小人之心，來度我這君子之腹成嗎？」她說著，把手搭在他腰上，邊說爪尖兒邊撓了撓，「哥哥，你和我說說。」

梁遇閉著眼睛嘆氣，「說來話長，還是得感激盛二叔，要不是他辦著宗人府的差事，常在宮裡行走，我也不能獨善其身。我才進宮那會兒，入的是御馬監，二叔給我安排了個差事，不能說輕鬆，但人少，能有時間一個人待著。我曾是專給皇子們預備騎射用馬的，外頭下著大雨，我伏跪在泥裡，讓慕容家的那些皇子皇孫們踩著我的脊梁上馬。他們到了騎射場上，另有一幫人伺候，我就在圍場外頭等著，等他們出來，再讓他們踩一回。」

他說到這裡，外面的天色彷彿也應景兒，天頂上有悶雷滾過，頃刻下起雨來。他伴著雨聲又道：「我不常和人混在一處，儘量離那些火者遠著點，就用不著和他們一起坐臥。因著汪軫瞧二叔的面子，後來把我調進司禮監做了奉御，第二年又升長隨，這就一步步水漲船高，有了自己的值房和他坦，一切也都不礙了。」

月徊長長「哦」了聲，「天時地利人和，缺一不可。這要是露了餡兒……」

「露餡兒了不單會害了盛二叔，也會害了畢家。所以每年太監驗身，我都是打畢家手上過，從來不出岔子。」

只是升發之後為了永絕後患，還是整治了人家一家子。這麼多年過去了，手上案子經辦了不少，唯獨畢家是他心裡的壞疽，到如今還是讓他不敢觸碰。

雨勢漸大，用半爿毛竹收集成細流，注入外面的水缸裡，水流得深了，唯剩一串「咕咚」的輕響。

後來不知什麼時候睡過去的，雨後悶熱都被澆散了，倒是天清地也清，正適合小憩。等到睡醒之後推牖看，外面烏沉沉一片，這一覺睡得奇長，竟然一下子睡到了天黑。

月徊早歇過了覺，睡不了那麼長，他睜開眼發現她不在身邊，便趿了灑鞋出去看。這行轅裡眼下戍守嚴密，也不怕她走丟了，果然一會兒就見她捧著個大盅從迴廊那頭過來，邊走邊道：「哥哥你醒了？快收拾桌子，我做了椰子雞，給你補補身子。」

雖說那句給他補補身子，說出了女人坐月子的味道，但梁遇還是領她這份情的。忙進去把桌上收拾乾淨，又接了她手裡的盅，揭開一看，雞湯裡頭飄著椰肉，湯燉得碧清，那肉香和著椰香，能和東來順的大廚比一比手藝。

小太監之後又送了幾個小菜來，兩個人便在燈下小酌。楊愚魯中途進來回稟，說葉震轄下的連塘綠營人員往來頻繁，料著後兒必有行動。

梁遇垂著眼呡了口酒，「他自己操辦，省了我的手腳。安排番子冒充他的人，一旦打起來難免有死傷，對咱們來說不上算。」

同朝為官，沒有同仇敵愾，最後鬧得自己人對付自己人，細想真是可笑至極。

梁遇已經將兩廣的情況上報朝廷，按著老例兒來說，臣工上摺子，一般都是工整謄抄了，命人八百里加急送進京城，但梁遇不同。他是皇帝大伴，又兼整頓吏治的重任，他的奏疏大可用飛鴿傳書，司禮監接到後直呈御前，耽誤不了工夫。

唯一耗時的，大概就是尋找皇帝有些困難。如今的皇帝，不像早前才登基那會兒克勤克儉了，自打後宮擴充後，一天中的大半時間流連在後宮，起先是寵幸兩個選侍，等到宇文貴妃入宮後，幾乎萬千寵愛都歸於貴妃一身。

貴妃性奢靡，好遊玩，宮裡的幾處花園逛膩了，便攛掇著皇帝移駕西海子，在那湖光山色中避暑理政。西海子原本就宮殿眾多，皇帝一忽兒南，一忽兒北的，要找見實在得費一番腳程。

大熱的天兒，曾鯨托著手書在堤岸上南北往來，烈日炎炎曬得眼睛都睜不開。好不容易在涼風殿找著了人，待要進去，貴妃卻從裡頭信步走出來，一頭黑髮隨意拿竹笄挽住，雪白的寬袍下是一雙不著羅襪的玉足，因袍裾寬大，裙隨足動，頗有涉水而來的柔旖風度。

這天底下男人，恐怕極少有人能抗拒她的容貌。若說進宮之初還有一點青澀稚嫩，那麼現在已經將養得既豔且柔，饒是曾鯨這樣淨了身的，見了她也有怦然心動之感。

貴妃翩然而至，淡聲說：「少監怎麼來了？皇上這會兒正歇著呢，不知何時會醒。」

曾鯨說不礙的，「奴婢在這裡等著，等到皇上起身為止。」

貴妃輕俏瞥了他一眼，視線落在他手裡小小的錦盒上，偏身問：「是梁掌印有信兒呈報皇上？」

曾鯨道是，「南邊局勢瞬息萬變，掌印大人有要緊軍務，恭請皇上聖裁。」

貴妃點了點頭，視線如流水般，在他面上轉了一圈。

「少監真是個實誠人，大晌午裡跑到西海子來，連把傘都不打，瞧瞧曬得臉都紅了。」貴妃邊說邊一笑，「正好，我這兒有把金絲藤編的傘，不用油紙綢緞做頂，又遮陽又透風，回頭就賞了少監吧。」

曾鯨忙蝦腰，說多謝貴妃娘娘，「奴婢是個糙人，一心為主子辦事，風吹日曬不在話下。娘娘的好意奴婢心領了，那麼金貴的傘，奴婢用著怕折了奴婢的草料，還是娘娘留著自個兒使吧。」

貴妃早前也聽說了梁遇馭下極嚴，見曾鯨油鹽不進，才知道這個傳聞是真的。可她不死心，趁著梁遇不在，要是拉攏了他跟前信任的人，那麼她在宮裡就能如虎添翼，不必再忌諱皇后了。

她的笑容又深了幾分，慢悠悠從木製的臺階上走下來。這涼風殿的布局和其他宮殿不一樣，形制頗有盛唐之風，臨水而建，殿上還有殿。殿與殿之間用合抱的柱子撐起相連的頂棚，那打磨得發光的木地板透出琥珀色的光，不染一點塵埃，明淨得幾乎能倒映出人影來。

貴妃蓮步翩躚，在他邊上轉了一圈，和聲問：「少監進宮多少年了？」

這帝王家，從來不是個能容下家長里短的地方，一旦談及瑣碎，就說明後頭有大鉤子等著他。

曾鯨自留了一份心，嘴上仍據實作答：「回娘娘的話，奴婢八歲進宮，到如今已經十五年了。」

貴妃「哦」了聲，「十五年，可是老人兒了。我聽說梁掌印二十歲那年，就代前頭掌印執掌司禮監，曾少監今年二十三，比梁掌印可整整晚了三年啊。」

曾鯨還是那樣四平八穩的做派，微微一笑道：「奴婢等不過是承辦粗使活計的，這世上和掌印一樣足智的人，又能有幾個？奴婢蠢笨，不敢有別的想頭，只要能跟在掌印身邊學著辦差，就是奴婢最大的福氣了。」

「那也不儘然。」貴妃那雙金環璀璨的眼眸睇住他，含笑道：「我進宮這些時候，也曾留意過少監辦事，可算是滴水不漏，未見得不及梁掌印。少監只是缺個機會，缺個能扶植你的人，只要少監願意獨自闖一闖，他日青雲直上，別說是個隨堂，就算是秉筆、掌印，也不費吹灰之力。」

曾鯨聽在耳裡，知道貴妃這是在利誘他。若說半點不心動，那也未必，畢竟天下利己的人多了，不獨他一個。但心動過後，只要敢踏出一步，那麼就是把腦袋放到鍘刀之下，不知刀鋒什麼時候會落下來。恐怕還未嘗到權力的滋味，腦袋就先搬家了。

他含蓄地笑了笑，「娘娘玩笑了，奴婢是個沒出息的人，掌印秉筆權大勢大，處境也艱難，於奴婢來說，一個隨堂的差事足夠了。人說可著頭做帽子，帽子太大了遮眼睛，奴婢本來眼神兒就不好，還是不做這個癡心妄想了。」

恰在這時，裡頭傳出皇帝的咳嗽聲，曾鯨不敢耽擱，忙向貴妃行了一禮，疾步往殿內去了。

貴妃長吁了口氣，心道不識抬舉，謹慎得過了，也只有在人手底下當碎催，登不上高位。不過這梁遇的根基之深，確實出乎她的預料，她進京之後便私下打發人活動，不管是東廠、錦衣衛，還是內閣，想挑出個敢於反他的人，竟是一個都挑不著。

所以只能從皇帝身上下手，皇帝有今兒，全賴梁遇輔佐。人在患難時能夠相依為命，進了富貴窩可就不一樣了。過去的狼狽歲月不願意有人記著，除掉那個知情者，就是順應天意。

貴妃負著手漫步踱過去，皇帝的聲音隱約傳出來，「這個葉震，竟敢勾結亂黨，煽動瑤民……」

曾鯨的嗓門壓得很低，唧唧噥噥的，實在聽不清楚。貴妃在外間慢悠悠轉了兩圈，終於見曾鯨退出來，她便從另一頭水榭入內，含笑偎在皇帝身邊問：「萬歲爺怎麼了？我瞧著怎麼不高興呢？」

皇帝勉強擠出個笑，「都是朝政上的事，妳不懂，也不要過問。」

「我不過想為主子分憂罷了，公務送進寢宮來，也算不得是公務了。」她一面說，一面把手搭在他肩頭，「是梁遇在南邊遇上了棘手的買賣，回來討主子示下了吧？」

皇帝嘆了口氣，蒼白的臉頰上一絲血色也無，喃喃說：「那些封疆大吏在外埠待得久了，眼裡沒有朝廷，他們就是土皇帝。眼下廠臣領巡撫的差事南下，到了那裡才知道，兩廣總督私自占用國土，向瑤民徵收租金。國土重新丈量，建立各地魚鱗冊，他不敢明目張膽反對朝廷舉措，便矇騙瑤民增加重稅，挑唆得兩廣大亂，瑤民怨聲載道。這也就罷了，最可恨是紅羅黨。下黨養活上黨，上黨編書編戲，四處抹黑朝廷影射朕躬，這是什麼？這是要反！」

皇帝的身子不好，早前就過於文弱，後來又是理政又要纏綿後宮，弄得一里一里愈發虧下去，現在心情一有起伏就急喘。

貴妃忙給他順氣，「主子別急，梁遇不是在南邊麼，責令他處置妥當就是了。眼下天兒熱，您著急上火的，急壞了龍體可怎麼好！不過……梁遇的話是片面之詞，要是兩廣總督具本參奏，興許又是另一種說辭。沒準兒參梁廠臣一本，說他濫用職權，誣陷朝廷大員也未可知。」

皇帝聽罷，轉過視線看她，「貴妃這是什麼意思？」

貴妃笑了笑，「我的意思是，主子不可偏聽偏信。事有兩面，兩廣總督到底不及梁廠臣便利，飛鴿傳書直達皇上手裡。人家的馬跑斷了腿，也趕不上鴿子搧一下翅膀。主子暫且息怒吧，再等等，興許過幾天，兩廣總督的奏疏就入京了呢。」

皇帝的臉色當即就變了，「梁遇是朕大伴，朕信得過他。」

貴妃一怔，復笑道：「我知道，您倚重他，他也確實會辦事。」說著扭過身子，酸溜溜地絞起了裙帶，「要緊一宗，人家有個好妹妹，要不是這回跟著南下，恐怕也晉了位分了吧？」

她這麼一提，皇帝忽然就想起月徊來，那個帶著他滑冰吃爆肚的姑娘，每天早起一面給他梳頭，一面呵欠連天……他好像忘了一些事，忘了自己曾對她說過，這輩子最喜歡她，要封她做貴妃的，可她才離京幾個月，他就把這銜兒給了別人。

金口玉言還算不算數？好像是不算數了……皇帝瞧瞧貴妃的臉，這張臉真是千嬌百媚，看一眼便讓人神魂蕩漾。貴妃的魅力在於她的嬌，月徊的好處在於她的真。有時候「真」並不那麼適合過日子，反倒是「嬌」，可以點綴衣食無憂的人生。

皇帝重新堆砌起笑容，在那粉嫩的臉頰上親了一口，「貴妃這是吃味兒了？」

貴妃下意識讓了讓，「哪兒能呢，主子由來不是我一個人的，我也不能不識眉眼高低，和別人胡亂地爭。」

皇帝喜歡她鬧鬧小脾氣，一個鬧一個哄，也算閨房的樂趣。

主要是貴妃太惑人，皇帝在她身上馳騁的時候，喪魂落魄地想。他是愛月徊的，直到現在，月徊還是他少年的夢。可他是皇帝，皇帝無法做到對一個人忠貞，當權者的身子和心應當是分開的，身子縱欲，而心乾淨透明。

貴妃微微睜著眼，迷茫地看著帳頂。皇帝在她身體裡衝撞，毫無章法地悶頭胡幹，她偶爾配合叫上一兩聲算捧場，這就是她的人生。

她不喜歡皇帝，討厭他那雙桃花眼，討厭他虛張聲勢的語氣，討厭他總穿著妝緞的衣裳，甚至討厭他嘴裡的味道……貴妃？不過是有了頭銜的妓女，扒下這層皮，還剩什麼？在和皇帝做這種事的時候，她只有想著西洲，才能調動起一點熱情來。越是得不到的東西，就越是念念不忘。

至於這皇帝，怕是天底下最噁心的男人了，越是位高權重，越有奇怪的癖好。他的手閒不住，上下亂竄，作賤起女人來，叫人十分不適。每回完事愛往她嘴唇上抹那醃臢東西，她得用很大的氣力去忍耐，才讓自己不至於吐出來。

皇帝倒在一旁氣喘如牛，這時候的一國之君像隻酒足飯飽的豬，再高貴的男人在床上也不過如此。

她披上衣裳，起身到偏殿洗漱。站在銅鏡前照，脖子上點點瘀痕那麼礙眼，她使勁蹭了蹭，可惜蹭不掉，便隨手蘸了粉來蓋住。

其實她有時候也覺得喪氣，她敷衍皇帝，使盡渾身解數去刻意討好，但梁遇在皇帝心中的地位，好像從來不曾改變過。世人不多說了，男人間再深的感情，也敵不過女人的枕頭風麼。若不是這話不準，她就要去懷疑，皇帝心裡真正喜歡的人是梁遇了。

唉，這些都不去說他，目下最遺憾就是進宮兩個月，侍寢無數次，一直不能有孕。倘或能懷上個皇子，那這孩子不光是希望也是救命稻草，至少讓她清淨上十個月，十個月之後就可慢慢圖長遠之計了。所以她需要一個孩子，不管是誰的孩子。

無聊地收拾完自己，她又返回正殿，還沒進門就聽見皇帝震怒，似乎又在怨恨內閣掣肘。

「命梁遇趕緊平定了兩廣的事，速速回京。那個葉震既然不成就，兩廣總督換人就是了，朕不信他敢扯著大旗造反……」

有了皇帝這句話，就是天給梁遇借了膽兒，他可以憑著喜好來處置兩廣的動盪局面。

虎跳門檢閱水師一行，出發前另備了一隊人馬，必要時扛著葉總督的名頭來攪渾水。不過才到演練場，楊愚魯便把皇帝口諭送到了，令梁廠臣「不及奏上，可便宜行事」。

梁遇冠服端嚴坐在高臺上，頭頂巨大的華蓋傘裙飄拂，遮擋了刺眼的陽光。他倚著綠竹引枕，將手書捲起來掖進袖袋裡。瞇眼朝下看，一側是硬著頭皮暴曬的官員，另一側是家裡死了好幾撥人，還要忍氣吞聲作陪的葉總督。

水師檢閱？這位京裡來的大官就是在找麻煩，有意給人小鞋穿。連塘綠營的參將兩眼盯著對面高臺，「這閹賊懂什麼水師，不過瞧瞧好多大船，好多兵勇罷了。」邊說邊側過頭對葉震道：「制臺，人手都安排妥當了，只等制臺一聲令下。」

葉震面色凝重，慢慢深吸口氣，「以炮聲作號令，連他身邊的人一塊兒辦了，不許有一個漏網之魚。」

樹碑立傳的向來是勝利者，只要擒獲了梁遇，到時候怎麼向朝廷回稟，就是後話了。

所有人的目光專注地望向高臺上的人，連塘綠營僅僅只是其中一路。葉總督掌管兩廣不是一日半日，待到亟需之時，自然有神兵天降。

轟然一聲，水師的炮響了，在港口外的海面上激起幾丈高的水浪。炮聲之後又有火銃聲傳來，一時此起彼伏連成一片，要是不留神聽，還以為是周圍山巒震盪的炮聲迴響。

當然番子們在炮聲一響後，很快便用玄鐵的盾牌築起一面牆，然而月徊覺得這樣還是不夠安全，

她一下子就趴到椅子底下去了，自己趴著還不算，硬要拽著梁遇一塊兒趴。

「哥哥，這兒還有地方，快來躲一躲。」她使勁拽他的袖子，「打起來啦，槍炮無眼，萬一崩著了可不是好玩的。」

底下火銃連發，間或傳來尖厲的，子彈破空的聲浪。月徊在來前是有準備的，大不了刀劍呼嘯，腦袋開瓢，可沒想到雙方打得這麼認真，自己人整治自己人，還用上了西洋兵器。

火藥的氣味在空氣裡擴散，她探頭往外看的時候，只覺底下煙霧暾暾，兵卒和官員們都作鳥獸散了。梁遇真是個倔強的人，彷彿面子比性命更重要，任月徊怎麼拽他，他也不肯隨她一塊兒躲到椅子後頭來，反倒在槍聲過後朝底下高聲喊話：「兩廣總督葉震，違抗聖諭行刺巡撫，罪不可赦。眾將聽令，活捉葉震者賞金一千，提頭來見賞金五百。若有助紂為虐者，累及家小，與葉震同罪。」

反正接著下來就是打得不可開交，剛才的鳥銃也不知是誰放的，那些西洋火器要重新給子彈上膛，是件十分麻煩的事，又裝火藥又裝鋼珠，還得拿棍兒往裡頭杵，在大規模作戰外的情況下不太實用，主要耗不起這個工夫。大鄴人還是講究真刀真槍拼殺，殺起來特別機動靈活，地面上對壘之餘，還有葉震豢養的那幫死士，從搭建高臺的橫木間隙翻騰上來。甚至背後巨大的屏障擋板上方，也有扶桑人打扮的蒙面人借著繩索運送，直衝進番子搭建的盾牆裡來。

梁遇抽出劍，一手護住月徊往後退，番子的陣型被破之後，扔了手上盾牌回身作戰。月徊一直以為楊愚魯和秦九安都是當著文差的隨堂，沒想到他們居然也能打，刀劍一舞，比番子更驍勇善戰。

只是打鬥起來縱然極力維護，也有顧及不上的時候。月徊正琢磨這下該往哪裡躲，只聽「叮」一聲，不知從哪裡射來一支短箭，被梁遇的劍半道截斷，落在月徊足前。她還沒來得及看明白，梁遇便一掌將她推到牆角，然後踢起一面盾牌向她直飛過來。番子用的盾牌奇大，足有一人高，月徊暗呼這回怕是要砸在這兒了，下意識蹲地抱頭。沒想到這盾牌尖角淺淺釘入她頭頂上方，然後又因自身重量耷拉下來，形成一個斜角，恰到好處地將她遮擋在下方。

月徊鬆了口氣，驚訝於哥哥的身手原來這麼好，她本來以為他也就是自小練了點兒武，強身健體之餘聊作自保……這下明白過來，那一身腱子肉不是白來的。他殺人時的那股從容，翻腕抖劍橫削脖頸的狠勁，和他平時朗月清風的做派截然相反。

男人大概都期待飲劍江湖的豪興，月徊扒著盾牌邊緣朝外看，看見那一身牙白錦衣在刀光劍影中來去，連打架都打得那麼好看。

不過這些黑衣的死士，真把腦袋別在褲腰上了，他們每出一招都衝著取人性命去的，月徊在邊上看著，看出了滿手冷汗。

好在楊總兵立場堅定，他心裡有一本帳，順了梁遇便是順了朝廷，順了葉震，只有跟他造反一條路可走。這大鄴天下，到底還沒到群雄割據的時候，兩廣難道還想脫離朝廷自立為王？快別癡人說夢了！

楊總兵舉起手裡的苗刀，「給我殺！拿住叛賊，巡撫大人重重有賞！」

到最後圈子越殺越小，葉震手裡的兵卒見勢不妙，有的便頓住步子提著兵器開始觀望。在朝廷派人來之前，總督是封疆大吏權傾一方，如今朝廷的欽差接手了兩廣事宜，總督和欽差打起來了，連總兵都反了總督，該站哪一頭，似乎也不用多想。

幾位檔頭將葉震手下的參將、遊擊一一斬殺，葉總督漸漸變成了孤家寡人，只有幾個死士最後護衛著他。放眼看高臺上，梁遇和兩位少監已經抽身旁觀，拚殺的死士已不足五人，讓番子解決綽綽有餘。

大勢已去，原想著梁遇是從京裡來的，論人脈勢力，自己遠在他之上。可沒想到，這幫錦衣衛人手都有鳥銃，在他這頭打響了第一槍，後來廠衛就如連珠炮般射殺了他幾十精銳。甚至連事先埋伏在碼頭周圍的兵勇，也像一瞬消失了似的，不知是被伏殺了，還是被策反了。

英雄一世，最後折在一個太監手裡，真是時也運也。葉總督長嘆一聲，看著身邊的人越來越少，最後能走的，也許就是手裡長劍帶來的歸路。

干戈逐漸平息，月徊才從盾牌下爬出來。放眼看看四周，滿地殺得一片狼藉，到處都是血肉。先前的殺聲震天已經消散了，臨了最叫人覺得諷刺的，是葉總督身邊護衛到最後的副將，橫刀砍斷了葉總督急欲自盡的劍。在葉震震驚的目光下，反剪起制臺大人的兩臂，向高臺上大聲疾呼著：「巡撫大人，末將已生擒反賊葉震，交巡撫大人發落。」

所以到了生死存亡的關頭，別去談什麼義不義，這就是梁遇不相信任何人的原因。

葉震被押到梁遇面前，梁遇仍是一張可親的臉，感慨著：「制臺大人這是何必，倘或梁某有不周之處，制臺大人只管指正就是了，今兒是水師檢閱的日子，水師在港口外演練，制臺大人卻在港口內向咱家亮劍……這事兒要是說出去，真個兒叫紅羅黨笑掉了大牙，自己人打自己人，豈不是大水沖了龍王廟？」

他說得有模有樣，葉震卻知道他的小人之心。太監由來陰狠，嘴上一套做起來又是另一套。錦衣衛早就已經串通了他手下參將，拿到當日的布兵圖，所以他才勝券在握，不慌不忙。

「是我棋差一招，沒什麼可說的，但你的手未免也太黑了些，接連致我後宅四人死傷。」葉震狼狽地被押解著，即便到了這個時候也還要抗爭，試圖挺直脊梁。

梁遇聽完，微轉過頭拿眼梢掃了他一眼，「原本你我可以相安無事的，等咱家剿滅紅羅黨的時候制臺小小伸一把手，事兒過去也就過去了，可你偏不。你在咱家才落腳的當晚，殺了咱家近身伺候的孩子，咱家說過，咱家跟前死一個人，就要你們十條命來償還，可惜制臺沒把咱家的話放在心上。」他轉回身，笑著打量葉震，然後伸出手，在他臉上拍了兩下，「封疆大吏當久了，忘了自己的斤兩，和咱家鬥？你還差了點兒！」

廠衛押著人去了，楊愚魯上來請示下，「這葉震，老祖宗打算怎麼處置？」

梁遇回頭瞧了楊愚魯一眼，「怎麼處置？剝皮揎草，以儆效尤。葉總督在紅羅黨心裡可是義士，是大鄴朝廷上下難得的好官。放話出去，明兒午時，在廣場上給葉震當眾行刑。下令各坊武侯，明日坊門不得開啟，點一百名廠衛喬裝成百姓觀刑，到時候來個甕中捉鼈，咱家要一舉滅了紅羅黨。」

楊愚魯道是，匆匆壓著三山帽下去安排去了。

秦九安垂手呵了呵腰，「廠衛死傷還在統計，老祖宗受累了，先回吧。」一頭說一頭又看月徊，笑道：「姑娘今兒也跟著受驚了，早知道不來多好。」

月徊卻搖頭，「我還是想來，你們在外頭拚命，我一個人躲在後頭，那多沒義氣！」雖然她講義氣也沒能幫上什麼忙，但不添亂已經是她最大的功勞了。

回去的路上她討了梁遇的劍看，這劍的劍鞘上拿金絲並白玉雕嵌，裡頭的劍身拔出來寒光閃閃，她拽了根頭髮上去一吹，頭髮果然斷了，當即嘖嘖：「吹毛斷髮、吹毛斷髮啊。」

梁遇見她有興趣，便推了劍格讓她看，只聽「呯」一聲，劍柄處卸下一把更窄更輕盈的劍，他把劍遞給她看，「這是子母劍，短刃藏於長刃之中，如母親懷抱嬰兒，因此也叫慈悲劍。」

他這樣心機手段的人，用這種劍似乎很不相稱，但這世上的事哪裡有絕對，大殘忍中未必沒有大慈悲，大慈悲裡，也未必沒有徹骨涼薄。

「等回京，我讓人照著子劍的樣子，給妳也做一把。」他伸手摸摸她的腦袋，「剛才血肉橫飛的，嚇壞妳了。」

月徊搖頭，「別的沒什麼，我就怕他們傷了你。我以前老覺得你這官兒當得容易，現在看看，好像不是這樣。你才是真正上得廳堂入得廚房，弄得了權也打得了仗。我對你，那真是五體投地了。」

梁遇只是發笑，「且有讓妳五體投地的時候呢，」說罷遞個眼色，「妳等著吧。」

月徊憨憨地笑，他眼波一轉的時候，就說明腦子裡又在想那些烏七八糟的事了。其實她也愛和他一塊兒烏七八糟，但眼下葉震才逮住，要從他口中套出紅羅黨的老巢和名冊來，還得費些手腳。

梁遇回到行轅草草洗漱一番換了衣裳，這時已到掌燈時分，吩咐月徊好好歇著，自己帶上近身的人便趕往總督衙門大牢了。

葉震恐怕做夢也沒想到，自己有朝一日會成為這牢獄裡的階下囚。梁遇到時，他的兩臂被吊在刑架上，那身官袍早就給扒了，中衣上星星點點沾著血跡。骨頭倒是真硬，任誰問他都不開口，要開口就是一句話，「本督是兩廣總督，你們敢私設刑獄拷打朝廷命官！」

梁遇四平八穩坐在圈椅裡，「制臺，咱家還稱你一聲制臺，不是因為皇上沒有罷免你的職務，是咱家瞧你有了歲數，給你留點體面。你看，你已然山窮水盡，再也沒有退路了，何必死心眼子一根筋，和朝廷作對，和咱家作對呢。只要你把紅羅黨的名冊交出來，咱家絕不為難你一家老小，明早就打發人送你老母妻兒歸故里，如何？」

葉震提起母親和妻兒，倒有一刻閃神，然而他知道，不管他說與不說，家人都難逃一死。與其如此，還不如做個硬骨頭。他衝梁遇冷笑，「紅羅黨反的不是朝廷，是你。你對紅羅黨趕盡殺絕，不過是為泄私怨罷了，何必冠冕堂皇。我葉震一生為官，好事辦過，爛帳也不少，今時今日再為民行個善舉，到了閻王殿裡，我也算功績一樁。」

他說完這些話，便抿緊嘴唇再不言聲了。甚至還閉上眼睛，老神在在假寐起來，恨得左右番子攥拳擼袖，上去就要給他動大刑。

梁遇抬了抬手指，把那些如狼似虎的番役叫退了，倚著扶手笑道：「咱家還沒犯睏呢，制臺倒先睏了？來人……」他叫了聲，「上制臺夫人那裡，借兩隻挖耳勺來，給制臺做個撐子，撐開他的眼皮，今兒一宿不許他眨眼。」

人作弄人起來，真是世上最熟門熟道的，因為知道你最怕什麼，他就能不出意外地給你來什麼。

番子從嚇得抖作一團的總督內眷們腦袋上，挑了兩隻挖耳勺回來，一金一銀，恰好分屬於葉總督的一妻一妾。拿到葉總督臉上比了比，長度正合適。於是番子粗礪的手指掀起葉總督的眼皮，像撐支摘窗一樣，一頭抵著眼眶子，一頭撐著上眼瞼。葉總督疼得叫喚起來，番子覷臉笑道：「制臺您別喊啊，您得謝謝您兩位夫人，要不是這挖耳勺尺寸正合適，恐怕要捅破您的眼皮呢，那多受罪的！」

葉總督被作賤，好好的官員弄得夜遊神一樣，番子們在一旁哈哈大笑，那種受辱的滋味，真比死還難受。

不單如此，不眨眼的痛苦實在是常人難以體會的。一直把眼皮大撐著，眼球失了水分又乾又澀，葉總督在堅持了半個時辰之後終於大喊大叫，對梁遇破口大罵起來。

罵人能有什麼好聽話，什麼閹豎，什麼斷子絕孫，全挑太監忌諱的罵。

梁遇的目光調轉開來，低頭轉動指上筒戒，淡淡扔下一句：「給咱家敲了他那口牙。」

於是三指寬的大鐵板子抽嘴，一板子下去嘴腫了，牙也碎了，那血潑潑灑灑往外湧。

梁遇有些厭惡地站起身道：「看來也不用指著葉總督說話了，既然如此，把嘴縫起來吧，讓他到閻王殿裡也告不了狀。」

不說話有不說話的好處，上了刑場不會一嗓子「快跑」，給那些自投羅網的紅羅黨報信兒。

大鄴還承襲先唐時的坊院制，這些裡坊門禁平時形同虛設，一旦使用起來，卻也絕對便於管制。葉震被押上廣場示眾的時候，場下已經聚集了很多漁民打扮的廠衛，他們每個都熟悉對方的長相。

漸漸地，人群中混入一些陌生的面孔，穿著灑鞋戴著蓑笠，敞開的衣襟底下，露出竹劍的劍柄。

此時的葉總督在紅羅黨心裡，真如神佛一般，他們盯著刑架上的人，個個滿眼悲憤的目光。

廣場上負責看守葉震的番子哼著歌，十分愉快地將一隻銀盤托了上來。銀盤裡頭放著一把半月形的刀，那刀卻是赤金的，據說赤金的刀刃不易讓皮肉腐壞。都要了人命了，還在乎那些無關緊要的細節，也只有不拿人命當回事的番子，才會在這種不著四六的地方考究。

那番子邁著鶴步，走路的樣子透著詭異，像戲子登臺，先要有一串亮相的動作，他也是這樣。葉總督如今被縫住了嘴，只剩鼻子眼兒能出聲，番子全不理會。一個合格的刀斧手，是能頂著震天的叫罵，辦完自己的差事。起先才入行的時候也怕，也不情願，但時間一長適應了，漸漸會上癮。等修煉到家了，受用之餘還能神遊天外，物我兩忘，真叫行行出狀元。

一個能完整剝下人皮的刀斧手，絕對是他們這行裡的狀元，畢竟像腳趾頭手指頭那種精細地方都要絲毫不差，這是需要經驗的。昭獄裡頭有幾十種刑罰，唯獨剝皮的「紅差」不多，因此讓你上手操練的機會也不多，每一個刀斧手得了這樣的機會，當差前都得沐浴更衣，焚香祝禱一番。也正因為機會難得，哪怕臺下人腦子打出狗腦子來，也不影響刀斧手的發揮。

紅羅黨試圖上來劫人了，還好四周圍都是早就埋伏好的兄弟，幾撥人上來，都讓他們橫刀擋了回去，並不妨礙行刑的進度。刀斧手從銀盤裡捏起半月形的小刀，刀口鋒利得，吹口氣就嗡嗡作響。葉震昨兒受了一夜的罪，又經過了先頭一番掙扎，到這會兒見紅羅黨出現頹勢，被那些喬裝成漁民的廠衛砍瓜切菜似的收拾了，頓時沒了希望，四肢也就澈底癱軟下來了。

不會反抗的人，下起刀子來更順手。番子把他從上到下扒個精光，露出光溜溜的脊背來。這種差事就得從脊梁上動刀，從後腦勺到尾椎骨這一溜拿刀劃開，順著肌理的經緯順勢向前推進。只要受刑的人足夠配合，最後就能扒下一身完整的皮，往裡頭填上稻草再縫合上，一個人形模子就做成了。

臺下殺聲震天，臺上刀斧手的活計沒有停頓。葉總督這會兒已經說不出話來了，渾身的肉都在顫抖，養尊處優作養出來的脂肪，在皮膚和肌肉間層層分割爆裂，大日頭底下照著，泛出一層鵝黃色的油光。

「上半輩子享了那麼多的福，您也不虧。」刀斧手在葉總督耳邊說：「我入行那麼久，您是我手上過的頭一位二品大員，咱們也算有緣。您放心，回頭您的屍我給您收，沒旁的，給您點一炷香，您吃飽了好上路。」

廣場上那群紅羅黨差不多都被治服了，刀斧手抽空看了一眼，一面把葉總督的左手完完整整褪出來，活像摘下一隻手套。

「何必……」刀斧手嗟嘆，「人啊，氣性不能太大，這世上有的人惹得，有的人惹不得。惹不得的繞著走，也不見得就落了下乘，您說是吧？」另一隻手也褪了出來，葉總督只剩微微的一點翕動，人跟血葫蘆似的，已經看不出本來面目了。

番子高唱了一聲，「得嘞，您好走。下回再來陽世，記好了這回的教訓。」

半月刀放進託盤裡的時候，劫囚的紅羅黨已經全收拾乾淨了。

當然這只是部分人馬，剩下的怎麼深挖？逮住的活口就是新一輪的希望，能從這些人身上，發掘出更多的可能來。

番子們收工之後，照了面就打趣，「看來紅差不光今兒，後頭還有你顯本事的時候呢。」

是啊，大不了再在那些反賊面前表演一回「更衣」。人呢，目睹殺豬殺羊，都是小場面，兔死狐悲不了，反覺得殺了更好，有肉吃。看見殺人，白刀子進紅刀子出，其實也沒什麼了不得，一眨眼的事。只有讓他們親眼目睹這種戲法，看了一回不想看第二回的，這才是真正有用，真正讓他們知道什麼叫害怕。

人身上的皮褪下來，就跟個口袋沒什麼兩樣。裝上草，吊到城門上去，看不出那是誰，也沒什麼分量，就隨風搖擺著，像田地裡驅趕鳥雀的偶人。

這回拿葉總督設一個局，釣起了一串大王八，四檔頭壓著刀向上回稟：「當場斬殺亂黨十二人，擒獲九人，其中一個還是下黨的番頭兒。」

梁遇正坐在案後，捏著銀針叉剝好的荔枝吃。

「戰果不壞，這九個人身上可以大做文章。」他擱下銀針問，「放跑的那個呢？」

四檔頭說：「遵著督主的吩咐，打發人悄悄跟上去了，只要有任何發現，都會立時傳信回來的。」

梁遇取過手巾掖嘴，「瑤民那頭的事算是平定了，眼下就剩紅羅黨了。早前葉震在的時候有人給他們打掩護，這會兒讓他們暴露在青天白日下，那些小鬼用不了多久就會現形的。你傳我的話，讓大家再辛苦兩天，等收拾完這個爛攤子，好早些啟程回京。」

他一面說著，一面轉頭看向窗外，滿世界都被太陽照得發白，他長嘆了一口氣，「這地界兒，待著真難受，汗出了一道又一道，聞著身上都發餿了。」

掌印大人由來是個香人兒，衣裳汗巾子，哪一樣不要拿香薰了又薰。可這南方和北方不同，大夏天太陽熱辣辣地曬著，人坐在屋裡都冒熱汗，就算薰香也蓋不住汗味兒。

楊愚魯道：「可不是，還有些個水土不服的，白天打仗，夜裡上吐下瀉。病了難免惦記家裡人，整宿躺在廊子上吹柳葉琴。」

梁遇「嗯」了聲，「出來有時候了，都想媳婦兒了。」

他鮮少有和底下人打趣的時候，此話一出，眾人都咧嘴笑起來。大檔頭趁機道：「督主，卑職這趟回去就辦喜事了，屆時還請督主賞臉喝杯喜酒。」

梁遇望向大檔頭，這蒼黑的漢子笑得靦腆，他當即便點頭，「不拘人到不到，一份大禮總跑不了的。」

於是大家亂哄哄向大檔頭道喜，沒想到這個素來口無遮攔的人，這回倒沉得住氣，這麼大的事，瞞得滴水不漏。

那頭笑鬧，秦九安趨身問：「眼下兩廣群龍無首，總督人選朝廷也尚未任命，老祖宗打算指派誰填這個缺？」

梁遇曼聲道：「暫且讓總兵楊鶴代行總督之職，最後究竟派誰，還要聽皇上示下。」

他們只管談他們的兵事，月徊卻還惦記著她的差事。她進門來，衝在場諸位拱拱手，「我的珠池吶？大夥兒別忘了啊。我還得采珍珠回去，給娘娘們做首飾吶。」

這個不能忘，剿滅亂黨是拿命拚殺，珠池收成卻是高興事兒。到時候看著堆成小山的珍珠，各人抓上一把，回去好給屋裡女人做珠花。

反正諸事都有了章程，在朝著好的方向發展。當晚尾隨那條漏網之魚的番子回稟，在大柯寨發現了紅羅黨藏匿的窩點，接連伏守觀察了兩天之後，廠衛便集結起來，將那一處亂黨搗了個乾乾淨淨。

其實紅羅黨有多難料理，倒也未必，上黨的讀書人雖還有些頭腦，但下黨大多是莽夫，糾集於鄉野，仗著一身蠻力，會些三腳貓功夫，就大搖大擺，四處興風作浪。廠衛畢竟訓練有素，沒有了葉震明裡暗裡對紅羅黨的協助，便如殺雞用上了宰牛刀。加上楊總兵急於立功表現，手上綠營禁衛合力圍剿，大柯寨的窩點沒花上兩個時辰，就給抄了個底朝天。

事後楊總兵進瓶隱山房回事，掖著手道：「紅羅黨最大的幾處巢穴，差不多已經料理完了，剩下都是些零散的據點，料想再花十天半個月的，也就澈底平息了。」

梁遇笑了笑，「既這麼，廠衛不必再動手，總鎮大人也能處置了吧？」

楊鶴說是，「原本紅羅黨便算不得什麼大勢力，為難之處在於葉震庇佑，不接朝廷的令兒，這才弄成了頑疾。如今內相親臨，收拾了葉震，剩下的事就好辦了。」

梁遇慢慢頷首：「咱家也瞧出來了，這回咱家來兩廣，最大的用處就是鎮住了那個賊頭兒，要是葉震不和亂黨勾結，就省了咱家出這趟遠門。朝中事多，底下人也沒來過南方，這回路遠迢迢的，著實不上算。既然總鎮大人發了話，那餘下剿滅亂黨的事，就全權託付楊總鎮了。咱家這裡還有珠池的差事沒有料理……」邊說邊長嘆，「這兩廣啊，本是富庶的地界兒，鬧得又是亂黨，又是貪墨，可見沒有一個好主事，果真壞了一鍋湯。」

這算是唾棄了葉震，也給楊鶴提了醒。楊鶴諾諾道是：「為朝廷辦事，沒有不盡心的。葉震是因常駐兩廣多年，又處處霸攬著，才把個好端端的地方，硬給糟蹋成了這樣。」

梁遇站起身，負著手慢慢踱了兩步。夕陽從視窗照進來，照著他的身條兒，把影子拉得老長。他是個斯文精緻的長相，周身沐浴在夕陽的餘暉下，人便愈發顯得淵雅。這會兒的語氣聲調也是美好的，和煦道：「楊總鎮好好辦差吧，皇上都瞧在眼裡呢。自皇上登基以來，兩廣連年都拖後腿，稅賦、鹽糧、進貢，沒有一樣能和人比肩的。但願總鎮代管期間，一切都能有個好勢頭，如此在皇上面前掙了臉，內閣就算有異議，也好拿政績堵他們的嘴不是？」

楊鶴一聽，當即便打了雞血似的，紅臉膛兒愈發紅了，抖擻起了精神道：「請內相放心，卑職一定謹記內相教誨，為朝廷粉身碎骨，萬死不辭。」

武將不會玩弄辭藻，說出來的話，必定是當時心中所想。梁遇又著實鼓勵了兩句，這才打發他去了。

楊鶴走後，他把楊愚魯叫了進來，懶聲吩咐：「紅羅黨的事，都留給楊鶴去善後，把咱們的人清點清點，分派到幾個珠池去。我原想著，找幾個得力的人留下監管采珠，咱們這就返京，可惜月徊不答應，說她的差事沒辦完就回去，沒臉見皇上。」

楊愚魯笑著說：「姑娘還是小孩兒心性，愛看開蚌取珠。」

梁遇想了想，應該就是這樣。她對那些珍珠未必真的多在乎，其實就喜歡采珠的過程，像男人釣魚一樣。

楊愚魯領了命，下去連夜清點廠衛人數了，梁遇剛打算往廂房去，就見秦九安匆匆進來，邊走邊道：「老祖宗，曾鯨發了信兒來，說皇上龍體不豫，今兒早晨喘不上氣兒，咳了好大一口血。」

梁遇站在那裡，心頭一陣亂，「怎麼樣？要緊麼？」

秦九安道：「緩和下來了，可少年見血，總不大好。曾鯨的意思是老祖宗還是及早榮返，以防有變。」

梁遇沒言聲，半晌才道：「眼下天兒熱，未見得有什麼好歹，善加調理，還是能調理過來的。咱們這頭的行程不變，等巡查了珠池再回京，壞不了事的。」

要說擔憂，自然是有的，皇帝六歲那年他進了南三所，這麼些年下來看著皇帝一點點長個兒，自己照顧他的飲食起居，最後親手把他送上帝王的寶座，朝夕相處間，怎麼能不擔心他的身體。可如今各自的地位都不一樣了，情分之外考慮得更多的是利益。在皇帝還沒受夠內閣，還沒對手上政事叫苦不迭時，他巴巴兒趕回去，前頭的工夫就白下了。

所以不急，還可以慢悠悠陪著月徊採收一季珍珠。他走進月徊的臥房同她說：「明兒咱們起航，上雷州去。」

月徊正做椰子燈，一聽樂了，「紅羅黨不打了？」

他在她對面坐了下來，「紅羅黨是烏合之眾，打起來不難。今兒端了一窩，剩下的全成了散沙，交給總兵就是了。打打殺殺，哪有采珍珠叫人高興。」他虔誠地說：「我這程子忙得很，冷落妳了，往後補足妳。」

月徊沒明白，傻乎乎說：「不冷落啊，我覺得挺熱鬧。」說完忽然靈光一閃，發現他話裡還有旁的話。

果然梁遇側眼瞧她，「今兒把爹娘的神位請出來吧，咱們一家子好好聊聊。」

月徊說成啊，轉身從抽屜裡取出香燭晃了晃，「我早預備下了。」

其實這事不光他急，自己好像也挺急的。就像老吃素的人，嚐過了一次豬油的味道，就對那種厚重的口感念念不忘了。

那天午後，他蹭在她竹榻上，他們幹過什麼來著……反正不膩歪在一處，心裡就渴。那種渴是任你喝多少水都不中用的，時至今日，月徊對哥哥的那點敬畏可說是蕩然無存了，要是再不把事兒定下來，她吃飯不香甜，夜裡睡不著，這麼下去要出事兒了，哪天來一齣霸王硬上弓，那可怨不著她。

第二十五章　日裴月徊

直到今日，梁遇對梁家二老的心都沒有變過，不論他們是不是親生父母。沒有給他這條命，但給了他平和縝密的初心，給了他一個姓，讓他不至像野孩子似的流落在外，也不至於在別人問起他的來歷時，連自己的名字都說不上來。

所以他一直對爹娘心存感激，這麼多年來，自己不管去哪裡，那個寫有他們生卒年月的小匣子總是帶在身邊。有他們在，自己便尚有來處。只是這回再取出來，心境有些不一樣，既熟悉，又透著陌生。其實不是梁家人，這點讓他到現在都感到遺憾。他在那藍底灑金的紙上輕輕拭了拭，然後將靈位恭恭敬敬擺在案上，等月徊點上香燭，兩個人並肩，向牌位叩拜下去。

他長跪揖手，「爹，娘，兒子叩謝二老多年養育之恩。我的身世，我已經查明了，父母大人不因我來歷不明而輕賤我，由來將我視如己出，日裴寄養在梁家，乃三生有幸。而今我找回了妹妹，本該善待妹妹，扶她成器，看她登高的，可我……私心作祟，罔顧倫常，把她強留在了身邊。今日恭請二老，是為向二老罪己，求二老寬恕日裴罪行，原諒我情難自禁，做出這等豬狗不如的事來。」

他確實對自己霸占月徊這件事，感到滿心羞愧。即便到了現在，月徊那傻孩子被他纏得沒轍，答應和他不做兄妹做夫妻，他在面對爹娘的時候，依然抬不起頭來。

畢竟不是半道上忽然認回的妹子，月徊在牙牙學語的時候，頭一個會叫的就是哥哥。彼時他還在念宗學，下學必會看見月徊拽著奶媽子來接他。同窗們都認得她，紛紛和她打招呼，一個人見人愛的妹妹，曾經讓他倍感自豪。可誰知時隔多年，會發生這樣驚人的逆轉，他是怎麼做到從疼愛轉變成情愛的，連他自己也說不清楚。

他跪在靈牌前，滿臉愧色，月徊最見不得他這樣，忙給他打圓場，「哥哥說的不是實情，他只站在自己的立場上看事，根本沒有瞧透我的心思。」她這回也算豁出去了，厚著臉皮，把自己的牛黃狗寶全掏了出來，「從敘州出逃，我不就和哥哥走散了嗎，這些年我在碼頭上掙嚼穀，沒怎麼學好，學了一身匪氣，還貪財好色。當初哥哥把我找回來，我打一開始就是衝著給他當妾去的，他說我是他失散的妹妹，我還難過了一下子。後來沒轍，當不了愛妾當妹妹也認了，我就幹上了這個美差。爹娘如今是神仙了，我也不敢瞞你們，其實我賊心不死，認了親之後我照舊貪圖哥哥美色，這兒薅一把，那兒摸一把，我心裡就舒坦。我的那點小九九有多邪性，真不敢說……那會兒還在宮裡時，哥哥還正經當著我哥哥呢，我就做了一個大逆不道的夢，在夢裡把哥哥摁在樹上輕薄了。老話不是說了嘛，日有所思夜有所夢，我這是饞了哥哥太久了，嘴上不說，論心思，我比誰都齷齪。」

她在梁遇震驚的目光裡侃侃而談，說完了很無謂地朝他聳了聳肩，「我就是肖想你，怎麼了？」

梁遇有些尷尬，怎麼倒也不至於怎麼，就是乍一聽見她剖析內心，讓他覺得十分震驚。

他有些竊喜，小心翼翼探聽著：「那個夢……是什麼時候做的？」

月徊記得很清楚，「就是元宵節那晚，你吃了驢打滾鬧胃疼。我看你那麼虛弱，本來是挺心疼你的，可不知怎麼的，回去我就做了個夢，把你按在樹幹上親了。」說起那個夢，時隔幾個月，猛然回想起還讓她心頭大震。偷偷摸摸，不敢讓他知道，那種心癢難耐真是撓人。何況那時候他還沒把自己的身世告訴她，親妹妹能對親哥哥存那份心思，細想起來真是透著欺師滅祖般的快感。

梁遇呢，是個皮薄餡兒大的寶貝。他聽後暗自高興，但礙於在父母靈位前不敢造次，只是抿著唇，自矜地微笑著，那笑容，甭提多招人。

「我沒想到……」

月徊跪著，仰頭看爹娘的牌位，「別不敢想，大膽的想，錯不了。」她把視線落在「梁門傅氏」幾個字上，喃喃說：「娘，我是隨了您吧？您看您當年怎麼禍害我爹的，眼下我對哥哥起了那種心思，您可不能怪我。」

地底下的傅氏八成一臉憤懣，覺得死無對證，百口莫辯吧！

梁遇長出一口氣，重新向上拱起了手，「無論如何，爹娘若是怨怪，錯都在我，和月徊百不相干。我走到今兒，已經沒法子回頭了，若是沒有月徊，我只有孤苦一生，到死也沒個親近人。爹娘素來疼愛我，一定不願我這輩子弄得這樣淒涼收場。」

月徊在一旁敲邊鼓，「可不，爹娘最善性，況且我和哥哥勾勾搭搭，您二位答不答應都那樣了……」

還是梁遇有忌諱，紅著臉叱她：「梁月徊，不許口沒遮攔！」

月徊窒了下，掏出兩個銅子兒說：「那怎麼辦呢，爹娘的意思也猜不明白，要不咱們來占一卦吧，單面表示不答應，一陰一陽就是準了，你看這樣行不行？」

梁遇說好，看著月徊把銅板合進掌心裡，然後高舉兩手，口中念念有詞。

這時候心懸起來，不知道這一卦占出來，會是怎樣了局。月徊也不安地朝他看了兩眼，「哥哥，要是爹娘不答應，你打算怎麼辦？」

梁遇沒言聲，只是蹙起眉，半晌才說：「不會的。」

會不會，這種事可難說，月徊又覷覷他：「哥哥，要是爹娘一回不答應，咱們再多問兩回，問到爹娘答應為止，好不好？」

這樣占卦還有什麼意義呢，但做法卻正合他心意。他有些難堪，最後還是說好，他和月徊兩個，彼此都經不得爹娘不答應。多問兩遍，問仔細些，不錯漏了好姻緣，也是人之常情。

月徊見他點頭，露出一點狡黠的笑，在她看來哥哥一定假正經得厲害吧。他也不管她暗裡怎麼嘲笑他，畢竟事關一輩子的幸福，男人想討媳婦不丟人，便吸了口氣道：「占吧，我準備好了。」

「得嘞。」月徊愉快地應了一聲，兩手往上一拋。那兩枚大子兒在空中翻轉著，最後落回桌面上，一枚已經躺平，另一枚還在旋轉……風車一樣地旋轉，並沒有要倒下來的打算。

月徊伸出手，「啪」地將它扣住，兩個人在爹娘牌位前，像兩個興致高昂的賭徒。月徊說：「哥哥，你猜是陰卦還是陽卦？」

梁遇謹慎地看了她一眼，「不好說。」

「那咱們開開看看？」月徊小聲道，燈火照著她的眉眼，有種賭命般的恐怖感。

梁遇咽了口唾沫，「嗯。」

於是四隻眼睛緊緊盯著月徊的那隻手，挪開一點兒，再挪開一點兒，其中一枚顯露出了真容，是個光背。接下來這枚，承載了太多希望，梁遇甚至不由自主喊起來：「字！字！字……」

眼看剩下這枚露出了邊角，他的心都提到嗓子眼了，月徊忽然頓住了，說等等，「讓我吹口仙氣。」

梁遇簡直鬧頭疼，看她像孩子似的，鼓起腮幫子噗地吹了一口，然後掀開手——

「哈哈！」她大笑一聲，「爹娘顯聖了！」

燭火照亮那兩枚銅錢，果然一個是光背，一個是字。

梁遇渾身緊繃的神經倏地鬆懈下來，摸摸額頭，冷汗淋漓。經歷過那麼多大場面的人，居然為了這個用盡了一身的氣力，倒退兩步坐回凳上，閉著眼睛，粗喘了兩口氣。

「多謝爹娘。」他喃喃說：「成全了我和月徊。」

月徊撲過來，摟著他的脖子親了一口，「日裴月徊，爹娘怕是早就看明白了，以後你要入贅咱們家。」

他覥腆地笑，那種不露齒的，矜持的表情，看得人邪火直竄上來。

月徊說：「好啦，這回爹娘都答應了，你想賴都賴不掉了。」一面說著，一面朝靈牌拜了拜，「爹娘放心，哥哥會對我很好的。其實我嫁誰您二老都擔心，唯獨嫁哥哥，可以放一百二十個心。他欺負人的本事全用在外頭，回家就剩愛我了……」

梁遇連連點頭，這就算說定了。他重新撩袍跪下，「打今兒起，日裴既是您二老的兒子，又是女婿，我待月徊之心，日月昭昭，永世不變。」

月徊樂呵呵把他攙起來，「爹娘說都聽見了，他們會在天上瞧著你的。」

真高興，就像老實巴交的農戶娶了個花魁似的，月徊的心縫兒裡都透出快活。手腳麻利地把牌位收起來，打擾了爹娘半天，也該讓他們回去歇歇了。

待一切都收拾好，轉回身的時候腦子裡嗡地一下，看見哥哥正好奇地打量桌上那兩枚銅錢。待她要上前去搶，可惜來不及了，他已經把它們都翻了過來。不出所料，這兩枚銅錢的正反面一樣，一枚純陰一枚純陽。不光如此，錢還是假錢，是外頭攤兒上變戲法用的小玩意，專蒙孩子用的。

「裝神弄鬼，害得我連喘氣都不敢！」他被她戲弄了一遭，世上的事真奇怪，多高明的手段，他一眼就能看出端倪，唯獨面對她這種假得透透的把戲，反倒燈下黑了。這就是對內和對外的區別，也不能說上了她的套，其實他內心來說，是很願意看見這種局面的。

但該生氣還得生氣，他拽過她，一下子就把她弄到床上。撲上去，先在她臀上掐了一把，「妳敢戲弄我？」

月徊「哎喲」一聲，人像蝦似的蜷起來，「我就是代爹娘說出他們的心裡話。」

心裡話難道是弄虛作假？他咬著牙，在她耳邊說了聲：「該打！」

月徊驚覺腿上一涼，裙子不知什麼時候被他撩起來了。這回要來真的吧？她心花怒放之餘又有點緊張，扒著他的肩問：「哥哥，今晚咱們就洞房嗎？」

梁遇嘆了口氣，她哪時能改了這直來直去的毛病，再多點姑娘家欲拒還迎的姿態呢！不過他好像就好她這口，不摻假不做作，說愛就愛，說做也就做了。

他「嗯」了聲，微微和她分開一些，支著身子道：「就今兒……我見楊鶴之前洗了澡。」

月徊說哎呀，「真是太巧了，我也洗完了，還擦了牙。」

於是他在她牙上親了一下，「看見了，擦得挺亮。」挪動一下身子，讓那繃得發疼的地方，停靠在溫暖的港灣裡，他帶著迷亂的氣息問她，「月徊，我給不了妳像樣的婚禮，可能一輩子都得偷偷摸摸的，妳會怨我麼？」

月徊仰臉衝他笑，「我就喜歡偷偷摸摸，比老夫老妻有意思多了。」

唉，真是好複雜的人性，既單純，又透出淫邪來。

屋裡點的燈太亮，梁遇摘下她髻上的一支金蟬小簪頭，揚手一彈指，燭火便被打滅了。實心的金蟬落在木地板上，磕托一聲響，然後翻滾著，不知滾到哪裡去了。

本來月徊以為沒吃過豬肉也見過豬跑，前幾趟又親又摸，不動真格的，好像也就那麼回事。可是漸漸發現，這回不大一樣，哥哥的手和唇無處不在，輕攏慢撚抹復挑，她就大珠小珠落玉盤了。

到這時候才從心底裡蹦出一句尖叫來，「我的情哥哥！」

他聽了渾身一震，帶著鼻音輕哼：「好妹妹……」

原本讓人滿含負罪感的稱呼，這時候變成奇怪的神藥。梁遇的慈悲劍構造果然巧妙，子劍鑲進母劍裡，劍格與劍格緊抵，劍身與劍身便嚴絲合縫，毫無間隙。

反覆切磋，劍剛鑄成的時候需要儘量磨合，床榻的榫頭不堪重負，伸了回腰，發出吱嘎的響動。

月徊提心吊膽，又意亂情迷，「哥哥，動靜……太大……」

月光透過窗屜上方的雕花擋板照進來，梁遇的眉眼染上了豔色，含含糊糊說：「大麼……那我輕點兒……」

上下震動不像左右顛蕩，力量相對時爆發起來電光石火。子劍抽出，與母劍絞殺，同根而生磨出一串驚豔的嘆息。他勾住月徊的手臂不讓她逃跑，到最後咬牙切齒地問：「妳喜歡麼？嗯？」

月徊好像只剩喘氣的本能了，劍來劍往，只聽得呼嘯的聲響，劍首抵在她心上。起先的不適變成綿密的震顫，碼頭上長大的孩子吃得起苦，也經得住打磨。她扣住他的五指，用力握了握，梁遇做什麼都能做得很好，在那片泥濘裡研磨，研出她一身細慄。

只是她有些想哭，沒想到大半年光景，終於走到這一步。

她的情緒，他時刻都關心著，她喜歡了便急些，她不喜歡了，便更溫柔些。見她微微一哽咽，他就把她拉進懷裡來，溫暖的手在那汗濕的脊背上輕撫，叼了叼她的唇，「鳴金收兵了，好不好？」

她說不好，細長的腿一邁，像把勾魂鐮。他便不再說話了，順著她的意大動，她的臉頰貼在他脖頸，指甲在他背上掐出淺淺的月牙痕。

窗外的月亮終於迷濛起來，她看不清楚了，月亮變成了雙生。她想真好，孤月終於有了伴，她的枕席間也有了解悶的人。

那種滋味兒竟這麼叫人喪魂，他是頭一次體會。像渾身的毛孔都打開了，人走在逼仄的通道裡，曲曲折折走了好久，猛然之間走進一片耀眼的光瀑，照得他睜不開眼，照得他神思恍惚，痛快欲死。

他緊緊摟住月徊，那放大的勻氣聲像野獸，夾裹著濃情，自己聽來都覺得羞臊。月徊失魂落魄，人也將死不死，好半天才回過神來，摟著他說：「哥哥，成事兒啦。」

他「嗯」了聲，纏綿地吻她。無窮盡的細膩心思，在一呼一吸間傳遞給她，讓她知道他有多感激她。

這十八年間，所有和她有關的點點滴滴，從他心頭浩蕩流淌過去。小時候的親密無間，父母被害後他帶著她倉惶出逃，到後來失散又重聚，每一絲感情的變化都和她有關。他的手指在她身上游走，她像初生的嬰兒般蜷縮在他懷裡，他輕輕觸了觸那裡，「月徊，妳疼麼？恨我麼？」

月徊還是高高興興的，耳朵貼在他胸口，聽那個四平八穩的人為她心跳失常，由衷覺得滿足。

「疼當然是疼的，可是給了哥哥，我一點都不害怕。」她伸著胳膊摟住他的脖頸，偎在他唇邊輕聲說：「真好，沒有什麼比你齊全著，更叫我喜歡了。本來我以為你不行來著，就在先前，我也怕你不行……」她心虛地笑了笑，「我怕你吃藥吃壞了，沒想到哥哥生龍活虎，事後不睏，還能和我閒聊。」

梁遇噎了下，有時候孩子知道得太多了，也不是好事。

「誰說事後就該犯睏？」他嗡噥著說：「我這會兒，比什麼時候都清精神。」他是頭一回做這事，能從頭到尾有始有終，已然讓他十分驕傲了。

月徊呢，親近過了這回，才澈底肯定哥哥今後就是她的人了。這漂亮的臉蛋兒，這修長的身條兒，還有那寶貝，都是她的了。她對一切都愛不釋手，摸摸大腿掐掐腰，滿懷虔誠地在他胸前親了一口。

只是男人總不足意兒，他才受用過一回，好像很有興致再來第二回。月徊觸到那把劍，嚇了一跳，知道不能再招惹他了，便識相地撓了撓頭，「哥哥真不睏麼？我可睏了……」

他說：「妳睡。」一邊說邊從她脖子底下抽回胳膊，就著簷下燈光下床了。

月徊不知道他要去幹什麼，心裡一陣失落。側耳細聽，他下床是不是穿了衣裳，要回去當他的掌印督主了？果然男人都是涼薄的，嘴上說得花好稻好，一旦達到目的，興頭也就過了。

月徊心裡著實難受起來，這會兒本錢全掏出去了，就算賠得底兒掉，也是她自己命不好。她甚至迸出了兩眼淚花兒，心裡大嘆著遇人不淑，就算是哥哥，也還是個庸俗的男人。

果然一會兒又聽見他絞手巾的動靜，心裡又是更大的一成傷感，心想他八成覺得自己不乾淨了，不愛和她滾得一身汗，不愛那種濃情蜜意後糾纏出來的氣味。啊，他是清高人兒，他嫌她埋汰了，狗男人，事前事後判若兩人！

她側躺著，難過之餘眼淚流了下來，可還沒等淚流到鼻尖，便感覺溫熱的帕子覆上來，他摸索著給她擦了擦臉。然後手巾又換了一面，仔仔細細替她擦拭胳膊和胸背，中途又去絞了一回，回來放輕了手腳替她擦淨腿心兒，那種體貼入微，讓她狠狠唾棄起自己的小人之心來。

哥哥果然不像一般男人，他心細如髮，知道怎麼才能安撫她，怎麼才能讓她更舒坦點兒。巾帕所過之處，留下一片清爽的軌跡，他輕聲說：「身上沾了汗不舒服，這樣會好些，睡吧。」

月徊撐身坐了起來，「哥哥，你不走吧？」

燈影下他眼睫烏濃，就著光給她抿了抿頭，「不走，我會守著妳的。」

月徊嘴一瓢，感動非常，「你不怕少監他們說嘴？」

他笑了，「怕什麼？他們敢在背後議論，我就叫他們永遠說不出話來。況且咱們同睡也不是一夜兩夜，他們早就見怪不怪了。」他輕輕推了她一下，「躺下，不累麼？」

月徊仰在枕上，朦朧間看他用她用剩的水擦洗自己，心道梁掌印這是澈底從天上掉進泥沼裡了。往常他那麼考究，幾時也不能和人共用一盆水，自己這回糟蹋了他，把個神仙拖累成了莊稼漢，真是罪大惡極。

她說：「哥哥，你快回來。」

於是他趿著鞋過來，上床在她身邊重新躺下。

熱血冷卻，他身上清涼，月徊把滾燙的腳底板踩在他腿上，抱著他的胳膊說：「你往後要繼續清高著，不許用我用剩的水，也不許吃我吃剩的東西。」

他失笑，「怎麼了？妳嫌我？」

她把臉偎在他肩頭，「我怕自己毀了你的道體，攆走你的仙氣。」

他愈發覺得她犯傻，捏了捏她的臉頰，「被我收拾糊塗了？」

這上頭月徊絕對寸步不讓，「不是你收拾我，是我收拾你。你再聒噪，看我不吸乾你。」

他嗤笑起來，倒沒有打蛇隨棍上，只道：「吸乾我有的是時候，不是今晚。今兒要好好將養，我看妳傷著了，再混來，明兒就不能下地了。」

哦，那這個很要緊，雖說少監們對掌印鐵樹開花已經心照不宣，但畢竟不知道他有真材實料，明兒她要是一瘸一拐，事蹟可就敗露了。

於是小鳥依人地靠在他懷裡，哥哥的肌理帶著清香，大約是香料用久，深入骨髓了吧！月徊閉上眼，剛才那份顛蕩還在腦子裡迴響，身上也留著先前的記憶。她現在真沒什麼想頭了，就覺得老天爺待她不薄，她那些不能拿到明面上來的小心思都成真了。小四說十八歲以後再嫁不掉，就得給人做奶媽子，這回她用不著著急了，反正她有人了。

就這樣，滿腦子嘎七馬八的東西，累透了便睡著了。夜裡半夢半醒的時候也不忘摸摸他在不在身邊，往後這要是養成了習慣，沒他也不成了。

梁遇睡得淺，她一有動靜他就驚醒，然後那手從上到下一頓薅，他被她鬧得心浮氣躁，卻又無可奈何。這一夜不得好眠，天濛濛亮的時候他便醒了，視窗上剛泛起一點白，上夜的燈籠也還在簷下搖曳。他支起身看她的臉，看了又看，最後在她額上親一下，打算起身，回自己的臥房去。

結果正要下床，她卻纏住他的腿，「說話不算話，你說會守著我的。」

他「嗯」了聲，「守了妳一夜，這會兒天要亮了。」

她不由分說，餓虎撲羊般把他撲倒，那手腳就如船上那隻八爪魚一樣，緊緊纏裹住他，把腦袋抵在他胸前，悶聲道：「你說，和我做這事高不高興？」

他赧然笑，伸出一手攬她，「自然高興。」說著湊到她耳邊低喃，「這是世上頂叫我高興的事，月徊也是世上最撩人的姑娘。」

她聽了抬眼看他，窗口那熹微的小格子倒映在她眸底，她的眼睛乾淨如清泉。

可是這眼底，又好像藏著委屈，「會不會我把自己交代了，你就覺得不稀奇了？你會像汪軫一樣置一所大宅子，裡頭裝滿各式各樣的姑娘嗎？」

也許這是女孩子事後忐忑的小心思，他說怎麼會，「我這樣的身分，是個能養一窩姑娘的人麼？妳別胡思亂想，咱們和別人不一樣，我能得一個妳，已經是上天的恩賜了，不敢有別的妄想。」

月徊長出一口氣，細細的臂膀摟住他的脖頸，那曼妙的身段緊貼他，其實她不知道，他得調動所有的自制力，才能保證不再動她。他在司禮監這些年，經手了太多宮人初夜侍寢，女人的苦楚他瞧在眼裡。忍著不碰她是在保護她，可惜這傻丫頭，好像並不明白他的苦心。

她扭了扭腰，他牙都酸了，蹙眉道：「妳想幹什麼？」

她鼓著腮幫子，勉強憋住了笑，「我瞧瞧哥哥，還能不能行。」

一切的堅持終於白費了，如倦鳥歸巢，他還是去了該去的去處。她有拚死吃河豚的勇氣，他怎麼能不配合她，怎麼能不得了便宜還賣乖。

他吻她耳畔，「我不想……」

月徊一番齜牙咧嘴過後，終於長出了一口氣，「不想還這樣？」

身子果然比嘴誠實，他無害地輕笑，扶搖下降，池淺而舟大，水擊三千無休無止。

只是天將亮，他也擔心動靜太大惹得人注意，便愈發緩和堅定。三月聚糧，四月緩繳，騰躍數仞終於靜止，靜水深流，徐徐流進她心坎裡。

又是一身大汗，他的頭髮都濕了，一綹垂落下來，居高臨下看著她，繾綣道：「今兒要動身往雷州，我看妳乏累得很，就挪到明兒吧。」

月徊有苦說不出，又不願意招他笑話，便硬著頭皮說：「我不累，定好的行程不能改，改了叫人起疑。況且紅羅黨也沒收拾乾淨，留在這裡我老覺得不安全。」邊說邊翻起身來，「我這就收拾……」

然而那處火辣辣地，她怨懟地瞧了他一眼，「你是驢麼！」

梁遇面露尷尬，「我說了不想的……」嘴上說不想，起落起來比誰都賣命。月徊嘟囔著說成啦，「你回去吧，我洗漱完了就隨你們動身。」

梁遇就這麼被趕了出去，抱著衣裳回臥房的當口，半道上遇見了楊愚魯。楊愚魯是個知情識趣的，垂手道：「老祖宗知會一聲就是了，何必自己送洗衣裳。」說罷上來接手。

梁遇神色如常，慢慢踱著步子，踱回屋去了。

後來果真沒有耽誤行程，當日從瓶隱山房撤出來，就整頓了人馬前往廣海衛碼頭。楊鶴率領兩廣官員前來送行，和上回不同，這回每個人臉上都帶著敬畏。梁遇一身錦衣立在長堤上，身後是浩淼江海，他搖著扇子談笑自若，「經年的碩鼠被撲殺，兩廣終於重見天日了。願諸位大人恪盡職守，協助楊總鎮，等咱家回京面見了皇上，再議官員任免事宜。貪官跑不了，清官也別怕被埋沒，身上有爛帳的，趁著這會兒還沒發落將功補過吧。刮來的民脂民膏都還給百姓，千萬別想著鑽空子，要是再打什麼壞主意，葉震可就是榜樣。」

那些沿海的官員們，沒有幾個是清廉的，當初乘著葉震的東風欺壓黎民，彼時誰能想到葉震會倒臺，京裡會來人整頓吏治！梁遇這麼一說，個個提心吊膽長揖下去，待看著那一雙又一雙描金的方口官靴從眼前經過，直到人都上了船，才謹慎地直起身來。

欽差的船隊起航了，綿長的螺聲響起，幾十名船工一字排開，毛竹撐得福船離港。直到船隊行至開闊水域，方揚起風帆，一行往西南去了。

這一路上又接了朝中消息，皇帝親筆寫信，催促大伴早日返京。

「皇上信中沒有寫明，實則是對政務力不從心了。因著原先身子就不好，日夜理政加上後宮癡纏，龍體便一日不如一日。」楊愚魯道：「依著老祖宗看，咱們幾時返京為好？」

梁遇坐在案後閉目養神，手裡菩提慢慢數著，隔了良久才道：「行程不改，等珠池採收了一輪，咱們再回京不遲。」

他是在以他的方式成全月徊的心願，男人啊，到了這時候都一樣，早前周幽王烽火戲諸侯，不也是叫女人弄得五迷六道，忘乎所以麼。

從廣海衛到雷州，又花了十來日，遠遠看見前方有沙袋壘起來的堤壩，就知道珠池近在眼前了。

派出去的水師比他們的船隊先到一步，那些監管珠池的官員已經聽聞了總督伏法的事兒，紛紛嚇得噤若寒蟬。這招殺雞儆猴是一勞永逸的妙方，後來珠工採收，水面到處都是監看的哨船，采上來的珠蚌足有盆兒大。

月徊作為總管事，戴著草帽穿著曳撒，在珠池和福船之間來回奔波。進艙房的時候帶來一身腥氣，把個巨大的珠蚌放到他眼前，說：「哥哥，你看，這裡頭是最好的南珠。往年瀾洲連年有珠盜，今年水師日夜巡航，那些倭寇海盜就不敢來了。我開個蚌給你看……」

她熟練地拿刀將兩頭一剮，把刀嵌進蚌殼裡，殼被撬開了，隨手一擠，便擠出一顆麻雀蛋般大小的南珠來。

「西珠不如東珠，東珠不如南珠。哥哥，那些官員送進京孝敬你的，還不是最好成色的，可見這地方管事的官員有多貪。」

梁遇看著這渾圓炫目的珍珠，長嘆了口氣，「早聽說雷州、合浦珠池官員贓私狼藉，如今看來真是觸目驚心。這珠池還是得長期有人看管，每年採收時節，朝廷也要派遣專人過來監察。咱們瞧過了，心裡有了底，餘下的交給別人代管，咱們這就回京吧。」

月徊不明所以，這兩天開蚌正開得高興，怎麼忽然要回京了，便問：「為什麼？」

梁遇鬱鬱道：「皇上因貴妃和皇后鬧得不可開交，再不回去，宮裡頭要摁不住了。倘或皇上廢后扶持貴妃，那這大鄴王朝用不了多久就得姓宇文，我不能眼睜睜看著一手扶植的皇權，被個女人弄得土崩瓦解。」

那廂皇帝終於接了梁遇的書信，說船隊已然動身回京，幾個月來懸著的心，終於落地了。

人在沒有經歷過挫折之前，總以為自己能耐無邊，有三頭六臂，縱是無人扶持也可以披荊斬棘。結果梁遇走了四五個月，天慢慢涼下來，皇帝那一腔熱血也漸次變涼，試過之後才知道這朝堂內外有那麼多的不順心。以往梁遇替他擋著，他以為政務不過如此。後來他一個人站在暴風雨裡，迎面的雨點子打得他睜不開眼，無處躲閃，他才懂得就算是皇帝，獨拳打虎也是癡心妄想。

這王朝立世已經一百多年，一百多年的痼疾像鐵水融化又凝固，憑他用盡全力也掰不動。也許自己是太年輕了，也許再過兩年才能有足夠的底氣來面對那些咄咄逼人的內閣大臣，但目下，梁遇缺之不可。

畢雲的話裡也透著喜興，為主子終於不必那麼艱辛而暗自高興，「掌印大人一去好幾個月，宮裡沒了他老人家坐鎮，底下那些人都懶出蛆來了。如今可好，掌印要回來了，看誰還敢不聽差遣，內閣的人還敢和主子叫板！」

皇帝面前放著打開的題本，在接了梁遇的手書之後，那些蠅頭小楷便讓他眼睛疼頭疼，他是一個字都不想多看了，抬手把題本闔了起來。

「他這一去是太久了，朕的信應該早就到了，不知他怎麼現在才動身。」話裡話外有些不耐煩，嗔怪梁遇回來得晚。

畢雲忙打圓場，抱著拂塵道：「出門在外，許多變故不由人說了算。像掌印南下這趟，又是瑤民又是紅羅黨，再加上個總督作梗，能在這麼短的時間內平定兩廣，已然是借著主子的威嚴了。主子想，兩廣那麼多的亂子，掌印這會兒回來，怕是也沒能完全料理乾淨手上差事。掌印的脾氣您是知道的，那麼滴水不漏的，叫他中途回京，怕又得兩頭牽掛著呢。」

皇帝聽畢雲這麼說才略感寬慰，「大伴心繫社稷，朕都知道。這回他辛苦，回來也要論功行賞才好。」說完了，因心情大好，幾日不開的胃口霍然有了食欲，命點心局上了些小食，一個人坐在排雲殿裡，就著奶茶慢慢吃了一碟子。

待皇帝丟手，畢雲方領人收好食盒退到殿外，出門正遇見貴妃從東邊廊廡上過來。今天的貴妃穿著銀紅團花紋十樣錦褙子，高高挽著頭髮，髮間簪一套赤金樓閣簪子，與平時的素淨不同，明豔得驚人，含笑問畢雲：「聽說梁掌印要回來了？幾時能入京？」

畢雲呵著腰道：「回貴妃娘娘，才動身不久呢，路上少說也得兩三個月。」

貴妃「噢」了聲，「掌印大人的妹子很得皇上喜歡，這趟回來，八成要留在宮裡了吧？」

後宮是女人的戰場，畢雲知道在一個女人面前談及另一個女人的好，是件很危險的事，便斟酌道：「掌印大人的妹子，早前在宮裡伺候皇上梳頭，皇上因瞧著掌印的面子，確實看重她些。」

「可不是麼，我聽說兩個人還一塊兒上什剎海滑過冰，上前門大街吃過爆肚。」她說著笑了笑，毫無吃味的意思，只是感慨著，「真沒想到，皇上那麼金貴人兒，還上平民百姓取樂的地方去……」

畢雲唯恐又惹出什麼禍事來，忙笑著敷衍：「主子鮮少出宮，這些年也就出了這麼一回，自然對民間事兒好奇些。月徊姑娘又是民間長大的，那些吃的玩的她都知道……」

「你們京城裡的人管這個叫什麼？衚衕串子？」貴妃饒有興趣地問。

「噯……」畢雲窒了下道：「算是吧，不過這詞兒帶著那麼一點兒貶義，一般不這麼說。」

管他怎麼說，貴妃閒閒擺了擺手，打發畢雲去了，自己在排雲殿前徘徊好久。

關於那個梁月徊，她在船上見過，清清朗朗的姑娘，長得很美，但還不足以惑亂君心，就算回來了也難以對她形成威脅。會妨礙她前行的人，應該是梁遇，要不是他這陣子不在京裡，她哪能調唆得了皇帝搬到西海子避暑，哪能讓皇后諸多怨言，令帝后反目！眼下他要回來了，兩個月……時間很緊，但也足夠趕在他抵京之前，辦成那麼一兩樁小事了。

她回頭朝排雲殿望了一眼，天兒已經轉涼，皇帝預備搬回紫禁城去了。西海子雖也規矩重，但園囿不是皇城，守備方面並沒有紫禁城那麼森嚴。她一向不喜歡那個大籠子，進去了便有種暗無天日的感覺，不像在西海子，要見個人，說兩句話，不過順嘴一吩咐的買賣。

低頭理理胸口蝴蝶佩下懸掛的穗子，看見這滿身錦繡，其實應該知足的。大鄴開國以來，還沒有過十五歲封貴妃的宮眷呢，自己算是開天闢地頭一分兒。可這又不是自己想要的，榮華富貴，她在南苑時早就享盡了，如果能跟著西洲，帶些細軟離開這裡該多好！可惜她心裡也知道，這是絕無可能的。西洲對梁家兄妹忠誠，思前想後唯恐牽連他們，以至於第三回再讓他進來相見，他死活都不願意。自己呢，身上背負著整個南苑，就此撂下一切，便是背棄了整個家族。

可他不肯見她，她氣惱、焦急、五內俱焚，那種欲見見不著的難受，比應付皇帝痛苦一萬倍。眼下終是逼到了這個份上，梁遇要回來了。那太歲霸攬得寬，可以預見兩個月後的京城又是另一種井然的光景，有什麼執念就要趁現在去辦，否則便沒有機會了。

她長出口氣，重新收拾心情，換上個笑臉走進涼風殿裡。皇帝正坐在榻上看書，她像隻蝴蝶翩然而至，「主子，今兒又是十五了。」

初一十五皇帝必須留宿皇后寢宮，這是老祖宗留下的規矩，即便皇帝後來對皇后失去了興趣，這個規矩也不曾打破過。

皇帝眉眼間浮起一點倦色，「怎麼又到十五了……」

貴妃眨了眨狡黠的眼睛，摟著皇帝的胳膊道：「那今兒夜裡，主子就稱病叫去吧。」

皇帝說不成，「就算病著，也得歇在皇后宮裡。」

貴妃臉上不是顏色，「皇后可人意兒，一定會把皇上伺候得妥妥帖帖的。」

她酸言酸語很有那種味道，皇帝聽得喜歡，忙把她摟在懷裡安慰，「皇后無趣，像個木頭人，妳又不是不知道。朕原不想去的，可大伴要回來了，倘或一直冷落皇后，少不得有人背後多嘴。」

貴妃把臉拉得八丈長，「大伴、大伴……我竟不知道，究竟您是皇帝，還是梁遇是皇帝……」

皇帝果然不悅起來，喝了聲貴妃，把她喝得噤住了口。

美人惶恐的樣子都是美的，貴妃怯怯地瞪著大眼睛望著他，皇帝的震怒便如抽絲一般，瞬間消失得一乾二淨。叱完了還得重新攬進懷裡安撫，和聲說：「朕知道妳不願意讓朕在皇后寢宮過夜，可這是祖宗定下的規矩，朕也不能違抗。」

貴妃滿臉委屈，朝外看了一眼，「夜裡要變天，我一個人有點兒怕……」

皇帝慢慢撫著那單薄的脊背，「若是怕，就多叫幾個人上夜，明兒一早朕就回來了。」

於是貴妃便不說話了，溫馴地偎在皇帝懷裡。皇帝徐徐撫慰她，她像隻貓，受用地閉上了眼睛。

將要入夜了，天上半點星月也無。內侍預備好了儀仗接皇帝回宮，皇帝登上龍輦，貴妃在底下依依不捨地牽住他的手。

「明兒一早就回來，啊？」

宮燈柔軟的光照亮她精緻的眉眼，皇帝垂手撫了撫她的臉頰。她有時候有些像月徊，大概因為年輕的緣故，總有一股天真爛漫的氣象。月徊……他心裡念的還是她。也不知道她南下一趟長了見聞，又會帶回多少有趣的事蹟。他喜歡聽她說話的語調，喜歡看她眉飛色舞的樣子。她一去幾個月，他甚是想念她，可她要是回來，他卻又覺得沒臉面對她了。

皇帝收回手，輕嘆了口氣，「走吧。」

御前總管高唱一聲「起駕」，抬輦沿著長堤，一路往大宮門上去了。

貴妃目送著燈籠組成的長龍漸漸走遠，回頭瞧了貼身伺候的嬤嬤一眼。嬤嬤揚手一比，把人都遣散了，上前將個小紙包放進她手裡，「主兒，已經預備妥當了。」

貴妃頷首，接過宮人送來的斗篷披上。天頂傳來隆隆的雷聲，她仰頭看看，再晚點兒，恐怕要走在雨裡了。

小四在升作小旗之後，由曾鯨安排著，置辦了自己的府邸。總住在值房裡終歸不像話，提督府住著又不沾不靠的，爺們兒家還是得自己單門獨戶地過，將來娶一房媳婦，也好正經過日子。

他的宅子不算大，但絕不寒酸，三進的院子，還安排了幾個粗使的僕從，見了他四爺長四爺短的，伺候起來一點不含糊。小四的日子過得很簡單，有差事的時候跟著出差事，平時在衙門裡辦公學本事。到了下值時，該值夜就值夜，排不著班兒就回家睡覺。不像別的番子喝花酒欺負人胡天胡地，他算是東廠裡頭難得的異類，把這原該黑心肝的職務，幹出了散淡平和的滋味。

這天還是照常下值，一個總旗過生日，他隨了份禮，喝了幾杯酒，沒耽擱多少工夫就從醉仙樓辭了出來。他的宅邸置辦在新鮮衚衕，穿過苦水井就到了，連馬都用不著騎。

像平常一樣，進門管事的就迎了上來，不過這回不是叫聲爺，迎進去了事，而是朝門內遞個眼色，「咱們家來客了。」

小四一頭霧水，「什麼客？」

管事的說：「是位女客。」

他一聽便一激靈，邊走邊喃喃：「是不是月姐回來了……」

匆匆趕到院子裡，老遠就看見上房有個人影繞室遊走，那穿著打扮挺華貴，很像發跡後的月徊，頭上還戴著繁複的首飾。

他興沖沖跑進去，叫了聲月姐，「什麼時候回來的？」

背對著他的人回過身來，一張如花的笑臉，打趣說：「我不是你的月姐。不過你要是願意管我叫姐姐，我也准了。」

來人並不是月徊，小四見是珍熹，不由大吃一驚，「格格，怎麼是妳？」

他到現在還是管她叫「格格」，也算對往昔歲月固執的懷念吧！

珍熹上前，含笑牽住他的手，「我想你了，請你你又不來，只好我親自登門找你。」

貴妃夜會男人，這是怎樣的罪過，要是鬧起來可了不得。小四往後退了兩步，「妳不能隨意外出，萬一洩露出去還活不活？」

珍熹卻說放心，「今兒是十五，皇上得進宮陪皇后過夜，這會子且顧不上我。」她又欺近他，嗅見他身上酒香，「你喝酒了？」

小四「嗯」了聲，「今兒有個同僚做壽，我過去喝了兩杯。」

珍熹笑起來，男人長大好像就是一霎兒的事。早前他來金陵接她，還是個少年意氣的傻小子，如今已然能在同僚中周旋，能以男人的方式結交朋友了。

「你以後成了家，八成是個顧家的男人。」她輕聲說，探過去緊緊握住他的手。

小四一驚，想要掙開，她有些失望的樣子，「你是不是嫌我髒了？」

小四說沒有，「妳如今是貴妃……」

「什麼貴妃，」她仰著臉說：「我心裡只有你，你又不是不知道。」

男女之間那種微妙的感情，是可以通過一言一行甚至一個眼神體現出來的，小四都明白。她在皇帝身邊，簡直一天都忍不下去，其實皇帝倒也沒有那麼不堪，但她有了比較，就算小四無權無勢什麼都不是，在她心裡也依舊無人能及。

小四尷尬不已，為難道：「咱們早就說好的，妳我不是一路人。我只能陪妳一陣子，往後的路要妳自己走。」

她聽了，眼中瑩瑩有淚，「我有時候真恨自己生在宇文家，如果我只是個衚衕裡的窮姑娘，我就能嫁給你，和你生兒育女，過普通人的日子了。」

然而這輩子沒有「如果」，小四還是掙開了她，「只要妳過得好，我沒什麼遺憾的。妳本來就是天上的星星，我偶然瞧上一眼就足意兒了，不能想著把妳摘下來。」他辛酸地笑了笑，聲調矮下去，像在自言自語。半晌吸了口氣轉過身，伸手去倒桌上的茶水。

珍熹從他手裡接過茶壺，溫聲說：「你坐下，我來。」一面斟茶，一面道：「咱們之間的緣分，興許就到此為止了，可我總是不甘心，總還存著一點念想……難道你對我就沒有一點留戀麼？我也不敢奢望什麼，只希望在想你的時候，能讓我見你一面。」

她端著茶水過來，把杯子放進他手裡，一雙眼眸含情脈脈望向他，那光華萬千的金圈兒裡像是有另一個異世，緊緊地網住了他。

大多時候，小四不敢看她的眼睛，那是雙妖瞳，看久了會讓人迷失本性。他只得調轉開視線，端起茶盞喝了兩口，然而今天的茶水好像也和往日不同，不知是不是她親手端來的緣故，竟然能咂出一絲甜意。他暗暗嘆了口氣，人生中的第一段情，最終會走向死局的。現在年輕，做什麼都由著性子，等將來年紀稍長，再回過頭來看，這段歲月還剩下什麼？年少無知的輕狂，和不知深淺的試探罷了。

「以後不要再來了。」他放下茶盞道：「趁著沒被人發現，我送妳回西海子。」

珍熹說不，外面下起雨來，秋老虎的雷聲依舊有威勢，閃電劃破長空，照得她臉上清白一片。她微微瑟縮了下，「我怕打雷，回去也是一個人，就讓我多留一會兒吧。」

小四沒有辦法，硬把人推到雨裡總不大好，他只有默認了，慢慢退坐到圈椅裡，澀然看了她一眼，「妳也坐吧。」

明明已經立秋了，今夜好像格外熱，顴骨隱隱發燙，身上也起了一層汗。他抬起手，不自在地鬆了鬆領釦。

那些細微的動作全落進珍熹眼裡，她如同品畫般，撐著臉頰打量他。

他穿一身竹葉青羽緞面的直裰，因生得白淨，少年人乾淨純粹的氣韻玉竹般高潔。其實要論年紀，他和皇帝差不了多少，但九五之尊的見多識廣，讓皇帝早早便褪了青澀，像個老道的情場高手。她曾經盼著從皇帝臉上發現一絲羞赧，只要他還有這種表情，她也不會那樣抵觸他。可惜，早就識得情滋味的人，是懶於裝出那種純質來的。

西洲就不同，她對著他笑，在他面前獻舞的時候，他的視線常不知該如何安放。就因為這個，她知道自己是走進他心裡去的，他和皇帝大不一樣。

他的氣息逐漸急促，如坐針氈，擱在圈椅把手上的手，下意識挪到膝上。

珍熹見狀站起來，輕移蓮步到他面前，「西洲，你好像很熱啊？」

外面雷聲陣陣，那褙子的一角正好拂在他手背上，輕柔的觸感吸引住他全部的注意力。她緩緩蹲踞下來，仰著那張美麗的臉，指尖如靈蛇一般，攀上他的手腕。

若即若離的撫觸，從袖口一直往上延伸，他禁不住輕輕顫抖。明知道不應該的，明明應該推開她的，可面對她的臉，他卻狠不下這份心腸。

後來便飄飄然不知所以了，身體裡像藏著一隻獸，左奔右突尋找突破的方向。她在他身下時，他幾欲發狂，拘著她不知應該拿她怎麼辦。還是她溫柔引領，終也是不得法，還未入門就出了洋相。正懊喪的時候聽得她一聲笑，貼在他耳邊說：「不要緊，再來……」

今夕何夕，何以至此，他全不知道了，滿世界都是珍熹。那點克制再三的情愫，在這雨夜裡灰飛煙滅，他甚至不知道一切是怎麼開始的。

迷亂的時候聽見她的飲泣，她淚眼迷濛捧住他的臉，「西洲，我到今兒，才覺得自己像個活人……」

他聽了，放低身子和她相擁，珍熹的眼淚從眼尾源源流出來，好像總也流不完。

她並不想哭，不過是來和他借樣東西罷了，弄得這樣柔腸寸斷做什麼！可她好像控制不住自己，和皇帝做這種事的時候，她想的就是他。如今果然是他，她覺得此生沒有什麼遺憾了，能和自己喜歡的男人春風一度，這輩子也算沒有白活。

只是不知道，他清醒後會不會怨怪她。就算怨也無可挽回了，人生苦短，及時行樂要緊。她又浮起了笑，一雙玉臂緊緊摟住他的脖頸，像溺水的人找到了浮木，在一片滔天的喜悅裡追問他：「西洲，你愛我麼？」

誰能拒絕一個驚為天人的姑娘，加上藥力的作用，他把她顛來倒去地盤弄，咬著槽牙說愛，「打從第一眼見到妳起，無時無刻……」

這就足了。

她滿心歡喜地迎接他，原來和喜歡的人一起，有那麼多有趣的新發現。

外面雷聲隆隆，一聲急似一聲，待激烈到了頂點再漸漸趨於平緩。他沒有離開，覆在她身上急切地呼吸，帶著少年人的孤勇。她摟住他，吻了吻他的臉頰，輕聲說：「西洲，我要給你生個兒子，讓你的兒子做皇帝。」

那藥弄得人七葷八素找不著北，她的嗓音後來就如隔著一層水幕，嗡嗡地，聽不真切。等醒來的時候，人已經不在了，珍熹像個殘夢，零碎地散落在他記憶的每個角落。他頭痛欲裂，撐身坐起來看，只有凌亂的床鋪，證明她昨晚真的來過。

後來的兩日，心裡一直七上八下，他去提督府問曹甸生，曹說：「督主沒有傳信兒回來，究竟什麼時候返京，還不知道。」

隔天又藉進司禮監回事問了曾鯨，曾鯨說快了，「也就兩三個月吧。」一邊說邊瞧他面色，「小四，你遇上什麼不順心的事了嗎？」

小四忙說沒有，勉強笑道：「我是想月姐了，盼著她早點回來。」

到了這個時候，才知道舍哥兒的難處，他沒有一個能說心裡話的人，只有月徊。可月徊又不在，還得等上那麼長時候……他喪魂落魄返回東廠，半道上怨恨自己管不住下身，氣得狠狠抽了自己兩耳刮子，蹲在地上不住地氣哽抽噎。

後來下值回家，經過一條狹窄的衚衕，迎面走來個人。這人遠遠看著就邪性，穿著市井百姓的衣裳，腳上蹬的卻是官靴。他自留了份心眼，擦肩而過時把手擱在刀把上。果然噌地一聲響，對方忽然舉劍刺來，他忙拔刀招架，可他畢竟才進東廠半年，論身手壓根敵不過那個招招欲取他性命的人。

他料著這回要折在這裡了，沒想到在他疲於應對的時候，幾個番子從天而降擊退了那人。

小四從刀口上撿回一條命，驚魂未定，番子們開始琢磨：「看劍法不像咱們這條道上的……四爺，你到底得罪誰了？」

那廂司禮監裡，奉御進來回話，說派出去的人趕到及時，傅小旗被救下了。

曾鯨長出了一口氣，「他的腦袋被惦記上了，這程子著人仔細關照他，要是出了岔子，老祖宗回來怪罪，咱們吃罪不起。」

奉御道是，頓了頓又問：「這事……老祖宗一早就料到了，為什麼事先不阻止？」

曾鯨沒應他。

貴妃的那點小九九，怎麼能同掌印相比，昨兒出的那事，也是斟酌再三後任其發生的。宇文家呢，其實並不願意貴妃和那小小番役有牽扯，只是將在外，君命有所不受，事出了沒法子，唯有盡力挽回，這才派人暗殺小四。掌印的順水推舟還是為削藩，宇文貴妃最後真要是捅了大簍子，南苑王府想獨善其身，自是不能夠了。

所以就得保住小四，至少暫且來說，還沒到他死的時候。眼下的較量全在暗中進行，無憑無據不能驚動皇上，他們要做的就是穩住局面，一切等掌印回京後再做定奪。

接下來宮中歲月依舊靜好，和貴妃躲在西海子避世的皇帝，終於擇了個良辰吉日回宮了。按著柳順的話說：「皇上跟孩子似的，趁著老祖宗不在鬆快兩日，眼瞧著人要回來，趕緊回歸本位，老祖宗也不能說什麼。」

不過宮裡女人多了確實麻煩，皇后和貴妃不對付，其他主兒煽風點火等著看好戲。貴妃倒也不和人一般見識，原先那麼驕矜的脾氣，慢慢變得沉穩起來，除非尋釁的登門，否則她就在她的承乾宮裡作養著，兩個月過去，人還略微圓潤了點。

不過皇帝的身子好像更不如以前了，入了十月，天兒微微有些涼，早晚咳嗽得愈發厲害，有時候痰裡帶點血絲，咳過之後面色蠟黃。

「別不是癆病吧！」貴妃常在跟前伺候，待皇帝歇下後退出來，和帶進宮的嬤嬤悄悄商量。

嬤嬤忖了忖道：「真要是這個病症，太醫檔也不會如實記檔。您往後留神點，沒的過了病氣，傷了自己的身子。」

貴妃掖著兩手，嘆了口氣道：「越是這種病的人，那上頭就越要，哪裡能躲得過！只恨肚子還沒動靜，要是能懷上，就有了正大光明的藉口。」

不過也不是沒轍，還有稱病這一宗。嬤嬤過乾清宮回稟，說貴妃精神頭兒不濟，整天懨懨的。皇帝略好些了來看她，確實是一副病西施模樣，清湯寡水披散著頭髮，唇色發白。勉強打起精神來應付，一番顛鸞倒鳳後，偎在皇帝懷裡嚶嚶啜泣：「我怕是不成就了，也不知道還能活多久。」

皇帝不明白她怎麼忽然說這話，忙溫聲安撫：「想是變天的緣故，妳自小在江南長大，不能適應北方的氣候，哪裡就要死要活的。」

貴妃卻搖頭，「皇上不明白，您越愛重我，我在這宮裡就越不受待見。那天我去御花園，走在夾道裡聽見隔牆有人咒罵我，說南蠻子纏著皇上，三宮六院全成了擺設，咒我失寵早死，說這麼著皇后才有個皇后的樣兒。我自己細想想，眼下不明不白病了，太醫又瞧不出所以然來，這病勢來得怕不簡單。」

皇帝聽後皺眉，「這是誰在嚼舌根！」

貴妃苦笑了下，「我招人恨，自己知道。所以回宮後做小伏低，不敢肆意張揚，也是不願意叫主子為難。她們咒我死，我倒不怕死，只是放不下主子，好歹咱們恩愛一場……」

那細潔的柔荑溫柔捧住皇帝的頭，皇帝在她懷裡吞含，她揚起脖子，輕輕「啊」一了聲。

皇帝受用完了，說妳放心，「朕一定找出那兩個咒罵妳的人，給妳個說法。」後來便大動干戈，闔宮排查，最後矛頭直指向誰，不用問也知道，必是皇后無疑。

皇后百口莫辯，白著臉喃喃：「皇上，您怎麼成了這樣……怎麼成了這樣……」

皇帝雷霆震怒，「朕怎麼成了這樣？是妳怎麼成了這樣！當初說妳飽讀詩書，可堪母儀天下，結果怎麼樣？妳善妒不容人，自打貴妃進宮，妳在朕跟前念秧兒念了多少回，朕的耳朵都快起繭子了！」

皇后紅著眼說：「我那都是為著大鄴，為著您的身子！您還知道自己是誰嗎？見天和她滾在一處，再這麼下去命還要不要！」

皇帝氣得渾身打哆嗦，「朕的身子，朕自己知道。」

皇后寸步不讓，冷笑著說：「色令智昏，您眼下還做得了自己的主麼？」

貴妃站在交泰殿的月臺上往後看，看著皇帝憤然而出，看著坤寧宮的殿門大白天轟然闔上。皇后被禁足了，全天下都知道皇帝獨愛宇文貴妃，為了她，就算廢后也不在話下。

這個消息很快就傳進梁遇耳朵裡，那時候福船已經進了大沽口，月徊在邊上嘖嘖，「男人靠不住，當了皇帝的男人更靠不住。當初是他自己挑中了徐太傅的孫女，這會兒可好，為個貴妃，把皇后給圈禁起來了。」

她老是這樣，經常感慨著，忘了哥哥也是男人，不小心就把他也給罵進去了。好在梁遇並不計較，至多睨她一眼，「天底下男人都招妳了？」

月徊忙齜牙打圓場，「我是說有些男人。」

他微微撇了下唇角以示不滿，隔了好一會兒，才蹙著眉頭道：「這趟回去處置宮裡的事，小四是個難題。」

月徊扭頭看向他，「小四……怎麼了？」

那件事他一直沒和她提起，因為裡頭多少存著算計，月徊又那麼顧念小四，到最後小四要填窟窿，恐怕她不能答應。

可如今就要進京了，這事瞞不住，該讓她知道裡頭原委。不過不能一股腦兒全倒出來，便避重就輕地告訴她：「貴妃為早生皇子，給小四下了藥。宇文家得知後，派人殺小四滅口，被番子攔阻了。我本不想讓妳擔心的，可事到如今該讓妳有個準備，倘或這事沒有後話，過去也就過去了；萬一有後話……小四這回，恐怕保不住了。」

月徊霍地站起來，腿上的椰子滾落，椰汁灑了一地，「你說什麼？」

梁遇垂著眼道：「這也是不得已，他逃不開這孽債，只有死路一條。」

月徊半天回不過神來，左思右想沒了主意，「那還有救沒有？」

他平靜地告訴她：「南苑野心勃勃，這事不光我知道，皇上也知道。別瞧皇上被迷得找不著北，以我對他的瞭解，他未必會到這地步……」

「你的意思是……皇上在捧殺貴妃？」月徊那不甚靈便的腦子終於運轉起來，驚惶地瞪著梁遇道：「捧得連戴綠頭巾也不當回事？這皇上，可真不是一般人！」

第二十六章　未及消寒

皇帝和以往那些順利繼位的皇子不一樣，在他克承大統之前，曾經經歷過很長一段不受待見的年月。

別人都有娘，他沒有。歲末大宴上，有子的嬪妃們想盡辦法讓自己的兒子露臉，只有他，孤零零一個人坐在最不起眼的角落裡，眼巴巴看著先帝稱讚他的那些兄弟們。

他曾經對梁遇說：「大伴，我最討厭過年。帝王家不講究親情，為什麼他們還要聚在一起，裝得很高興的樣子？」

那時候他才六七歲光景，年少聰慧，能夠很敏銳地感覺出別人對他的喜惡。梁遇牽著他的手，慢慢走在幽深的夾道裡，告訴他：「帝王家維持表面和睦的法寶，就是裝。裝得久了，別人就會信以為真。」

大鄴素有皇子封王的習慣，他的楚王封得坎坷，先帝幾乎已經把他給忘了。還是梁遇想盡辦法探出了先帝的行程，安排他和先帝說上兩句話。事後他抱著梁遇大哭，「世上只有大伴想著我，將來我一定不會忘了大伴。」

多少的籌謀算計、步步為營，才有了今天的成就。皇帝在政務方面確實尚不能獨當一面，但江山來之不易，這點他不會忘記。

梁遇曾和他提過削藩的事，當時他即位不久，多有顧慮，並未明確應允，但這件事未必不在他心上。人性從來不是非黑即白的，他對貴妃的喜歡是真的，想利用貴妃打壓南苑，也是真的。

不要小看一個從塵埃裡爬上來的皇帝，身上那份忍辱負重的韌性。讓梁遇忌憚的也正是隱而不發背後，隱藏的機鋒和君心難測。

月徊著急的是小四的生死，要是他真有個好歹，那她就得後悔一輩子。

「早知如此，當初不給他找差事倒好了。」她哭喪著臉說：「沒想到安排進東廠，和那個奸妃扯上了關係。我真不明白，她不是宇文家的人嗎，宇文家在京城有的是門道，為什麼偏欺負小四？我恨不得這就進京，把那個什麼狗腳貴妃胖揍一頓，她是青樓粉頭兒嗎，還給爺們兒下藥？宣揚出去，臊也臊得死她！」

月徊義憤填膺，把地上椰子踢得骨碌碌亂轉。梁遇只得命小太監進來收拾，一面好言安撫她，「這一切暫且是我的推測，妳也不必太過當真。船到橋頭自然直，等回了京，再看看有什麼法子轉圜吧。」

月徊興致低迷，想了想問：「貴妃進宮後不是受皇上獨寵嗎，怎麼還要去借小四的……」她尷尬地說：「小四才十六歲，那麼點兒孩子，毛還沒長全呢。」聽得梁遇大搖其頭。

「誰說十六歲不成？」她有時候就是個二愣子，自己也有了男人，但好像對其中學問還是一知半解。

月徊遲疑了下，「就算成，怎麼知道生出來的一定是男孩兒？」

他嘆了口氣，拉她坐下，「妳也知道南苑王在京城手眼通天，司禮監管束宮人再嚴，也有疏於防範的時候。重賞之下必有勇夫，只要銀子使到家，還怕生的不是兒子？」

月徊突然蹦出個黑心肝的想法來，湊在他耳邊壓聲說：「咱們要是生一個，貴妃換男孩兒的時候換進宮去，沒準兒將來還能撈個皇帝當當。」說完又呀地一聲捂住了嘴，「我這心思又齷齪了。」

梁遇失笑，「沒什麼，誰還沒點私心呢。只可惜時機湊不上，就算湊上了，貴妃的兒子也當不成皇帝。」

月徊問：「為什麼？皇后要是無所出，可就數貴妃位分最高了。」

「妳忘了，皇上還有一位大皇子。」他笑了笑，捋捋她的頭髮道：「妳好好帶大他，將來養兒子當了皇帝，一樣孝敬妳。」

月徊聽了悵然一嘆，朝外頭瞥了眼，見艙房外沒人，伸手在他屁股上摸了一把，「哥哥……」

可話還沒說完，秦九安就冒冒失失闖進來，月徊那手沒來得及收回，被他撞了個正著。

在秦九安眼裡，掌印大人的一世英名算是毀得差不多了，梁遇卻神色如常，淡然掃了他一眼，「京裡又有奏報？」

秦九安簡直佩服他那份巋然不動的氣度，忙正了臉色道是，「這兩日承乾宮傳召太醫，傳召得頻繁。據胡院使說，貴妃上月葵水未至，脈象上尚看不出端倪來，但大有遇喜的可能。」

梁遇看了月徊一眼，樹欲靜而風不止，他暫且不能確定皇帝對貴妃和小四的私情知不知情，但貴妃既然有孕，於自己這頭來說，就有了五成打壓南苑王府的把握。

他擺了擺手，讓秦九安退下，踅身坐回圈椅裡，一手慢慢摩挲著鼻梁，轉頭看向外面無邊水色。

月徊最怕他這樣心思深沉的模樣，微微瞇著眼，眼睫交錯難以窺破，不知他在盤算什麼，是不是和小四有關。

她挨過去一些，蹲在他腿旁小聲說：「哥哥，你幫我個忙，替我保住小四成嗎？那孩子是我一手帶大的，早前我們那麼苦，我夜裡冷，他整夜把我的腳抱在懷裡捂著……我不能眼看著他出事，我是他姐姐啊！」

梁遇垂眼看她，她一副可憐巴巴的模樣，他一向不喜歡她對那個撿來的小子太過重情，但攸關生死，她必定寸步不讓。倘或現在起爭執，除了讓兩個人鬧生分，好像不會有其他結果。他仔細呵護著這份情，自然不能讓月徊怨恨他。

於是拽她起來，圈她坐在自己膝頭上，「這個不必妳央求我，但凡我能力所及，一定想盡法子保全他。怕就怕事蹟敗露，貴妃把他招供出來，倘或到了那個地步，真是連神仙也救不得他了。妳是聰明人，一定明白我的意思，是不是？」

月徊茫然說：「貴妃不是喜歡他嗎，怎麼會把他招供出來？」

梁遇的手在她纖細的腰肢上慢慢輕撫，「喜歡？皇權當前，喜歡值幾個錢？貴妃是帶著宇文家百餘年的憋屈進宮的，她頭一件要做的就是穩固自己的地位。如今看來，皇上是有意隱瞞皇長子的行藏，如此貴妃才會急於誕育皇子，鋌而走險。」

月徊越聽越覺得完了，「那一切豈不是都在皇上掌握之中？」邊說邊側目看他，「皇上真有你說的那樣心機深沉？」

在她的記憶裡，皇帝一直是那個和她並肩坐在冰床上咧嘴大笑的少年。她從他眼睛裡發現過真誠，便覺得他不是那種為達成目的不擇手段的人。

梁遇卻一笑，「人的心機，並不是時時刻刻都深沉，得看面對的是誰。」他仰起臉，繾綣地望住她，「月徊，妳就像一面鏡子，站在妳面前的人，能看見自己的倒影。誰也不願意自己面目醜惡，皇上如此，我也是如此。」

月徊聽了，發現哥哥恭維起人來真是高級。她嗐瑟了一下子，但很快又冷靜下來，戒備地覷著他說：「你別唬我，我就想知道小四怎麼才能從這件事裡脫身。」

梁遇卻搖頭，「只要孩子落地，他就脫不了身。或者說……打從一開始，他就脫不了身了。」

月徊一口氣泄到了腳後跟，「那可怎麼辦……」思來想去，也許一切的癥結都在皇帝身上。

不過梁遇眼下要操心的，不是京裡那三個人如麻的鬧劇，他只擔心皇帝會不會繼續要求月徊進宮。雖說他仗著哥哥的身分，多少能夠阻撓這件事，但放到明面上來，難免會和皇帝鬧得不愉快。

他心有旁騖，撫觸她的手勢有一搭沒一搭。月徊扭過身來，裙子妨礙她跨坐，便撩起來，大喇喇騎在他膝頭。

「你在愁什麼？」她和他額頭相抵，「是不是愁我還得進宮當娘娘？」

他「嗯」了聲，「我是不是杞人憂天了？」

月徊大而化之一擺手，「別愁，我自己的事，自己能解決。」

她通透不過，機靈不過，不像那些大家子出身的小姐，每走一步路都得有人替她安排好。她自己會闖，此路不通的時候，就算腦門上生犄角，也會開出一條屬於她的道兒來。

從大沽口進內陸，依舊在天津港口登岸，一行人打馬揚鞭，差不多五六日光景就進京了。

梁遇回宮的那天天兒不大好，皇帝依舊親自到神武門相迎。灰濛濛的天地間，長橋兩掖站滿了身著朱紅色團領袍的內監，皇帝在門洞前翹首以待，終於見隔河一隊人馬過來，心上一喜，向前迎了兩步。

梁遇下馬匆匆過了護城河，將到皇帝跟前，便撩袍跪了下來，「臣梁遇，叩謁吾皇萬歲。兩廣亂黨俱已剿滅，臣幸不辱命，今日向主子交差了。」

皇帝一疊聲說好，親自上前把人攙了起來，「大伴一路辛苦，朕……」說著唇角微捺了下，又浮起個笑，平了平心緒才道：「朕盼了你好久，這趟南下不易，總算平安歸來了，可喜可賀。」

雖說人人都存著算計，但多年的情義是不能抹殺的。梁遇對皇帝的感情，某種程度上同月徊對小四一樣，看著長起來的孩子，不見時諸多揣測忌憚，見了依舊親厚。只是皇帝面色不好，精神頭也不佳，他嘴上不便說，心裡著實懸了起來。

眼看要下雨，他呵腰上前比了比手，「勞動主子來接臣，臣罪過大了。主子榮返吧，要變天了，臣這一路上見聞，待進了乾清宮再向主子一一回稟。」

皇帝頷首，擺駕折返，心裡記掛著月徊又不好追問，直延捱到進了順貞門才打探：「怎麼不見月徊？」

話音才落，就聽見背後有人脆生生應了聲：「奴婢在這兒吶。」

皇帝回頭看，見她一身少監的打扮，要是不細分辨，真難從人堆裡發現她。她還是那個小太陽，走到哪裡都發著光。皇帝望她的眼神帶著點羞赧的味道，抿唇笑了笑，這笑容裡有別來無恙的欣喜，也有言而無信後的愧怍。

月徊起先還不痛快他把貴妃位送給別人，但到了現在已然釋懷了，橫豎自己也沒有忠貞不二兩下裡都不虧。等哥哥把兩廣的事回完了，她扛著一袋珍珠送到皇帝面前。

當然自己昧下的不算，這袋成色也屬上佳，拿手一比劃，「給娘娘們做頭面足夠啦。我還另挑了一包好的，給皇后做鳳冠。」邊說邊從懷裡掏出來，解開袋口讓皇帝過目，「合浦的南珠果然名不虛傳，咱們往珠池去了一趟，親眼見過了才知道，那地方看管珠池的官員真黑得沒邊啦，好東西全讓他們留下了，只挑些下腳料敷衍上頭。」

皇帝看看這飽滿圓潤的一捧珍珠，其實他對這種東西並不上心，只是聽她說話，心裡透著敞亮。

他順勢應了兩句，「以往送進宮的珍珠成色都不好，個頭又小，朕以為咱們的珠池產不出好珍珠來了。」

月徊說哪兒能呢，「您的江山太大了，物產有多豐富，您不走不知道。像這珍珠，可都是錢啊，不叫信得過的人看守，全進了那些貪官的腰包了。我原想多帶些回來的，可我們掌印著急回京，只能歸置了這些現成的。您先看個大概，等剩下的採收完了送進宮，到時候庫裡且得辟出好大一塊地方來裝它們呢。」

皇帝含笑聽她說，那股子眉飛色舞，意氣風發，彷彿在她眼裡就沒有發愁的事，多平常的日子，也能讓她過得有滋有味。

可惜自己辜負她了，皇帝落寞地想。當著梁遇的面有些話不太好說，又耐著性子周旋了幾句，才對梁遇道：「大伴舟車勞頓，先歇著去吧。朕命人預備了晚膳，都是大伴素日愛吃的，回頭送過去，給大伴解解乏。月徊……朕留她說兩句話，等說完了再讓她回去。」

梁遇何等精明的人兒，瞧出皇帝對月徊的心依舊，至少在面對月徊時沒有任何輕浮不尊重，說明月徊暫且是安全的。便長揖行個禮，卻行退出了乾清宮。

皇帝看著他走下丹陛去遠了，這才難堪地對月徊說：「朕答應妳的事，食言了……」

月徊回京的一路上都在考慮怎麼應對這個場面，自己早就琢磨透了，不能表現得太灑脫，灑脫了皇帝會欠缺負罪感。就得是一副被辜負的委屈相，讓皇帝無地自容，越無地自容，她才越能全身而退。

於是她臉上那抹悲傷而又無可奈何的苦笑，笑出了棄婦的精髓，喃喃道：「您別說啦，我都已經知道了。子怎麼曰來著……花無百日紅，您跟前有了那麼可人疼的貴妃，撒開我也是該當的。其實那時候您和我許諾，我沒往心裡去，因為知道自己的斤兩，那個位子不該我坐。如今您有如花美眷啦，咱們的約定到這兒就算了了，都別放在心上。我還拿您當朋友，照樣不見外，也希望您別覺得對不住我，我好著呢。」

皇帝見她這樣，心頭愈發沉重，沉默半晌，遲疑道：「後宮的位分，也不是定死的……」

月徊悚然一驚，料他要說再增設一個貴妃的位分，當即眼淚就下來了，「那您最愛的還是我嗎？不是了吧？就算您說愛我，我的心也涼了。我如今什麼也不願意想，大皇子落草就沒了娘，怪可憐的，我打算給他當嬤嬤去了。我哥哥伺候您，我伺候小主子，繞來繞去都是給主子效命，這是老天爺的恩典。您往後……再也別提以前的玩笑話了，提一回我沒臉一回。您要是真心疼我，就讓我自己混日子得了，也算成全了咱們往日的情兒。」

她說完，抹著眼淚離開乾清宮，只留下皇帝悽愴地站在地心兒，站出一身悲涼。

月徊走進掌印值房的時候，嚇得汗毛都豎起來了。

「這位主子爺想什麼呢，我的眼淚要是再掉得晚點兒，明兒怕是要下旨增設貴妃位分了。」她坐在圈椅裡直倒氣，「幸好幸好，我有這麼一副急淚，要緊時候可幫了我大忙了。」

梁遇嘴上沒說，其實暗中也擔心會有這麼一出。好在她機靈，逃得也快，可逃得了一時，往後怎麼辦？皇帝要是還惦記她，勢在必得，下回再掉眼淚，恐怕未必有用。

他拿手巾把筷子擦了一遍又一遍，這才遞到她手裡，「依妳看，皇上的意思怎麼樣？」

月徊先前很緊張，這會兒靜下來，覺得情況不算太壞。

有些東西只可意會不可言傳，她和皇帝之間，也算朦朦朧朧有過那麼一段。少男少女情竇初開，那份情不摻雜質，所以他拉不下臉來強迫她。她也是吃準了這一點，在他開口的時候先發制人，拿捏住他對不起她這一樁來堵他的嘴。眼下太慶幸他封了珍熹做貴妃了，要是這個位子一直空著，她沒了能搪塞的藉口只得充後宮，和哥哥之間，也唯有閒來無事走走影兒了。

「反正我有數，你不必擔心。」月徊給他布了菜，好久沒吃著宮裡御膳了，一口下去透著香甜。她邊吃邊長長「唔」了聲，「海味兒吃得太多了，還是陸上的菜色好啊……想死我了。」

她一筷雞絲溜海參，一筷燕窩炒鴨絲，那種絲毫不憂懼前程的灑脫姿態，看得梁遇有些氣悶。

「妳倒是心寬得很。」他撚著酸說：「皇上的心思，妳怎麼有數了？」

月徊說：「你不懂，我有數就是有數。他這會兒且覺得對不住我呢，加上我哭了一鼻子，說心都死了，他不會再招惹我了。我倒是不擔心自己，就擔心小四。明兒得去瞧瞧他，那小子這會兒八成人不人鬼不鬼的……」

梁遇不言聲，放下筷子取過巾帕，掖了掖嘴。

這沉默裡且有學問，月徊歪著腦袋打量他，「哥哥，您沒什麼要交代我的麼？」

梁遇說沒有，連瞧都沒瞧她一眼，端起茶盞呡了一口，「我如今倒很懷念在海上的日子，大家都被圈著，各自安生。不像現在，顧了這頭又要顧那頭，一會兒青梅竹馬，一會兒又是弟弟。虧妳不是皇帝，倘或妳也能置三宮六院，恐怕哪個也不會落下。」

這段話前半句還算正常，後半句終於讓月徊聽出了點端倪。

「哥哥，你不高興了？」

梁遇瞥了瞥她，「不容易，居然被妳發現了。」

以前吃味兒只能生悶氣，如今可以光明正大亮出來，月徊才知道，原來他忌憚皇帝，忌憚小四，忌憚了不只一日兩日了。

說來好笑，男人那點心眼子，其實只有針鼻兒那麼大。沒捅破窗戶紙的時候藏著掖著裝得事不關己，等窗戶紙鑿了個洞，可就包袱全無，連滾帶爬了。

月徊摸摸自己的鼻子，忽然覺得自己像個沒心沒肺的負心漢，充滿了沒心沒肺的快樂。她挪動臀下杌子，往他身邊靠了靠，「那什麼……我把小四當親弟弟……」

梁遇眼波一轉，哼笑了聲。這和男人敷衍妻子說把紅顏知己當親妹妹，有什麼分別？世上最不清不楚的，就是所謂的異姓兄妹、姐弟。他和月徊當了那麼多年的兄妹，一旦得知不是出自一家，他立刻便起了歪心思。她和小四本就沒有這份阻礙，一個受挫一個安慰，豈不更要壞事！

「妳別去見他，他的事我來料理。」他蹙眉道：「妳見了他也於事無補，反倒叫那些要除掉他的人盯上妳。」

月徊眨了眨眼，並不認同他的話，「我認識他十二年了，這會兒想撇清關係，你不覺得晚了點嗎？南苑的人說起小四，立刻就會想到你我，你以為不搭理小四，他們就能把咱們落下了？」

她早就看明白了，因此和他理論起來條理分明，三言兩語就堵住他的後話。梁遇知道和她理論不出長短來，況且憑著她和小四的交情，硬要橫加阻攔也是枉作惡人，便不再多言，任她自己做決定了。

不過讓她離開跟前，他不能放心，略思忖了下道：「明兒我正好要去東廠檢點公務，到時候妳跟著一塊兒去。只在衙門裡說兩句話就成了，別上家裡，免得引人注目。」

月徊沒轍，只得應了。放下筷子擦了嘴，才端起茶盞，就聽外面曾鯨叫了聲老祖宗，隔簾回稟：「奶嬤兒帶著大殿下過來了。」

月徊喜歡小孩兒，一聽立刻站起身，搓著手說：「快抱進來讓我瞧瞧！」

梳著大髻兒，穿著斜襟布衣的奶媽子懷抱個繈褓邁進來，進門便納福：「給掌印大人請安，給大姑娘請安。」

月徊忙上前看，萬字不到頭的斗篷下蓋著個玉雕的小人兒，雪白的皮膚，嫣紅的嘴唇，那模樣，就像年畫上抱魚的娃娃。

「哎呀，這麼得人意兒的！」她小心翼翼接過來，瞧著瞧著，一顆心都要化了。都說兒子隨媽，大皇子的眉眼和司帳長得怪像的，不是皇帝那樣的丹鳳眼，是一雙透亮透亮的杏核眼，寬寬的大雙眼皮，直長的眉毛，將來絕不辱沒了慕容家的美名。

月徊抱著他，不由唏噓，「我記得，當初我和司帳還有過過結呢。那時候她把我的蟈蟈兒倒進雞籠裡，我氣得大罵她一場，如今她的兒子都落地了，可惜……」

時也運也，曾經司帳是四位女官裡頭最得寵的，誰也沒想到最後她會消失得那樣悄無聲息。

這權利的中心，每個人都有自己的算盤，有能力的成為刀俎，沒能力的只能任人魚肉。梁遇不像月徊有那麼多的感慨，他只注重眼前事，轉頭問曾鯨：「皇上瞧過大殿下沒有？賜名了嗎？」

曾鯨道：「瞧過一回，賜名白，小字雪懷。」

「慕容白……」梁遇喃喃說：「白者，明道也。」

曾鯨道是，「明窗雪案，心懷坦蕩，皇上對大殿下寄予了厚望。」

梁遇點點頭，回身望向月徊，她抱著孩子顛蕩，不住逗弄著，看來是極喜歡的。那孩子也不認生，睜著一雙大眼睛仔細瞧她，興許認錯了人，把她當娘了吧！

月徊是越看越喜歡，捧在懷裡不肯撒手，「殿下今晚和我睡吧。」

慕容白「啵」一聲，吐了個泡泡。

梁遇說不成，「殿下太小，一晚要喝好幾回奶，離不開奶媽子。妳白天逗他解悶兒就罷了，夜裡得讓他跟著乳娘睡。等再大點兒斷了奶，妳要自己帶他，也不是不能夠。」

月徊不傻，一聽就明白過來，把孩子放進奶媽子懷裡，笑道：「也對，是我犯糊塗了。成了，更深露重的，早點帶殿下回去吧，我明兒再過去瞧他。」

奶媽子道是，又深深納個福，抱著孩子退了出去。

待屋裡人散盡了，月徊便翩然到了他面前，仰著頭朝他嬉皮笑臉，「我夜裡不能帶孩子，因為還得帶你，我懂。」

梁遇紅了臉，作勢道：「不許胡說！宮裡不像外頭，留神禍從口出。」

她點頭不迭，「知道、知道……我又不傻！你只說，我猜中你的心思沒有？」

他漠然看了她一眼，也不應她，慢慢踱到檻前，抬手關上了門。

門扉一闔上，那清淺的笑意便浮上他的臉。油蠟被他拂袖扇滅了，他拽過她，一把將她托坐上書案，兩手從腋下滑到身前，略微使勁兒，揣捏出她一串酥麻，然後笑著，低低道：「妳這樣聰明人兒，哪有猜不中的。」

雖說兩個人常在一處，但從大沽口往內河起，加上一路快馬加鞭趕回京城，連著算算總有十幾日了，那種可看不可吃的久曠最是熬人。梁遇有時也像毛頭小子似的，面上一本正經，心裡惦記得厲害，一旦安定下來，就想打她的主意。於是昏昏的燈火，昏昏的急喘，把自己投進了胡天胡地的烈焰裡。

月徊盤著他的腰，細聲問他：「哥哥，這麼多回了，我怎麼還沒動靜？」

梁遇「唔」了聲，「不想要，所以懷不上……等哪天時機成熟了，我自然給妳一個。」

這宮裡太醫可不光會診脈開方子，那些稀奇古怪的藥，平時研製得也不少。只是他不敢讓她知道，其實早在南下之初，他就已經悄悄預備上了。所以他對她從來不是見色起意，而是蓄謀已久。

她累透了，趴在他肩上低吟，他像抱孩子般托起她，把她送回床上。月徊在迷濛中睜眼看他，自打頭一回開始，他就養成了替她清理的習慣。要按體力損耗來說，他才是那個更累的人，可他就是那麼勤勉，可見愛慘她啦。

月徊有點得意，撐起身子說：「我知道你的心，往後別替我擦洗了，我沒那麼愛乾淨，本來就邋裡邋遢的。」

梁遇被她氣笑了，「邋遢還有臉說出來？」

她彆彆扭扭道：「我這不是怕你累嘛，而且你每回給我擦，我都覺得挺害臊的。」

他一手撐著床沿，探過來親親她的唇，「有什麼可害臊的？妳我是一體，況且……我得藉著擦洗，給妳上藥。」

月徊一驚，「上什麼藥？我總不會每回都受傷吧！」

他把一個指甲蓋大小的藥包放進她掌心，「就是這個，無色無味，遇水即化。」

月徊撚起來看，發現這東西長得像水滴，柔軟的一層外皮，輕輕一捏就……破了！「啊。」她惶然叫了聲，藥粉順著指縫漏下來，灑得滿床盡是。

梁遇無奈地看著她，「我就說了，這件事不能交給妳來辦。」

月徊也這麼認為，不過現在可怎麼料理？她難堪地問：「還有嗎？」

他說這是最後一顆了，「我還沒來得及去太醫院。」

於是兩個人憂心忡忡對坐著，看著這滿床粉末逐漸滲透進被褥的經緯，梁遇說罷了，「老天既然這麼安排，總有他的道理。其實我早就盼著這一天了，索性沒了藥，該來的就讓他來，真到了那個時候，我也有法子應對。」

似乎他們都欠缺下決心的動力，這回聽天由命，倒也不賴。

月徊促狹起來，乾脆一下子把他撲倒，在他耳邊輕聲說：「一不做二不休吧！不過哥哥……我怕妳有了歲數，招架不住……」

她向來嘴上厲害，動起真格的來就不成了。後來下場堪稱慘烈，哼哼唧唧說不要了，可箭在弦上，哪裡容她討饒。

第二天烏眉灶眼的，梁遇卻是一副酣暢淋漓後的饜足姿態。

小四見了她，打量她再三，「月姐，您的精神頭兒不怎麼好。」

月徊撓了撓頭皮，「昨晚不知道哪來的野貓，在我窗口叫了一夜，吵得我沒睡好……」不過現在不是研究她精神頭的時候，她把小四拉到一旁，拿眼神給了他一頓下馬威，「聽說你上司禮監打聽了我好幾回，是不是有話對我說？」

然而事到臨頭，他反而又退縮了，支支吾吾道：「我只是想妳……」

月徊打斷他的話，「這事攸關生死，你可想明白了再說。」

小四張了張嘴，忽然頓住了，半晌才道：「您都知道了？那督主是不是也知道了？」

那還用說麼，月徊只是嘆氣，「你這小子，我那回在船上瞧你就不對勁兒，到底還是叫人算計了。這回可怎麼辦，萬一……」

小四垂首道：「我一人做事一人當，萬一有個好歹，我絕不連累您和督主。」

所謂的連累，不僅是罪狀勾連，大多時候是情難割捨。

月徊慘然看著他，這孩子弄得鬍子拉碴，一副失魂落魄模樣，她也捨不得怪他。最後在他肩上拍了拍道：「別琢磨那些了，我想盡法子也會保住你的。你回頭把自己收拾乾淨嘍，我瞧著你，怎麼比在碼頭上那會兒還埋汰。」

小四尷尬地摸了摸後腦勺，臉上帶著愧疚之色，「我對不起您和督主……您是不是還要充後宮，為我這事賠進自己？」

月徊搖頭，「我的貴妃位分被珍熹搶啦，我還進宮幹什麼？我往後就和我哥哥夥著過日子得了，反正他也孤苦伶仃一個人，沒的到老了沒人給他端茶遞水，畢竟咱們的好日子是他給的，做人不能不知恩圖報。」

小四聽明白了，月姐今後的坎坷全是他和珍熹害的，珍熹搶了她的位分，自己又不成器，蹚了這趟渾水。興許梁遇就是以此作為要脅，逼著她終身不嫁留下給他作伴兒的，這麼一想月徊撿了他，原來是給自己撿了一大劫。

他頹然退後兩步，靠牆哭起來，抬手抽了自己一耳光，「我該死！」

月徊嚇一跳，忙拽住了他的手，「你幹什麼呀？」

「我害得您要和太監作伴……」

小四痛哭流涕，月徊有口難言，只好一徑安慰他：「沒你這事我也樂意陪著他，我們本來就是一家子，自己人不顧念著，他將來怎麼辦？你是知道我的，我喜歡和好看的人紮堆兒，我哥哥他雖說缺了一塊，可長得不賴，我一輩子對著他，一輩子賞心悅目，可是賺大發了……」

隔牆聽著她胡說八道的梁遇嘆了口氣，負著手，慢慢往檔子房去了。南下大半年，公務堆得像山，他大概瞧了瞧，把要緊的幾樁處置完，等他出來的時候，月徊和小四的舊也敘完了。

午後帶她回宮，本來要上羊房夾道看大皇子去的，臨出門的時候見楊愚魯匆匆趕來，呵腰說貴妃診出了喜脈，消息已經傳到皇上跟前去了。

梁遇「哦」了聲，「皇上什麼說法兒？」

楊愚魯道：「石沉大海。乾清宮裡一點兒動靜也沒有……老祖宗，怕是要出事了。」

出事……梁遇望向乾清宮方向，原本貴妃遇喜，御前頭一樁就是打發人來知會他，然而等了又等，不見皇帝有任何動靜。這對於高位有寵的妃嬪來說，確實不合常理，但皇帝不發話，梁遇不能擅自過問，只好命楊愚魯再去盯著，「一旦有任何風吹草動，立時就來回我。」

楊愚魯領命，匆匆出衙門往南去了，月徊提心吊膽看向梁遇，「皇上葫蘆裡賣的是什麼藥？」

梁遇沒言聲，其實心裡有了根底。自己看顧大的孩子，自己果然最瞭解，皇帝隱忍再三，等的就是這個消息。

那廂承乾宮裡的貴妃，因這孩子的到來，終於鬆了口氣。

總算不用再侍寢了，她最先想到的是這個。然後仔細推算時間，算算這孩子的來歷，究竟是不是出於西洲。其實要算清，真的不容易，因為皇帝從未停止御幸她，前前後後糾纏在一起，她已經算不出所以然了。既然算不出，倒也不用太過執著，反正孩子來了是事實，就算這個是皇帝的，將來總會再有機會，讓她生一個屬於西洲的孩子。

太醫診出她遇喜之後，她抱著陪房索嬤嬤狠哭了一通。宮裡妃嬪個個都恨她，但又個個羨慕她，她們只知道她萬千寵愛在一身，卻不知道她心裡的委屈。

女人最大的痛苦是什麼？是每天對著一個不喜歡的人強顏歡笑，話語上得溫存，床上得奉承，那種奴顏婢膝讓她羞憤欲死。她不明白，自己好好的一位郡主，為什麼會走到這樣地步，即便伺候的是天底下最尊貴的男人，也無法填補那種喪失尊嚴的卑賤。如今總算懷上孩子了，這孩子來得及時，是她緩解困局的良藥。她入宮前天夜裡阿瑪囑咐過她，無論如何要懷上皇嗣。如今事成了，她對於南苑王府，總算能夠交差了。

她沒有說一個字，但她跟前的人知道她的苦楚。索嬤嬤給她擦淚，小聲說：「我的好主子，這是喜事啊，快收了眼淚，沒的哭壞了眼睛。您高興著點，已經打發人上御前報信去了，皇上得了消息一準兒要來瞧您的，您哭紅了眼睛，倒叫皇上不明所以。」

貴妃這才停了哭，讓人伺候著擦臉，重新傅粉上了胭脂。

可是等了又等，卻不見皇帝來，連御前的人也一個不見，她心裡不由忐忑，轉頭問索嬤嬤：「傳信兒的人回來了嗎？」

索嬤嬤也懸心，但又不能調唆得主子發急，便好言道：「您且等一等，奴才上外頭瞧瞧去。」

貴妃坐在南窗前，看著索嬤嬤在影壁那頭詢問小太監，不多會兒返回殿裡來，含笑對她說：「皇上眼下正接見外邦使臣呢，暫且抽不出空來。主子再等等，料著用不了多少時候，就會趕過來的。」

貴妃便不再焦急盼著了，因為承乾宮裡人人都料準了，皇帝得知消息後必定龍顏大悅，必定萬般榮寵更惠及承乾宮。所以她和眾人一樣，帶著這樣的自信和期盼，從中晌一直等到了入夜。

有了身孕就變得嗜睡，她瞇瞪了會兒，醒來的時候驚覺天已經黑了。東邊夾道裡傳來太監通稟宮門下鑰的呼聲：「大人們，下錢糧啦，燈火小心……」

這聲音是一張網，只要一個人喊起來，要不了多久這種喊聲便會傳向紫禁城的每一個角落。貴妃撐身朝外看，「皇上還沒來？」

這就有些不對勁了，接見外邦使節也不至於從白天接見到掌燈，這麼看來皇帝是有心不來相見……她覺得不可思議，明明昨兒還摟在懷裡說盡甜言蜜語，怎麼今兒說不理就不理了？難道皇帝只貪圖享樂，壓根不在乎慕容家血脈能不能傳承嗎？

之前懷上了孩子的篤定，現在又變成另一種忐忑，她要的是皇帝結結實實高興一番，溫言煦語哄她將養。接下來不管聖眷移向哪裡，至少讓她清淨上十個月，十個月後她有法子再把他勾過來，一旦騙得他答應立太子，那麼皇帝在她這裡的用途就算是終結了。誰知萬事俱備後，第二環上便出了差池，皇帝不聞不問，哪裡有讓她好好養胎的意思。

她下床在地心轉了兩圈，憂心忡忡朝外望，揚聲叫來人，「想法子和柳順探一探皇上的動向，問明今兒夜裡傳召誰侍寢。皇上得知我遇喜，究竟是什麼反應。」

跟前人應個是，忙出去承辦了，她茫然地來回踱步，踱了半天喃喃自語：「不對……不對……」

索嬤嬤站在一旁道：「主子稍安勿躁，興許皇上被什麼絆住了腳。」

她搖頭，「承乾宮離乾清宮那麼近，出了景和門就到了。平時門檻都要被他踏平了，怎麼我一有孕，他反倒不來了？」

貴妃到底年輕，就算思慮得再深，也只有十五歲罷了。索嬤嬤瞧她沒了頭緒，忙溫言勸阻：「我的主子，您好歹要沉住氣。您是正經冊封的貴妃，如今肚子裡又懷了龍種，您怕什麼？只要安心養好了胎，等孩子平安落地後，您就有指望了。您聽奴才的，女人年輕指著丈夫，等有了兒子就指著兒子，皇上來不來都是後話。況且他哪兒能不來呢，您的兒子是他的第一子，世上沒有當爹的不心疼兒子的。早前倒是聽說過有位女官懷了龍種，後來卻是死活不知，想必孩子沒養住。將來咱們小主子是皇長子，無論如何地位擺在這裡，您只要保得自己身子健朗，就擎等著享福吧。」

話雖不錯，可貴妃還是七上八下，畢竟這孩子的來歷自己也說不明白。她眼下能依靠的還是聖寵，倘或聖寵忽然沒了，那麼憑慕容家親情淡薄的老例，恐怕未必會把這孩子當回事。

「皇帝將來會有很多兒子，除非他明兒就駕崩。」貴妃兀自嘀咕著，「他不來，可見這事棘手……」

這頭正說著，派出去的人回來了。貴妃忙傳進來問話，小太監蝦著腰道：「見著柳總管了，總管說貴妃娘娘遇喜是好事，可就是這麼巧的，今兒太醫也診出皇后遇喜了。皇上這會子往坤寧宮去了，今兒怕是沒法子上承乾宮來，請娘娘先歇著，明兒等皇上得了閒，自然會來瞧娘娘的。」

像一盆冷水澆得人透心涼，貴妃慘然笑起來，「什麼？皇后也遇喜了？他不是說皇后像木頭，沒什麼趣致可言嗎，結果初一十五都沒落下，還弄出個孩子來……」

這可真是個諷刺的笑話，皇后再不得寵也是皇后，位分且不說了，連懷孕這種事上也壓她一頭，真是應了人算不如天算這句話。

索嬤嬤嘆了口氣，「男人嘴裡的話，聽聽則罷，千萬不能當真。眼下皇后也遇喜，皇上不來說得通，總比轉頭就去臨幸別的妃嬪強。」邊說邊攙貴妃回床上，替她蓋了錦被道：「女人懷孕生子，一隻腳在鬼門關裡，就比誰的身底子好。今兒您先歇下，等明兒奴才打聽清楚了再說。」

於是一晚輾轉反側極不踏實，好不容易延捱到第二日，皇帝一早又要視朝。朝會散後倒是過來了一趟，卻不見往日的溫存，只說讓她好生作養，略坐了一會兒，便借著內閣要議事，抽身回乾清宮去了。

貴妃說「不對、不對」，這兩個字幾乎要變成她的口頭禪，思量再三，站住了腳吩咐：「去司禮監找梁遇，就說我有請。」

索嬤嬤不知她要做什麼，她是主子，一向又主意大，待要問明她的打算，底下人已經奉命傳話去了。

至於梁遇，在宮裡摸爬滾打多年，長袖善舞，左右逢源。那張俊雅的臉上帶著笑，進來後趨身上前行了一禮，「大沽口外一別，今兒才來給貴妃娘娘請安，娘娘一切安好？」

貴妃點了點頭，「托廠臣的福，一切都好。不知太醫院報司禮監沒有，昨兒胡院使替我診出了喜脈。」

梁遇聽了長揖，「臣昨兒巡查完廠衛衙門回來，底下人已經通稟了。沒想到還連了個巧宗，皇后娘娘也有了好信兒，臣給娘娘道喜，這回宮裡可說是雙喜臨門了。」

「可是……」貴妃神色一黯，哀致道：「皇上不知什麼緣故，似乎對我遇喜這事並不十分看重。廠臣是朝廷股肱，素來也照應我們南苑王府，我如今彷徨得很，又不好問別人，只好請廠臣為我指點迷津……可是我做錯了什麼事，惹得皇上不高興了？還是我遇喜衝撞了皇后娘娘，皇上這才對我不聞不問？」

梁遇掖著手，斟酌道：「娘娘多慮了，帝王家子嗣綿延是好事，皇上怎麼會不高興呢。想是因為這程子邊境有韃靼人擾攘，加上聖躬也違和，因此慢待了娘娘這頭，娘娘千萬別胡思亂想，保重身子為宜。」

貴妃聽罷哂笑一聲，「廠臣不是為了寬我的心，有意敷衍我吧？」

梁遇說不敢，「娘娘眼下當靜養，最忌多思多慮，想得太多了對鳳體不好，也累及小殿下。」

貴妃便沉默下來，半晌才長嘆了口氣道：「廠臣，我離鄉背井進宮，不說獨占聖寵，只願皇上別因瑣事與我心生芥蒂，就是我的福澤了。我在南苑的時候曾聽阿瑪提起廠臣，說京城內外，大鄴上下，沒有什麼事能瞞過廠臣耳目，我料也必定如此。既這麼，請廠臣無論是看著大局，還是瞧著私交，一定替我周全，在皇上面前為我美言幾句。」

又是大局又是私交，大局自然指社稷安定，私交呢，裡頭沒南苑王什麼事，說的是小四。梁遇在官場上日久，這點小機鋒還是聽得出來的，她要拉小四出來做墊背，那些所謂的情啊愛，到最後不過是用來挾制人情的手段而已。

他還是含糊周旋，「娘娘放心，皇上只是近日事多，待得了閒，一定會來瞧娘娘的。」

貴妃不滿意他的答覆，咄咄問：「皇后禁足的令兒，可是已經撤銷了？」

梁遇「哦」了聲道：「皇后娘娘遇喜，原本就要閉門養胎，所以禁足不禁足的，沒有什麼差別。」

貴妃聽出他全是場面話，臉上頓時不是顏色了。隱忍再三，忍得心頭哆嗦，最後錯牙笑起來，「打攪廠臣有時候了，廠臣公務繁忙，我就不耽擱你辦差了。你且去吧……哦，得了空兒，請月徊姑娘上我這兒來坐坐。廠臣是知道的，我入宮後聖眷不衰，四處樹敵，也沒個說知心話的人。月徊姑娘這頭沒有爭寵的牽扯，請她來我宮裡走動走動，興許我們能交個朋友也未可知。」

梁遇自然知道她在打什麼算盤，拿小四來要脅他，他和小四隔著一層，起不了太大作用。但要是拿小四和月徊商量，月徊就得急得上吊抹脖子。打蛇打在七寸上，貴妃深諳此道，之所以沒有一氣兒找月徊，是免於走彎路，先給他提個醒。要是他這頭無動於衷，那她下一步就會驚動月徊，畢竟月徊一哭二鬧，比她自己磨嘴皮子強千百倍。

梁遇笑了笑，「月徊這兩日要出宮回提督府，恐怕也沒有機會來見娘娘。娘娘且寬寬心，皇上那頭臣自然替娘娘周全。不過皇后遇喜是頭等大事，倘或皇上更向著坤寧宮，那也是應當應分的，娘娘要平常心，看開些為好。」

他行個禮，慢慢退出前殿，貴妃坐在南炕上，不由感到洩氣。

一切都與她設想的不一樣啊，皇后是她的煞星，是老天爺派來擋她道兒的。至於皇帝，她也看清了，耽於享樂薄情寡義。她沒懷身孕的時候能陪著他風流，他還願意常來承乾宮；一旦她懷了身孕，沒法子和他做那事了，他就輾轉物色下家，最終棄她於不顧了。

也罷，既然不愛，又何必在乎他來不來。她修養了一陣子，皇帝臨門的次數屈指可數，她有太多的時間靜下來，時候一長便開始狠狠想念西洲，揣測他得知自己當了爹，會是怎樣一番心情。

「嬤嬤，我想見見西洲。」她走在御花園裡，隔牆朝神武門方向眺望，「我已經有三個月沒見著他了。」

索嬤嬤因她的突發奇想憂心不已，「主子，咱們這是在宮裡啊。」左右看了看，壓聲道：「宮裡不比西海子，您不能起這個念頭……」

「東廠不是常進司禮監回差事麼。」她沒等嬤嬤說完就自顧自道：「北横街往東有個梵華樓，從司禮監出來上那兒去，不過十來丈遠。」

索嬤嬤嚇得魂兒都快飛了，殺雞抹脖子道：「我的主子，您想什麼呢！這可是犯忌諱的，您不要命了？」

貴妃漠然說：「皇上有了別的樂子，南苑也不管我了，我就見他一面，說兩句話，有什麼要緊？」

她自小是王妃捧在手掌心裡長大的，說她老成，有時候也是孩子心性，光圖自己高興。她的人生處處花團錦簇，在家時得寵，進宮後門庭也沒冷落過，這回皇帝連著有七八日沒上承乾宮來，她鬆散過後，反倒無所事事起來。

人啊，有時候就是這樣，來了嫌他，不來又悵然若失。心頭烈火翻滾過幾遍，說一千道一萬，幸好她還有那個在乎她的人。這個人深深埋藏在心底，不提倒還好，一提便思之若狂。她想見他，這就要見，心情之急迫，簡直一刻都等不了了。

索嬤嬤央求了她再三，「主子，您不能……這可不是鬧著玩的！宮裡處處都有眼睛，又在司禮監眼皮子底下，萬一鬧出來，不單是您自己，還得連累王府，您千萬要三思！」

跟來的人其實也行監督之職，索嬤嬤先是南苑人，後才是她的乳娘。

貴妃看看她，她都快哭了，貴妃失笑，「嬤嬤，妳怎麼怕成這樣？」

怎麼能不怕，索嬤嬤暗暗想，遇喜前的一切沒有憑證，過去就過去了；遇喜之後要是有個差池，那毀起來可澈澈底底。眼下最好的法子，就是以不變應萬變，安安生生把孩子生下來。只要孩子落地，她的地位就澈底穩固了，旁的都是後話，大可以後再說。

可惜她終究年輕，性子又驕縱，難免想一出是一出。加上眼下皇帝冷落她，她心裡越沒底，就越是思念那個心上人。

齊大非偶，年輕時不在乎，待得牽扯深了，才知道一個無權無勢的男人庇護不了她半分。傅西洲不是梁遇，倘或他有梁遇那樣本事，憑她怎麼去鬧，身邊的人都不必憂心。既然挑中的那個人除了少年俠氣什麼都沒有，那麼得了一個孩子，就不能再有其他奢望了。

「主子，咱們回去吧。」索嬤嬤道：「外頭起風了，沒的受寒。」

貴妃卻不挪步，視線向東挪，挪向司禮監方向，「那個梁月徊，如今當真不在宮裡了麼？」

這紫禁城太大了，只要不想遇上一個人，這輩子都可以遇不上。索嬤嬤垂手道：「主子，千萬不要自尋煩惱。」

貴妃沒轍，腳下慢慢蹉著步子，邊走邊道：「過不了幾日就是冬至了，冬至皇上要往圜丘祭天地……」

天兒一日涼似一日，早晨起了厚厚的霧，皇帝遇了涼風就犯老毛病，身上燒起來，又咳又喘，臥在床上直倒氣兒。

人在生病的時候，尤其懷念以前的日子，也想念以前的人。月徊如今在羊房夾道照顧大皇子，這天一早就見畢雲從夾道那頭過來，遠遠兒喊了她一聲，含笑上前道：「長遠不見啦，姑娘這程子好？」

月徊還是見人就笑的模樣，揣著手說：「託福，我好得很吶。您今兒怎麼有空上這兒來瞧我呀？」

畢雲道：「我是奉了主子的令，請姑娘過乾清宮敘敘話。主子每到天涼就犯症候，剛才吃了藥，想起姑娘來了。」

月徊念舊，聽說皇帝違和，就覺得是該過去瞧瞧。

於是讓畢雲等一等，進圍房吩咐奶嬤兒好好看顧大皇子，自己換了身衣裳重整儀容，這才跟著畢雲往乾清宮去。

從羊房夾道到這皇城中樞，得走好長的道兒，放眼遠望，天也灰地也灰，不知怎麼，總有股子愁雲慘霧的意思。

月徊問畢雲：「太醫瞧過了？還開以前的方子？」

畢雲「噯」了聲，「就算換方子，也是稍許幾味藥，到底都求穩妥，誰也不敢拿龍體涉險。」

是啊，皇帝有個好歹，可是誅連九族的大罪。月徊早前為他不平，想著是不是能從民間找大夫進來瞧病，無奈連他自己也不願意嘗試，這分好心也只能作罷。後來她和哥哥南下，途中聽說他咳血，他還沒及弱冠，咳血不是好事，大家嘴上不說，心裡也擔憂。加上大婚後六宮充盈，皇帝年少氣盛不節制，身子骨也就一裡一裡虧下來了。

可這事沒法勸，就連哥哥也不能因這個讓他保重龍體，月徊就更不合適了。因此進了東暖閣也得繞開了說，在宮裡時候一長，那份熱血慢慢消退了，她驚訝地發現，原來自己也像那些太醫似的，一切只求穩妥。細想起來皇帝真是孤家寡人，身邊親近的人，最終都會漸行漸遠，明哲保身。

不過這暖閣裡頭香薰得過濃，實在有些嗆人，這個她還是可以照應的。邁進門檻後，頭一件事就是把南窗推開一道縫，再上皇帝龍床上放下半幅帳幔，輕聲喚他：「皇上，奴婢來了。」

皇帝合眼打盹兒，聽見她的聲音才睜開眼，抿唇笑了笑，「妳來了？」

他咳得嗓子發啞，因發著熱的緣故，臉上潮紅不退，但眼睛明亮。

月徊見一旁矮幾上的食盒裡放著燉盅，便道：「您還沒進膳？餓著肚子可不成，我餵您吧。」

她要去取燉盅，皇帝卻說不必，一面含笑說：「妳下去，別離朕這麼近，沒的過了病氣。」

他這麼一說，月徊心頭頓時酸楚。他是什麼人呢，九五之尊，人間帝王，別說跟前的人過了病氣，就算立時要你死，都不帶含糊的。可他卻怕自己禍害了她，那麼小心翼翼，這話換了平常人說，倒也沒什麼稀奇，可換成他說，就沒來由地叫人難受起來。

月徊說沒事兒，「我就在跟前陪您說話。」

皇帝微微別開了臉，彷彿是怕自己呼出的氣會牽連到她，「還是走遠些吧，回頭還要照應殿下呢。」

月徊有些尷尬，嗔著：「我只當您是心疼我，原來是我想岔啦？」

皇帝聽她抱怨，赧然一笑，喃喃道：「都一樣，妳和大殿下一樣……都別靠近朕。」

畢雲上前來，搬著杌子放在腳踏前，和聲說：「姑娘就坐這兒吧，遠了怕聽不清主子說話。」

月徊頷首坐下了，這會兒氣氛有點悲涼，她便引著皇帝說起大皇子，「大殿下明兒就滿五個月啦，已經會認人了，看見我就笑，甭提多好玩兒。我原想帶他來見您的，可惜今兒有霧，怕他路上著了涼。等明兒吧，挑中晌的時候過來，拿斗篷蓋嚴了，進不了風的。」

皇帝聽她說那些帶孩子的細節，一字一句都透著關心，他仰在枕上，含笑說：「大殿下的命比朕好，自小有妳這麼護著。」

月徊擺了擺手，「我也不懂那些門道，全是奶媽子餵養，我就在邊上湊湊趣兒。」

「可妳不知道，妳這一湊趣兒，大殿下能得多少實惠。」他輕喘了下道：「那些奴才，在妳看不見的地方手有多黑，妳沒見過，朕見過。後來幸得大伴來了，朕才慢慢活出了人樣。朕父子，多有福分才遇見你們兄妹……月徊……」

他看她的眼神帶著眷戀，這時候不像皇帝，就是那個險些和她湊成一對兒的少年。

月徊「噯」了聲，往前挪了挪，「您今兒怎麼了？是不是身上難受得厲害，才說這一車喪氣話？」

他搖頭，「虱多不癢，難受得過了，就感覺不到了。朕不過想找人說說話，大伴這程子得替朕料理內閣積壓下來的題本，太忙了……朕就想起妳來。要是妳不跟著南下，一直在朕身邊……」

月徊說不能夠，「您忘了長公主鬧那事了，我出去是避風頭的。」

皇帝沉默了下又道：「其實那風頭，也不是非避不可。朕鬆口，是因為皇后進了宮，大伴又不在，朕怕妳吃暗虧……早知道不讓妳去多好，就不會錯過，弄得如今……想留妳也沒臉。」

月徊最怕他趁病說這個，其實她離開的這大半年裡，他風生水起沒閒著。擬定的計畫正逐步實施，全大鄴都知道他專寵貴妃，要是將來打壓宇文氏，也是因為貴妃累及娘家，和削藩無關。只不過步步為營到最後，得了熊掌又可惜魚，所以說人心啊，永遠沒個滿足的時候。

月徊心裡明鏡似的，她現在唯一擔憂的就是小四。猜不透皇帝究竟知道多少，為什麼貴妃遇了喜，他還是隱忍不發。可又不能問，自作聰明要闖大禍的，他不提，她也只能裝糊塗。

「我那天替您往各宮送珍珠，看見那些主兒們，個個生得如花似玉，我這樣的進來沒地兒擱，還是別湊熱鬧的好。」她坦坦蕩蕩笑著說：「像現在這樣，我領了差事伺候大殿下，那才是物盡其用。宮裡不缺能給您作伴的女人，缺個我這樣一心一意照顧大殿下的。等過程子皇后娘娘和貴妃娘娘都臨盆了，宮裡皇子一多，我怕那些人刻意怠慢大殿下。」

結果皇帝竟不說話了，神色茫然地望著帳頂，半晌才一嘆：「哪兒來那麼多的皇子……皇后，壓根兒就沒遇喜。」

月徊目瞪口呆，「啊？沒遇喜？」

皇帝澀然閉了閉眼，「有了比較，才會患得患失……生出許多不平來。一旦不平……露的馬腳便多了。」

他斷斷續續說，月徊聽得悚然，沒想到他會縝密至此。當初說皇后也遇喜，她以為是巧合，哥哥也沒有同她說起。如今皇帝親口說沒有，果然這才合乎常理。

這麼想來，貴妃的種種他都一清二楚。貴妃年輕，以為一切都在自己掌握之中，殊不知自己早成了別人棋局上的棋子。他們鬥法不要緊，月徊最擔心的就是牽扯上小四。她又不敢直剌剌和皇帝提及，只得迂回著岔開話題，「您禁皇后娘娘的足，也是有意為之麼？我瞧時候不短了，坤寧宮裡放恩典了吧？」

皇帝臉上神情淡漠，他對貴妃是真忌憚，對皇后也是真恨。

「朕親政不久，不能廢她，但朕能囚禁她到死。朕由來最恨的就是外戚干政，原瞧她出自太傅家，必定知書達理，誰知她哥哥擅自調動西山緹騎，朕想讓她規勸規勸，結果……」他苦笑起來，猛烈一陣咳嗽之後勻了好半天的氣，才又道：「結果妳知道她怎麼應對朕麼？『皇上寧肯放著外人調度精銳，也信不過我哥哥』……朕就知道這女人短視，沒有皇后的眼界胸襟。」

月徊一聽就明白了，皇后話裡的「外人」，說的大抵就是梁遇。可是帝后畢竟是夫妻，於他們來說，她和哥哥確實是外人。不過她記得當初皇后出閣之前，隱約對梁遇有過好感，沒想到走進這紫禁城的中心，野心也就水漲船高了。

她兀自出神，皇帝調轉視線看她，「月徊，妳能一輩子替朕看顧大殿下麼？」

月徊沒想那許多，應道：「自然會的。我和大殿下投緣得很，他一見我就笑，我哪兒捨得拋下他。」

皇帝足意兒了，點著頭道：「朕信得過妳，只要妳答應，就一定不會食言。」

後來月徊退出乾清宮，把皇帝召見的前後和哥哥說了，臨了坐在圈椅裡嘆氣：「我瞧他，又覺得怪可憐的，年輕輕的，身子骨一點兒也不健朗。」

梁遇正批紅，擱下手裡的朱砂筆道：「下半晌又燒起來，燒得渾渾噩噩的，痰裡血絲愈發多了。我如今想想，不叫妳留在宮裡是對的，攀了高枝又怎麼樣，只怕不得長久。」

他的話說得囫圇，衙門裡心腹雖多，也要提防隔牆有耳。

月徊明白他的意思，太醫檔他每天都要經手，那些給聖駕瞧病的在皇帝跟前諱言，在他跟前卻得說大實話。

老咳出血來，著實不好，梁遇道：「他心思是真沉，欲也是真縱。自己不知道保養，上年就夜御二女，縱是鐵打的身子，也經不住這麼磋磨。」

月徊大覺得可悲可哀，好在眼下還沒入三九，總不至於壞到那種地步。

事實也的確如此，聖躬不豫了兩三日，畢竟仗著年輕，好轉起來也快得很。

終於到了冬至前，冬至對家家戶戶來說都是大日子，民間要祭祖，帝王要祭天地。那個圜丘，建在大而不靠邊的空地上，皇帝得焚香禱告，完了還得上景山叩拜列祖列宗，有好一套的流程要走。

貴妃所能承受的忍耐也到了極致，這是個大好時機，倘或過了冬至，再想讓皇帝率領眾臣離宮，就得等明年。

宮裡每天都有負責採買的小太監進出，打發個靠得住的人出去傳句話，一點兒都不難。

東廠最大的好處就是能隨時入司禮監回事，他們算直系，比錦衣衛還便利點。後宮高位的嬪妃呢，只要不走出這四面宮牆，紫禁城裡沒有哪處去不得。尤其是梵華樓，建著六座掐絲琺瑯大佛塔，裡頭供養七百八十六尊小銅像，冬至去那兒上柱香，誰也挑不出錯處來。

貴妃的肚子已經微微有些凸起了，她握著索嬤嬤的手哀求：「就這一回，我和他說上兩句話，讓他知道我的境況，往後就再也不相見了。嬤嬤，我實在受不了了，皇上只想著皇后肚子裡的孩子，每日太醫院都有人進坤寧宮請脈，我這兒呢，五日才一回，我成什麼了！我心裡有好些委屈要和他說，只有讓我見他一回，我才能鼓起勁兒來活下去。」

索嬤嬤被她纏得沒方兒，再加上已經打發人去送信了，到了這地步，索性咬咬牙，圖往後安生。

她只好和貴妃約法三章，「只這一回啊，我的主子。再有下回，奴才情願您處置了我，也絕不能答應您了。」

貴妃眉宇間攏了一個月的愁雲，這會兒終於散開了。她說好，描眉畫目換了衣裳，眼巴巴地瞧著西洋鐘上時刻將近，興興頭頭出了承乾門，往北橫街上去了。

入冬後多雨水，連著下了好幾天，今兒也是煙雨濛濛。走進梵華樓正殿，殿宇兩側點著成排的蠟燭，一陣風吹過，燭火簌簌輕搖。簷角雕花的橫木像篳篥上的簧片，嗚咽著，吹出一片冬日的哀歌。

第二十七章　魂斷西州

藏傳佛教那些佛，總有種亦正亦邪的味道，即便是普度眾生的尊者，也有青面獠牙的忿怒相。

貴妃走過一重又一重唐卡，那些光鮮炫目的金銀絲刺繡，在燭光裡發出耀眼的碎芒。梵華樓和慈寧宮花園裡的佛堂不一樣，這裡是光怪陸離的世界，轉得久了，會讓人心慢慢懸浮起來，說不清地，迸出隱約的恐懼感。

然而能見心上人的希望，又沖淡了這種恐懼。自從懷上身孕之後，她更是急於找到安慰，也許過於自私了，也許會把西洲拉入深淵，但她還存著一點僥倖，因為她知道就算出了事，梁遇也不會袖手旁觀。

有時候人的感情很靠不住，有時候又是世上最無堅不摧的利器。它是無形的，像水一樣滲透進觸摸不到的地方，她進宮越久，便越能感受到這種威勢。

外面天地昏暗，那巨大的紅燭搖曳，照得唐卡上佛陀的臉陰晴不定。她撫了撫肚子，開始想像西洲得知這個消息後，會有怎樣的反應。

總不會像皇帝一樣無動於衷，他心思多單純，他會驚訝，會高興，說不定還有些不好意思。畢竟那天她悄悄離開，後來沒能和他說上一句話——想起那夜，她的臉頰就隱隱發燙，她知道他和皇帝不一樣，差不多的年紀，身子卻天壤之別，西洲是春天雨後初生的嫩芽，皇帝卻讓她聞見了腐朽的氣味。她無法斷定腐爛的根莖上能不能開出花來，但心裡更願意相信，這個孩子是西洲的。

她有一個小小的懷錶，是臨行前阿瑪送給她的。掀開浮雕的赤金外殼，能清晰地聽見滴答的聲響。

時間越來越近了，她的心也懸起來。神殿之中續恩情……她真的有太多話，想對西洲說了。

終於，殿外的廊廡上傳來輕促的腳步聲，她的耳中血潮急急拍打，一浪接著一浪，無論多少回，見他之前都是這樣澎湃的心情。

梵華樓用的是直欞窗，窗上蒙著薄薄的高麗紙，隱約能看見外面的光景。一個人影快步從廊下經過，今兒是冬至，東廠的吉服和錦衣衛差不多，朱紅色的飛魚服穿在挺拔的身形上，便顯出一種公子王孫般的清高氣象。

她抿唇笑，倒沒有立刻迎上去，躲在重重懸掛的唐卡後，看著那雙方口皂靴茫然停在殿前。

他不是個精於世故的人，有時候有點兒呆，可她就喜歡他的純質，那是生長在富貴叢中的人不可能具備的。他找不見人，也不四處去尋，只看見那足尖慢慢轉動，但還守在原地，如果她不出現，他會長長久久地等下去。

她輕輕嘆了口氣，還是從唐卡懸掛的空隙裡穿了過來。

他大約也捏著心，所以面朝殿外望著，彷彿擔心會有人進來。其實大可不必，今兒天不好，後宮嬪妃們只會往慈寧宮花園去拜佛祝禱，沒有人會像她一樣，費那麼大的心思，到這偏僻的梵華樓來。

一種悖德的激情油然而生，她咬住唇，屏住呼吸慢慢靠過去。近了近了……這個傻子沒有發現她。

她走到他身後，只要一伸手就能搆著他了，原本想去拽他的衣袖，可臨時忽然又換了主意，舉起一雙手，蒙住他的眼睛，「猜猜我是誰……」

她笑得甜美，這是在皇帝面前從未展露過的一種笑，因為向來吝於施捨給皇帝。果然這次又是這樣，當殿門上冠服儼然的人忽然出現，她臉上的笑瞬間就褪去了，從稚氣的喜悅，一下子變成惶然的恐懼。那張精緻的臉也扭曲起來，皇帝從不知道她會這麼醜陋，臉色變得煞白，那雙眼睛瞠得又大又圓，像死不瞑目的懸望。

皇帝邁進佛堂，貴妃私會男人的憤怒，此刻卻被另一種無邊的恨取代了。他死死盯住面前的人，「你是誰？」

那人的腿倏地軟下來，跪地磕頭不止，「皇……皇上饒命……」

貴妃駭然扭過頭，難以置信地看向面前跪地的陌生人，「你是誰？」

這可能是皇帝和貴妃唯一一次同樣驚詫，說出同樣的話。跪在地上頓首不止的，是彼此都沒見過的一張臉。

皇帝是設局之人，他怎麼能不知道月徊的養弟弟，那個和貴妃走影的傅西洲長得是什麼模樣！然而眼前這人壓根就不是傅西洲，怎麼會憑空冒出這麼個人來，幾乎不用多想，必定是梁遇安排的無疑。

這梁遇，竟是有這麼大的膽兒黃雀在後！皇帝忍了幾個月，好不容易到了收網的時候，沒想到他一個輕巧的舉動，就這麼把人擇出來了。

皇帝笑起來，真是個好哥哥！他記得上月，梁遇曾有心在他面前說起月徊流落在外時的不易，那個叫小四的孩子，是她幼年時相依為命的親人。他明白梁遇的意思，請主子顧念月徊，放小四一條生路。只是那麼隱祕的提醒只能點到即止，皇帝並不打算放過他，因此就算聽出話鋒來也未表態，這件事就這麼無聲無息地翻篇了。

本以為梁遇不會再管傅西洲死活，誰知竟是在這個緊要關頭偷天換日。雖說換個男人，一樣能達到皇帝預先設想的目的，但傅西洲闖了這麼大的禍後，沒有道理全身而退。他貴為天子，綠帽子戴了便白戴了嗎？

皇帝長出了一口氣，身後的內閣官員交頭接耳，錦衣衛撲過去，把人押了起來。

貴妃失魂落魄站在那裡，也許是想起外頭替她把風的救兵了，倉惶朝外看。皇帝哂笑了聲，「妳在找誰？找妳的奶嬤嬤，還是傅西洲？」

那個名字從他嘴裡說出來，貴妃就知道大勢已去了。可她不甘心，在她還能說話的時候，好歹再替自己挽回幾分。

她一邊顫抖，一邊強擠出笑容來，「主子，您在說什麼呢？我怎麼聽不懂……」

皇帝身後那些內閣大臣們隱晦地交換了眼色，心道怪事年年有，皇帝帶著臣工來捉姦，卻是八百年沒遇見過。聽這話頭兒，皇帝早就知道這件事，並非今天偶然碰上，那麼貴妃肚子裡的，還算是龍種嗎？南苑王府原本紅得很，豈知轉眼就沒了指望，虧得皇上早前這麼抬舉貴妃，晉位晉得史無前例，結果宇文氏就是這麼回報聖寵的。

貴妃裝傻充愣，皇帝的笑意更盛，這招兒是他早年玩剩下的，他能走到今兒，靠的不就是扮豬吃老虎麼。

「場面上人多，說出來不好聽也不好看。來人……」他涼聲道：「把人壓下去，交梁掌印看管。不許他死了，朕還有話要親自審問。」

錦衣衛應個是，粗暴地把人拽出了佛堂。

皇帝四下打量，不無嘲諷地說：「貴妃太不忌諱了，挑在這清淨地，不怕冒犯了神佛？」

貴妃抿唇不語，半晌才道：「我來這裡參禪拜佛，沒想到驚動了皇上，竟帶著這些臣工來瞧我，我罪過大了。」

皇帝聞言哼笑了聲，這女人不見棺材不掉淚，眼下既然已經挑明瞭，她認不認帳，都不重要了。

「朕有私事要處置，你們且去吧。」皇帝偏頭吩咐臣工。

那些機要大臣們並不願意看這樣的熱鬧，見皇帝發話，如蒙大赦，忙長揖行禮，匆忙退了出去。

梵華殿裡只餘皇帝和貴妃兩個人，皇帝慢慢走到她面前，垂眼看著她道：「珍熹，朕對妳不夠好麼，妳為什麼要自甘下賤，和豬狗一樣的人攪合在一起？」

經過了最初的驚魂未定，貴妃終於還是冷靜了下來。她算是看明白了，皇帝織起了一張網，就等著她撲進來，否則冬至這樣的節氣，怎麼會不前不後地，領著眾臣闖進梵華樓！慕容家對宇文氏的提防，百餘年來都沒有停止過，到如今再看，南苑處心積慮送人進宮侍主，其實都是枉然。皇帝貪圖享樂是不假，步步為營也是真的。難怪她未有孕時對她百般寵倖，一旦她遇了喜，他就不聞不問，再也不理會她了。

「皇上對我很好，我也常想著，要報答主子的恩情。」雖說山窮水盡，體面還是要維持的，貴妃平了平心緒道：「皇上也有相談甚歡的朋友，譬如月徊姑娘。彼此間說話不必端著，也沒有那麼多的尊卑之分，有時候開開玩笑，說兩句鬆散的，似乎也不為過。剛才您看見的……不過是我遇見了舊友，一時猛浪了，並不能說明什麼。您如此興師動眾帶領滿朝文武前來，到最後折損的是您的顏面，這又何必呢。」

她果然還要狡賴，皇帝看著那張美麗的臉，即便早就五內俱焚過千百遍，但她如此輕描淡寫的時候，他還是恨不得撕碎了她。

可他有好教養，帝王不該氣急敗壞，他必須控制住殺了她的衝動。只是胸口忍得陣痛，讓他幾乎喘不過氣來。

「憑妳，也配和月徊相提並論？」他漠然看著她道：「妳不過是個娼婦，朕瞧妳有幾分姿色，受用受用罷了。妳要是安分，這宮裡有妳一席之地，可妳偏不知足，背著朕做盡偷雞摸狗的勾當，打量朕不知道？妳對不起朕的抬舉，也對不起妳的母族，南苑王府要是知道妳懷了野種，只怕會悔青了腸子，懊惱當初不該送妳進宮來吧！」

他一字一句像尖刀剜心，貴妃的臉紅了又白，就算再心虛，也絕不能承認孩子來歷不明。

她尖聲道：「皇上慎言！您怎麼辱罵我，我都認了，可您不能懷疑我肚子裡的龍種！」

「龍種？妳不是夜夜侍寢卻懷不上，這才趁著朕十五回宮，跑到外頭借種去的嗎？」皇帝微微偏過身子問她，「妳知道自己為什麼一直懷不上嗎？」

一種大廈將傾的預感從腳底心兒裡竄上來，貴妃緊緊攥住了手裡的帕子。

「因為朕從未想讓宇文氏的女人懷上朕的皇子，這大鄴江山，也絕不可能容南苑的子孫來坐。宇文氏蟄伏百年，不就是圖一道恩旨讓你們走出封地，自由出入京城麼。朕這一輩兒若是開了這個口子，那再過兩輩兒，坐在金鑾殿上的人就會是姓宇文的，朕不能對不起列祖列宗。」他輕蔑地笑著，抬起手指在她唇上抹了一下，如同每回臨幸完的最後那步，口中喃喃自語著，「那藥能殺龍精，妳存不住。若妳一直無子，朕反倒會讓妳在貴妃位上一直坐下去，可妳忽然懷上了身孕，豈不是不打自招，證明妳對朕不忠，與人私通了？」

他那種陰冷的聲調，像蛇一樣鑽進貴妃的耳朵裡。她驚懼地退後兩步，「慕容深，你竟然這樣算計我！」

皇帝道：「彼此彼此，妳要是不算計朕，又怎麼會弄出這麼個假子來。只是朕不明白，那個人到底有什麼好，值得妳進宮之初就心心念念，一時不忘。」

所以她的一舉一動，從來就沒能躲過皇帝的眼線。貴妃撐著供桌才勉強站直了身子，嘲訕道：「皇上要聽真話麼？真話就是在我眼裡，韃靼人都比你強些。你這病怏怏的身子，每動一下，每喘一口氣，都讓我無比噁心。你知道自己身上有股子爛臭的味道麼？你趴在我身上，我就覺得自己正和一具腐爛的屍首同房，你這屍首，又怎麼生得出孩子來……」

她忽然大笑，一旦把一切都豁出去了，似乎也沒有什麼值得她畏懼的了。

這十五年繁花似錦的日子，其實早過得夠夠的，有時她鬧不明白自己為什麼要來世上一遭，一邊享著福，一邊受著罪，兩下裡都抵消了，什麼也沒剩下。如果說快活的時光，可能就是從南苑來京城的路上，這一路有她喜歡的人相陪，那時候睜開眼探出頭，就能看見他在她艙門前站著班兒。

貴妃沉浸在往日的回憶裡，皇帝卻被她的話觸及痛肋，恨聲斥責：「妳給朕閉嘴！」她還在癡癡笑著，他恨極，一把抓住她的衣襟，「朕只問你，你的姦夫，是不是剛才那個人？」

貴妃的那雙妙目呆滯地轉過來，望向他，眸底浮起一絲遺憾。可憐自己終究不能再見到西洲了，早知如此，就不該一廂情願地把他拖進來。如今自己什麼也不能為他做，唯一能做的，就是不再連累他。

她徐徐長出一口氣，說是，「就是他。皇上不必覺得不平，憑你天下第一尊貴，在我這裡也什麼都不是。你今日這麼待我，看來我是不能活了，無所謂，生死不過一口氣罷了。你呢……」她眉眼彎彎，雲淡風輕說著惡毒的話，「反正你也活不長。機關算盡，臨了也是為他人作嫁衣裳。」

皇帝因身子不濟，最忌諱聽見這種話，當即便氣得臉色驟變，猛地扽下了一條幢幡，在手上絞成繩，套住了貴妃的脖頸。

佛堂裡燈火晦明，唐卡上慈眉善目的佛像被吹得翻過一面，露出背後眥目欲裂一口獠牙。

雨還在下，簌簌打在園中半枯的芭蕉樹上，激起一串輕顫。

梵華樓常年燃著藏香，那種幽深濃烈的味道，讓人產生微微的暈眩感。

皇帝從佛堂裡邁出來，腦中一片空白。沒想到女人的脖子那麼纖細羸弱，他才稍微使了一點勁，隱約聽見「喀啦」一聲，貴妃便軟軟癱倒下來，就這麼死了。

殿門內善後的太監和錦衣衛無聲地往來，其實宮裡死個把人，不是什麼了不起的事兒。他原本也沒想讓她活下去，唯一疏漏之處，在於不小心髒了自己的手——這件事本可以交給底下人去辦的，誰知自己這麼沉不住氣……

雙手掩在寬大的袖籠下，哆嗦得愈發厲害了，他咬牙緊緊攥起拳頭，疾步走出梵華樓。身後響起索嬤嬤的哭喊，「主子……我的主子……」皇帝閉了閉眼，細密的雨絲飄拂在臉上，像一層輕紗。

畢雲很快撐傘上來接應，低低道：「萬歲爺辛苦了，奴婢伺候您回宮歇著。這頭的事自有司禮監操持，萬歲爺就別過問了……」

皇帝沒言聲，腳下一步步走得沉穩，神色瞧著也如常。

畢雲暗鬆了口氣，微呵著腰，引皇帝邁過隨牆門。宮裡對太監的一言一行甚至一個眼神，都有嚴格的定例，你不能盯著主子的臉混瞧，瞧久了就是犯上，要受杖刑的。於是畢雲將視線落在皇帝的玉帶上，今兒是冬至，皇帝的袞服為大綬大帶十二章，腰上繫著金鑲白玉的革帶……忽然，一滴赤紅的液體落下來，滲透進玉片鏤空的雕花紋理裡，畢雲吃了一驚，慢慢將視線移上去——皇帝的唇角蜿蜒流淌下細細的血線，臉上的血色彷彿一下子被抽幹了，變得煞白，不似活人。

「主子……」畢雲駭然叫了聲。

皇帝的目光呆滯地落在夾道的另一頭，腳下頓住了步子，人微微一晃，便傾倒下來。

畢雲眼疾手快接住了，身後跟隨的一干內侍全亂了方寸，「皇上、萬歲爺」叫成一團。

「快、快……快通知太醫院和梁掌印……」畢雲狂亂地喊。

皇帝恍惚聽見那些人亂哄哄的叫嚷，只是那聲音越來越遠，後來便陷入無邊的黑暗裡，周圍澈底安靜下來。

冬至是大日子，皇帝中途撂下的事得有人接，梁遇陪同眾臣上景山拜祭完了歷代帝王，方才返回宮裡。剛在值房坐下，就聽外面傳來紛亂的步伐，秦九安氣喘吁吁從門上跑進來，說不好了，「老祖宗，皇上在梵華殿親手勒死了貴妃，回去的路上忽然口吐鮮血，暈過去了。」

梁遇頓時一驚，站起身問：「太醫院派人過去沒有？」

秦九安道是，「御前慣常伺候的太醫都往乾清宮會診去了，老祖宗也快去瞧瞧吧。」一面說一面從牆角取過傘來，「還有一樁，那個頂替了傅西洲的人，已經奉皇上之命押解到司禮監大牢了。皇上特特兒吩咐，叫把人交到您手上，這回怕是氣大發了，老祖宗防著回頭萬歲爺要問。」

梁遇心裡有數，這事在操辦之前，他就預料不會那麼輕易繞過去的，可這也是走投無路下，唯一能兩頭兼顧的辦法，既要讓皇帝的計畫順利實行，又要顧念月徊的心情。如果這件事上他袖手旁觀了，可以預見接下來的幾十年，那傻丫頭提起小四就會哭天抹淚，所以出此下策是萬不得已。目下事是糊弄過去了，但皇帝的憤怒只怕唯小四人頭落地不能平息，過後會不會秋後算帳，就得看小四的造化了。

從司禮監到乾清宮，有不短的一段距離。向來四平八穩的梁遇這回顧不上姿態優雅，連秦九安遞來的傘都來不及去接，便快步衝進雨裡。

北京十月的風夾帶著雨絲，吹起來像刀子似的，饒是他這樣身體強健的，都喘得喉頭到肺一線生疼。

終於進了乾清宮，他從上到下全濕透了，推開迎上來給他擦拭的人，捋了把臉上雨水問：「皇上怎麼樣了？」

胡院使並幾位太醫會診完，上來一五一十回稟：「聖躬有舊疾，逢著入冬要比其他三季虛弱，廠公是知道的。今年冬至下雨，皇上先前在圜丘祭天，無遮無擋吸了好些寒氣，這就雪上加霜了。再者……後宮不寧，惹得皇上氣血逆施，衝撞上焦，幾下裡夾攻，龍體當不得，以至氣短咯血，昏厥不醒。」

梁遇聽他長篇大論，那些病理的東西並不是他關心的，他只在乎皇帝眼下病勢，「何時能醒？」

胡院使摸了摸鬍子，「施過針了，但一直不見反應。倘或實在不能清醒，也只好以稜針扎虎口，迫使聖躬醒轉了。」

這就是說，要以強烈的痛感刺激皇帝醒來。稜針扎虎口無異於上刑，原本用在龍體上是不當的，但皇帝如果一直這樣渾渾噩噩，這也是最後唯一可用的辦法了。

梁遇頷首，「咱家先瞧瞧，瞧完了再說。」

他提袍登上腳踏，因身上濕著，不能坐上床沿，便跪在榻前喚他：「主子……主子……臣來了，您醒醒。」

皇帝面色慘白，血跡雖清理乾淨了，但唇角內側殘餘的絲縷乾涸發烏，這情形，看上去真像死了大半。

梁遇伸手摸了摸他的額頭，奇得很，這次居然沒有發熱，氣息也如遊絲般，不似以往急促喘息，被下的胸口只有些微的一點起伏。

看來真是不太好了，事不宜遲，便回身對胡院使道：「不管使什麼法子，先讓皇上醒過來。」

這是和閻王爺搶人，不必明說大家心裡都有數。胡院使得了令，轉身便去施為，著人撬開皇帝牙關，拿參片讓他含住續氣，又打開針包拔下一支三稜針來。稜針的針尖老粗，慢慢扎進皇帝虎口，三分不醒便用五分，直扎到六七分光景，才見他蹙眉輕輕呻吟了下。眾人都說「好了好了，皇上醒了」，梁遇拿手巾壓住他的傷處，輕聲問：「主子覺得怎麼樣？」

皇帝茫茫然，翕動著嘴唇道：「疼……」

知道疼就是好事，梁遇溫聲安撫：「這是為叫醒主子，不得已而為之，還請主子恕罪。」

皇帝兩眼依舊定定地，半晌道：「大伴，朕看見先帝了。」

活人看見陰司裡的人，多少有些瘆人。梁遇握緊他的手道：「想是主子思念先帝爺，做夢了。臣著人給奉先殿多添幾盞長明燈，先帝爺見了，自然知道主子的孝心。」

皇帝沒有再說旁的，閉上眼，嘆了口氣。

外面回事的人不斷，因著既是冬至，又出了貴妃那件事，梁遇便抽身出來，由太醫們調理皇帝病體，自己退到西邊配殿裡處置那些瑣碎。

曾鯨進來問：「貴妃的屍首怎麼料理？」邊說邊壓下嗓子道：「還懷著四個月的身孕呢。」

梁遇自己從來不信那些神神怪怪的事，但皇帝如今陽氣弱得很，人又是他親手勒斃的，不拘怎麼，先安撫了皇帝要緊，便道：「裝棺吧，停到北邊欽安殿去。打發一班僧人先替她超度，畢竟懷著孩子，也怪可憐的。餘下的事，等咱家和皇上商議了再行定奪。」

曾鯨領命退出去，太醫院又送方子來給梁遇過目。那些烈性的虎狼藥，皇帝的身子是扛不住的，唯有以溫養為主。他大致瞧了，見一切尚且妥帖，便交底下人承辦去了。

皇帝的病勢起起伏伏，直到晚間神思才略清明了些，能坐起身完整說上兩句話了。暖閣裡四角都燃著燈，似乎只有燈火通明，才能讓他稍微覺得安心。

梁遇從門上進來，迎著皇帝的目光走到腳踏前，趨身問：「主子覺得好些了麼？還有哪裡不舒坦？」

皇帝搖搖頭，「大伴，你坐下，朕有幾句話想和你說。」

梁遇道是，依言在杌子上落座，皇帝的目光空洞，帶著點恐怖的聲調說：「朕把貴妃勒死在佛堂裡，諸天神佛都看見了。朕褻瀆了佛門清淨地，你說……朕會不會遭天譴？」

梁遇只得勸解：「是貴妃有負聖恩在前，皇上衝冠一怒事出有因，神佛必然會寬恕的。」

皇帝聽了，似乎略微平和了些，但很快又滿臉緊張，喃喃道：「她肚子裡還懷著孩子，據說這樣死去的人怨念極深，朕怕……」

梁遇道：「主子是九五至尊，自有神佛護體，那些孤魂野鬼奈何不了您。不過……貴妃已死，算是死無對證了，臣思量再三，要從這件事上做文章打壓南苑，恐怕欠點火候。」

提起貴妃和南苑，皇帝便頭痛欲裂。他鬆開了虛攏的拳，似乎不太認得這雙手了，「朕沒想到，會被她激怒至此，居然失手殺了她……朕原不想這樣的，朕是皇帝，怎麼能親手殺人……現在回想起來，那時候的魂兒好像也不在身上了，朕只想讓她閉嘴……」

皇帝暫且都是繞開了小四說，梁遇口頭應對著，心裡到底也不得踏實。

「臣料想，貴妃是知道自己不得活了，才有意一心求死。倘或孩子生下來，就是明晃晃的罪證，宇文氏混淆皇家血脈，當誅九族。可若是胎死腹中，誰也拿捏不住這個罪名，妃嬪走影的消息就算傳出去，折損的也是皇上的顏面。」

所以貴妃也不蠢，臨了還設計了皇帝一回。她要救南苑王府，除了一死，沒有其他辦法。

皇帝沉思良久，因中氣不足，聲音羸弱如蚊吶，「她走影懷上身孕的事，壓下不必再提了。知會南苑王府，貴妃思念家鄉甚甚，有孕之後憂思成疾，沉井自盡了。命史官將朕的話寫進聖訓，自本朝起，後世子孫謹記，宇文氏女不得入宮，男不得尚主。慕容宇文永世不得通婚，免於內闈失火，狼煙再起。」

梁遇道是，起身長長作了一揖。

皇帝偏過頭，慘然笑了笑，「朕能為這社稷做的，目下只有這麼多了，削藩的事，恐怕得留待以後慢慢再想辦法。大伴以前對朕說過的話，朕都記在心上，你是為著江山永固，只是沒想到，會牽扯進傅西洲。」

終於說到這上頭來了，生死一刀，其實要比提心吊膽好。

梁遇撩袍跪了下來，「臣擅作主張，罪無可恕，主子要治臣之罪，臣絕無二話。」

皇帝目光銳利地望向他，半晌冷笑起來，「果然在大伴心裡，朕永遠比不上月徊。大伴為月徊，敢拂朕逆鱗，如此大膽，不過仗著朕重情義罷了。可是……」他慢慢紅了眼，氣哽的聲調裡滿是憤怒和委屈，「可是那個傅西洲，他給朕帶來的屈辱，你在乎過麼？朕是一朝天子，他和朕的貴妃走影兒，將朕至於何地！朕對貴妃的情，太複雜了，有時候連朕都說不清，究竟是愛她還是恨她。朕想澈底把宇文氏從大鄴版圖上劃去……可為什麼他們送來的是珍熹……」

梁遇能夠理解他的心情，一個死對頭派來的女人，卻又美得令人炫目，與你同床共枕幾個月，就算你時刻提醒自己她是個細作，偶爾也會心存僥倖，把人和政局分開看待。

其實皇帝不是那麼狠心腸的人，如果她最後沒有說那些傷人心肝的話，他也不會勒死她。如今貴妃已經死了，但最讓他刻骨仇恨的是那個和她私通的人。本來今天可以新仇舊恨一併清算的，結果因梁遇這四兩撥千斤的一手，白白放過了那個姦夫。

至於梁遇，這麼做也是深思熟慮後的決定。月徊雖然什麼都沒說，可經常心事重重，連夜裡也是意興闌珊，抱著他的胳膊發呆。他知道她憂心小四的生死，對他來說小四不重要，但對月徊來說重要，為此自己救他一回，月徊面前也能交代過去了。

「主子且息怒，這件事臣都查明了，傅西洲在迎貴妃入京的途中，確實和貴妃暗生情愫，但貴妃遲遲不肯進宮是他勸誡，其後便和貴妃再沒有往來了。至於十五那晚的事，是貴妃使了不堪的手段才促成的，拷問貴妃跟前嬤嬤，一問便知……」他跪地向上揖手，「請主子瞧著月徊的情面吧，放傅西洲一條生路。那小子不過是個四六不懂的混人，狠狠責罰他一回，讓他長了記性就成了，何必為貴妃，又傷月徊一重。」

梁遇世事洞明，就算是求人，也會深達痛肋，叫你拒絕不得。

堆積在皇帝心口的郁氣一下子便消散了，他仰在引枕上喃喃：「你說得對，朕已經傷過月徊一遭了，不能再來第二回。可那個傅西洲，就此輕易放過，是絕不能夠的。或者讓他淨身入宮，在北五所當個火者吧。」他轉過頭來，灼灼望向梁遇，「大伴說，這樣安排可妥當？」

妥當麼，這話問得有學問，難道還有人敢說不妥？

梁遇知道裡頭厲害，今天的變故早就把皇帝推到崩潰的邊緣，如果這時候再去違逆他，不管你是誰，也許再也走不出這乾清宮了。

為今之計只有順著他的話頭說，也許過了一晚，明兒他就緩過來了。梁遇道：「主子這麼決斷也無不可，好歹讓他留著腦袋吃飯，已經是對他最大的恩典了。橫豎不管怎麼定奪，主子的龍體最要緊，今兒經歷了那些變故，臣唯恐主子操勞過甚了。您且歇著吧，今晚讓御前的人仔細上夜，旁的事都交由臣來料理就是了。」

有梁遇在，一切都能承辦得井井有條，這點倒是不必擔心的。

皇帝乏累道：「宇文氏不入陵寢，隨便找個山林埋了吧。」

梁遇道是，上前抽了皇帝背後引枕，扶他躺下。

皇帝卻並不願意入眠，偎著被褥，明黃色的緞面襯得他面色也憔悴，自言自語著：「朕不敢閉眼，閉上眼就看見宇文氏來找朕索命。她臨死之前詛咒朕，說朕也活不長……大伴，朕害怕了，從沒有這麼怕過……」

有時候生死就在一線之間，先前他暈厥過去，如果梁遇不發話，如果太醫沒有全力救治，也許他已經隨先帝去了。渾渾噩噩浸泡在幻境裡的時候，魂魄脫離了軀殼，也不覺得有什麼可懼的。然而清醒過後再去回想，竟是越想越可怖，再也不願意經歷第二回了。

梁遇登上腳踏握住他的手，「主子別怕，她激怒您，是為求死。您雖是自小體弱，但這些年無非冬日難熬些，等開了春，病氣兒就全散了，哪裡就到那樣程度！」

皇帝的手緊緊抻住了他，「可是今年，比起往年來確實差了好些，朕自己知道，你不必安慰朕。朕的天年能到幾時，誰也說不準。也許朕福薄，不能在這高位上久居，等福澤消耗完了，就該撒手離開了。」他說著，頓了頓忽然如夢初醒般問，「月徊人呢？怎麼不見她？」

梁遇道：「臣來得匆忙，還未打發人去知會她。這兩日大殿下腸胃不好，夜裡時常啼哭，她那頭撂不開手，又要牽掛主子這裡，只怕分身乏術，反倒當不好差事。」

皇帝頷首，在梁遇幾乎要放下心來的時候，聽見他淡淡說了句：「對傅西洲的處置，還是告知月徊為好，朕怕她怨怪朕。倘或她有什麼要說的，朕也不會堵她的嘴，讓她到朕跟前暢所欲言吧。」

梁遇握住他的手微微一僵，不動聲色抽了回來，替他掖好了被子道：「是，臣回頭往羊房夾道去一趟，把主子的意思轉告她，順便再瞧瞧大殿下。」

皇帝這才安心閉上眼，梁遇走出暖閣叮囑柳順：「挑兩個八字重的，替萬歲爺守門站班兒。這兩日辛苦些，上夜的分作兩班，通宵不許闔眼，給咱家殿內殿外巡視。等欽安殿裡那位發送了，再如常當值。」

柳順說是，躬著身腰，把人送到了東邊景和門上。

要說貴妃的榮寵，確實也曾盛極，從景和門出來，穿過東一長街就是長生左門。直龍通的一條道兒不帶拐彎的，皇帝想見她，不必像去其他宮掖似的乘坐肩輿，信步走過去，不過十幾丈罷了。可惜啊，如今人去樓空了……

梁遇從宮門上出來，站在夾道裡舉目眺望，本來這個時辰該掌燈了，今晚的承乾宮裡卻缺了一段人氣，到處黑洞洞的。宮裡伺候的宮人失去了主人，該打發向別處的都打發了，只留幾個看守庭院的，用不著上燈籠，點兩支油蠟就足夠過夜了。等隔上幾日重新分派主位進來，到那個時候承乾宮就會重新熱鬧起來，再也沒人記得之前住過的舊主了。

他嘆了口氣，踅身向北，曾鯨一手挑燈一手打傘，輕聲道：「老祖宗，我瞧萬歲爺好像有異。」

曾鯨是梁遇近身的人，說話比楊愚魯等更隨意些。梁遇聽後略沉默了下，負著手感慨：「時間過得真快，一眨眼皇上御極快滿三年了。人都說君心難測，主子一日日長大，到底是帝王血胤，有些心思，不是咱們能猜透的。」

曾鯨說是，聽出掌印並不願意和他談論皇帝病勢。彷彿真相被裝在一個薄薄的琉璃樽裡，輕輕一磕，就會傾瀉而出。

他們沒有返回司禮監衙門，從神武門上出了宮，直往羊房夾道去。羊房夾道是西海子邊的一條衚衕，以前作老邁宮人頤養天年之用，後來那地方空出來，讓司帳住進去養胎待產。大殿下落地後，便由十幾個宮人日夜輪番伺候著，專用以撫養大殿下。

月徊自出了宮城，也不回提督府去，就在羊房夾道裡紮了營。她生來喜歡孩子，把個皇子殿下當寶貝似的疼愛著，平時除了奶嬤兒餵奶，基本都是她抱在懷裡。梁遇頭幾回來，她幾乎忙得沒空搭理他，他只好蹙著眉含著笑，站在一旁看她逗弄孩子，給孩子換尿布。

這回卻不同，他才進欞星門，就見一個人影挑著燈籠站在夾道裡。她穿素色的褙子，冬日裡看上去清冷伶仃，見這頭有人過來了，忙緊著迎上前幾步。

梁遇擺了擺手，曾鯨會意，躬身停住了步子。

他慢慢走向月徊，笑著說：「正下雨呢，怎麼站在外頭？」

月徊憂心忡忡，「宮裡的事我都聽說了，下半晌去找小四，東廠和新鮮衙衕都沒找見他的人影兒，不知道他上哪裡去了……哥哥，」她拽著他的袖子問，「是你安排他避風頭去了，是麼？」

梁遇沒言聲，牽著她的手往後面小院裡去，待進門坐定了才道：「皇上這回惱火，恨不得把他挫骨揚灰，我找人替了他，糊弄得過一時，卻沒法子讓皇上既往不咎。為這個，皇上只怕要和我生嫌隙了，我只想讓妳知道，哥哥已經盡我所能保全他，但若是皇上耿耿於懷，咱們也只能撒手。」

月徊聽了，無奈地點頭，「我知道，論理說已經仁至義盡了，皇上那頭要是不甘休，咱們也是胳膊擰不過大腿。」頓了頓道：「我聽說處死貴妃後，皇上自己也倒下了？如今怎麼樣了？」

梁遇道：「差點就出事了，好在太醫們想盡法子救回來，只是我瞧著不好，司禮監也得暗暗準備起來，不知道什麼時候事兒就出來了。」

月徊一時惘惘的，「他上年出宮找我玩兒那會子，多年輕健朗，怎麼眼看就不成了呢。人活著真是一場空，今兒不知道明兒，有時候想想富貴榮華捏在手裡，又有什麼意思……」待發了會兒愣又問：「那他後來和你提起怎麼處置小四了麼？」

梁遇有些難以開口，沉吟了下才道：「皇上的意思，要讓小四進宮當穢差，以贖他的罪過。」

這下子月徊更是欲哭無淚了，「皇上多恨他啊，非得閹了他才痛快。可這麼大的年紀淨身，鬧得不好就是個死，還不如一刀砍了他，也別叫他缺了一塊兒，下去連祖宗都不認他。」

這也是實話，既然犯了這麼大的罪過奉旨淨身，能不能從那張春凳上下來，真不好說。梁遇抬眼看她，「倘或真走到了這一步，我再想轍保他的性命。不過，我眼下擔心的不是他，反倒是妳。」

月徊「啊」了聲，「擔心我？」

「皇上大有要見妳的意思，那句原話叫我心驚膽戰……他說『朕不捂她的嘴，月徊大可暢所欲言』。他等著妳向他求情，妳知道裡頭的深淺麼？」

燈影下的兩張臉面面相覷，月徊見他頗有深意地盯著自己，立時就明白過來了。這一切的一切，彷彿是個首尾相連的怪圈，一圈套著一圈，你算計我，我也在算計你。月徊以前覺得皇帝純質，其實不然，他的深邃、他的心機，不比梁遇差多少。本來就是啊，一個泥裡水裡摸爬滾打掙上高位的人，哪裡會像表面看起來那麼簡單。

溫爐裡的炭火明滅，偶爾發出嗶啵的聲響，月徊沒有應他的話，回身蹲在炭盆前，拿通條慢慢地掏那炭火，從裡頭勾出幾個芋頭來。

「你還沒吃飯吧？我焐了芋頭，咱們夥著吃。」她邊說邊把芋頭鉤進鐵盤裡，擱在桌上的時候，芋頭外皮上附著的火星子悄悄一閃，瞬間寂滅。

梁遇看著那幾個芋頭，心不在焉。月徊便上手剝了皮，燙得齜牙咧嘴還笑著，「別瞧它賣相不好，火裡烤出來的才香呢。往年我和小四窮，半夜上人家地裡偷芋頭，偷回來存到冬天就這麼吃，別提多解饞。」

說著說著，又說到小四，終歸年少的時光都和他有關，無論如何都繞不過去。

梁遇接過來咬了一口，芋頭燙牙，他便含在嘴裡，努著嘴呼呼地灌了好幾口寒氣來弄涼它。月徊看著他發笑，瞧慣了他一本正經的樣子，過起日子來倒挺有煙火氣兒。

她低頭也給自己剝了一個，捧在手裡慢慢咬著，邊嚼邊道：「皇上這是想見我了，也想聽我求情，我明兒還是得進宮一趟。你放心，我自己會看著辦的，有些事也不是躲著就能成事，老話怎麼說來著，躲得過初一，躲不過十五。」

她垂著眼慢條斯理說，那眼睫濃密像小扇子似的蓋住她的心事，梁遇忽然覺得害怕，「月徊……」

她「嗯」了聲，「別擔心，就算皇上讓我填貴妃的缺，我也和你走影兒。」

明明愁雲慘霧，結果竟被她一句話弄得氣氛全無。

梁遇嘆了口氣，「妳就是沒正形。」

月徊捧著芋頭嗟嘆：「我要是有正形，你也不會看上我。細想想，皇上也鑾可憐，兩任貴妃都不愛他……不過我比宇文貴妃強點，我著實喜歡過他一陣子。」

梁遇吃味，扔了芋頭過來啃她，「別胡說，我不打算讓妳進宮，我要留著妳，給我生兒育女。」

月徊嬉笑著說：「該是你的跑不了，我掐指一算，哥哥你命裡有兒子，真的。」

他把她摟進了懷裡，氣喘吁吁地盤弄糾纏。只是不知怎麼，狂喜的時候也有種淡淡的憂傷，每一下都像沒有明天似的，彼此都不說，彼此都明白處境艱難。

第二天月徊收拾停當進宮，才踏進殿門，就聞見一股子沉沉的病氣。怪道人說屋子隨主人，主人抱恙，屋子也就跟著病了。

皇帝恐怕不大好，梁遇是這麼覺得，起先她還不大相信，但在見了龍榻上的人後，確實也沒有異議了。

皇帝的氣色很壞，眼下青影深重，那雙漂亮的丹鳳眼，再沒了往日神采。見她來，勉強想撐起身，卻還是徒勞，連左右太監攙扶，他也沒法子坐直了說話。

月徊忙把人叫退了，上前握住他的手道：「萬歲爺，我又不是外人，還用您坐起來相迎吶！您躺著和我說話也是一樣，我聽著呢。」

皇帝勉強笑了笑，「朕這身子，是一日不如一日了，也不知道什麼時候能緩和些，好下床出去走走。」

月徊便寬慰他，「您是一時氣不順，將養兩天就會好的。我來是為了勸您兩句，世上沒有過不去的坎兒。再者……」她臊眉耷眼說：「我也覺得對不住您，小四闖了那麼大的禍，我在您跟前實在沒臉。您惱我吧？我護短糊塗，連累哥哥也跟著糊塗。您先養好身子，等聖躬大安了，您要怎麼罰我都成，啊？」

皇帝連眨眼都透著乏累，卻意味深長地望著她，弱聲說：「月徊，人的身子，真和心境有莫大關係，要是你一直在朕身邊，朕也許不是今天這模樣。朕如今多後悔，機關算盡禍害了自己。早知如此，何必置那份氣，把妳留下樂呵呵過日子，多好！」

說的都是大實話，可你不能順著他的意說，你得替他找出些合理的說辭來。於是月徊很虔誠地開解：「您別這麼想，哪朝哪代的皇上不是機關算盡，見天坐在龍椅上傻樂的，那都是昏君。您瞧您，登基後咱們大鄴國泰民安，整頓吏治又開河治水，別人五年幹成的事，您三年不到就全辦了，可見您平時得有多操心。」

皇帝聽了，眼底浮起一絲笑意，「朕就像蜉蝣，朝生暮死，所以別人可以慢慢完成的事，我就得比別人著急千萬倍。」

月徊見他越說越低迷，心裡不是滋味，「我來瞧您，可不是為了聽您說喪氣話的。這兩天天兒不好，等放晴的時候我攙您出去曬曬太陽，一見著陽光，保準您就好起來了。」

皇帝對那些已然不抱什麼信心了，只是問她：「大殿下，一切都好？」

月徊說好，「能吃能睡，鬧了兩天肚子，今兒我出門的時候全好了，還吵著要跟我一塊兒走呢。」

皇帝唏噓，不無遺憾道：「朕就這麼一根獨苗，交給妳照應，朕能放心。」說著手上微微用了點力，攥住她說：「傅西洲……小四，妳想不想救他？」

月徊滿臉愧怍，訕訕道：「我想救他，可我沒臉求情啊。」

她就是這麼敞亮人兒，心裡想什麼，總不愛藏著掖著。

皇帝長出了口氣，「倘或妳有這份心，朕可以和妳做個交易，不動小四分毫，讓他全鬚全尾活在世上。只是這個交易，恐怕得讓妳受點委屈，不知妳願不願意？」

能讓小四全鬚全尾地活著，這點對於月徊來說是莫大的誘惑。其實皇帝決定的事，和你商量，說做交易，這是存心給你臉。就算人家要了小四的命，再給你下道聖旨，你又能怎麼樣？

月徊勉強笑了笑，說成啊，「您能讓我受什麼委屈呢，有什麼令兒只管吩咐吧，我都依著您吶。」

第二十八章 玉宇風息

她答得乾脆，彷彿從來不曾懷疑過他的用心，越是這樣，越是讓皇帝覺得難以開口。

雖然他站在雲端俯瞰眾生，可畢竟是人，活著除了對權利的無盡需索，還有對於青梅竹馬少年夢想的敬重和渴望。

月徊是他的情竇初開，縱使一開始他是衝著牽制梁遇而對她青眼有加，但時候一久，真正吸引他的還是她這個人。如果他能好好經營這份感情，如果他沒有瞻前顧後背棄誓言，那麼今天她站在他面前，應當是和他貼著心的。她該坐在他床沿上溫言煦語寬他的懷，而不是口口聲聲說自己沒臉，要他再使那些卑鄙的手法，才能逼她留下。

沒錯，他要她留下，即便這話可能消磨掉她對他僅存的一點情義，也是非說不可。

皇帝慘然望著她，「月徊……朕是天底下最壞最自私的人，妳一定會恨朕，可朕也是沒有辦法。朕這身子，能不能撐過這個冬天，朕也不知道……」他抬起手，捂住了自己的胸口，「朕每喘一口氣，這裡都像刀割似的。慕容家祖輩裡有肺疾，到了朕這輩兒，不光是朕，幾位外放的王爺也有這種暗疾。可能朕的五臟六腑已經爛了，所以宇文氏說朕……說朕身上有腐屍的味道，朕又氣又怕……朕怕死，可朕拗不過這天命。」

月徊的心被他拽動，一路往下滑，能夠對他的絕望感同身受。還有他的舉動，無端地招她心疼。他是個敏感且知趣的人，擔心自己當真有那種不雅的氣味，喘氣若是急了，便拿巾帕捂住嘴，儘量避讓開她。

月徊是頭一次面對病得這麼重的人，那種生命從指縫中流失的悲傷，真是讓人無能為力。她不知道怎麼開解他，只得不住地磋磨他的手，喃喃道：「您別這樣，您還年輕，何至於……」

皇帝苦笑著搖頭，「每個人的壽元都有定規，強求不得，我怕是活不到弱冠了。十八……我今年才十八，可惜……要是老天能再給我機會，我一定珍重妳，善待妳。」

他的自稱從「朕」變成了「我」，恍惚讓月徊想起什剎海邊上那個蹲地寫字的少年，明媚的一張笑臉，一筆一劃邊寫邊介紹，「我叫慕容深，小字蘭御」。

「月徊……」他眼睛裡浮起淒涼的水色，輕聲說：「我想封妳做皇貴妃，將大殿下歸在妳名下。如果我還有命活著，興許我們緣分未盡。如果我活不得了，將來大殿下繼位，妳就是太后。我……」他說著，眼淚滔滔流下來，「我沒想到，自己會走到這一日，空有滿腔雄心，無奈身子不爭氣……妳一定怪我恨我，我這麼自私，讓妳在這位子上消耗青春，消耗一輩子。可我沒有辦法，這大鄴江山，是大伴好不容易替我爭來的，最後又落到那些兄弟手裡，我不甘心。」

他說了這麼一長串，急喘之餘也觀察月徊神色。奇怪，她臉上沒有任何訝異的表情，也許早在踏入乾清宮之前，就已經料到會如此了吧！

他愈發羞愧，「月徊，妳怎麼不說話？妳是不是也像宇文氏一樣，咒我快死？」月徊說不，一開口，眼淚就掉下來，「我是覺得您眼神不大好，怎麼瞧上我了。我就是個跑碼頭的野丫頭，靠著哥哥的牌頭才勉強混出個人樣兒，您讓我當皇貴妃，當太后，我不配啊。」

她這會兒是恨，恨的不是皇帝，是自己的烏鴉嘴。她在得知貴妃位被珍熹霸占後，肖想過皇貴妃的位分，結果平步青雲的人生，真是想什麼來什麼。

現在皇帝要封她做皇貴妃了，她本來應該笑的，誰知不留神哭了出來。她不能說自己悔斷了腸子，只能表示自己感動壞了，萬歲爺到死都不忘記她，實在是大愛無疆，情比金堅。

皇帝怎麼能不明白她現在的心境，一個空頭的皇貴妃，坑害她的一輩子。像她這種灑脫的性子，幾時貪慕過所謂的位分。

「朕也不瞞妳，之所以出此下策，還是為了拉攏大伴，讓他繼續輔佐大殿下。」皇帝輕喘了口氣，復道：「朕和大伴，本就是互相依附的，朕沒了大伴，江山不穩；大伴若是沒了朕，也未必能仕途通達，一人之下。妳須知道，本朝的任何一位皇叔繼位，頭一個拿來殺雞儆猴的必是大伴，所以……大伴還是扶植大殿下，最為穩妥。」

月徊的眼淚含在眼裡，一時又忘了哭。迫於無奈的悲涼，在聽他曉之以理後變得甘之如飴起來。好像是這麼個理，壞到極處就便成好事了，她不愛自苦，後路她立刻就想好了，將來大殿下當皇帝，她當太后，哥哥輔政權傾天下，前途可謂一片光明。

皇帝笑了笑，仰在枕上嘆息，「朕昨兒一夜沒闔眼，那些對朕好的和不好的人，朕挨個兒都想了一遍，這樣安排好歹算雙贏，只是……對不住妳。」

說實話，對不住倒也不至於，如果皇帝當真病入膏肓了，她來當這個皇貴妃，確實對穩住大局有百利無一害。然而她思前想後，還是憂心，「我和哥哥自然一心輔佐大殿下，可大殿下還小，他離不開您啊。」

讓一個繈褓裡的孩子做皇帝，這是要亡國的徵兆，皇帝怎麼能不知道裡頭利害。

他勻了勻氣息方道：「朕要是能再延捱幾日，也算是大殿下的福澤。若捱不下去了……祕不發喪，妳的那門絕活，又可派上用場了，只說朕違和，聞不得生人氣味，一應政務交司禮監和內閣處置，待大殿下五歲開蒙，再讓他承襲宗祧。」他說罷，無限眷戀地望著她，唇角微微一捺，哽聲說：「朕對這陽世還有眷戀，朕還有好些心願沒有完成，怕看不見大殿下長大，怕來不及愛妳……」

愛不愛的就不要說了吧，月徊心想我有愛的人了，您愛我，我也回報不了您啊。

「咱們是最好的朋友。」她笑著說：「我為朋友，向來兩肋插刀。您別難過，也別往窄了想，好好養身子，您且有幾十年的陽壽呢。」

他聽明白她的意思了，眼淚又落下來，月徊伸手想去替他擦拭，他微微避讓了下，她的手便尷尬地懸在那裡，進退不得。

「朕知道，妳恨朕拖累妳一輩子，該當的，朕欠妳的，下輩子做牛做馬償還妳。」

他嘆了口氣道：「月徊，朕這次是在賭，也替大殿下賭一賭，賭你們兄妹願意瞧著朕托孤的情兒，輔佐大殿下登上帝位。倘或你們生了二心……最壞不過如此，但若是你們信守承諾，那這帝位就是大殿下撿來的，是你們兄妹給的恩德。」

他以退為進，果真是做皇帝的人啊，想得面面俱到。月徊直腸子一根到底，她說：「您都讓我當太后了，我哥哥哪兒還生得出二心來，畢竟天底下也沒有比這更大的官兒了。所以您別愁，也別想那麼長遠的事，不為別人，就為著大殿下吧。」

皇帝頷首，那面色愈見憔悴。說了半天，彷彿耗盡了全部的力氣，頹然闔上眼道：「妳去吧，詔書過會兒就下，妳回去預備預備，帶著大殿下搬回宮裡來。待皇貴妃的詔書下完，再追一道冊立太子的詔書……雪懷，以後就是妳的兒子，妳親生的兒子。」

月徊行了個禮退出來，腳底下軟綿綿的，忽然一崴，險些摔倒。幸好畢雲上來攙扶，輕聲道：「恭喜娘娘了。」

月徊怔忡著，這就已經是娘娘了？她對畢雲咧了咧嘴，咧出個比哭還要難看的笑來，「呈報司禮監了麼？」

畢雲說是，「萬歲爺一下令，就已經打發人往司禮監傳話去了。」

月徊點了點頭，自言自語著：「我得回去收拾收拾……」

她走出景和門，梁遇已經站在夾道裡等著她了。見了面也沒說什麼，只是上來替她打傘，引著她往宮門上去。

「到底還是到了這一步。」他茫然地說：「這是命裡註定的，一環套著一環，誰也掙不開這宿命。妳眼下，有什麼想頭？」

月徊說：「也沒什麼想頭，就想著好好照顧大殿下，打小兒仔細留意很要緊，好歹別叫慕容家這病根兒落到他身上。」

梁遇長吁了口氣，「妳早說過想當皇貴妃，這回果真叫妳說著了。」

月徊說是啊，「我這嘴，跟開過光似的，一說一個準。」言罷瞧了瞧他，「哥哥，你惱不惱？」

他信步前行，淡然道：「才得著消息那會兒確實是有些惱，可再仔細想想，這已然是最好的安排了。皇上萬一有個好歹，扶植誰都不如扶植太子對我有利。況且太子年幼，對外宣稱妳是他的生母，把知情者全都清理乾淨了，他一輩子都不會懷疑自己的出身，這上頭咱們就能安心了。只是太過委屈妳，不論是跟著我，還是晉了皇貴妃位……」

「我沒什麼委屈的。」月徊對插著袖子說：「我一個跑碼頭的都當皇貴妃了，屎殼郎變知了了這是，委屈什麼？大殿下可是天底下最尊貴的孩子，他那麼喜歡我，又給我當兒子，我還求什麼？在宮裡好啊……」她含著笑說：「你不也在宮裡嗎，我想見你就能見著。隔三差五的摒退左右關上門『議事』……嘖嘖！」

梁遇簡直被她這股子苦中作樂的勁兒弄得哭笑不得，世上似乎沒什麼能難倒她的，即便到了今時今日，她也還是樂呵呵的，山人自有妙計。

「我知道，妳這是在寬我的懷。」梁遇道：「其實妳心裡委屈，說不出來。」

月徊說真沒有，「你們都認為我該委屈，可我壓根就不委屈。想想我這一輩子，活得挺值的，遇見了你，又遇見皇上，天底下沒哪個女人有我這麼好的運氣。說起皇上，到如今我也不覺得他有多壞，帝王權術是他的本分，壞就壞在小四沒頭蒼蠅似的撞進來，害人害己。我眼下唯一愁的是，皇上身子骨不見起色倒也罷了，萬一好起來，那我這皇貴妃是不是還得伺候床榻？」

其實這事早在她發愁之前，梁遇就已經想到了。他是個小肚雞腸的人，占有欲也強，決不能容忍皇帝碰她一指頭。皇帝拿小四的命作為要脅，非逼著月徊進宮，這事對各自都有利，暫且可以不計較，但若是他敢朝月徊伸手，那可能用不著等肺疾發作了，他會提早送他去見閻王的。

後來聖旨到了，司禮監並內閣官員一同來宣讀，洋洋灑灑一堆溢美之詞，聽也聽不懂。月徊抱著太子謝恩，內閣的閣老們還懵著，不知道怎麼一眨眼的工夫，皇上就蹦出個兒子來。

「日後，殿下還需仰仗閣老們和掌印大人多多教導。」月徊向眾人欠身致意。

眾人忙長揖行禮，就算心裡有再多的疑問，既然是皇上親自下旨，且新晉位的皇貴妃又是掌印族親，裡頭緣故也不必去考究了，反正到最後鬧不清這家務。

皇后位已然形同虛設，只差一封廢后詔書了，月徊打今兒起就算攝起了六宮事務。當然她依舊是頂個名頭，那些雞毛蒜皮塵土飛揚的瑣碎，她聽了就腦仁兒發脹，推說找司禮監吧，自己抱著太子鑽進乾清宮。

皇帝的病不見大起色，時好時壞地，好起來能遠遠兒逗逗孩子，壞起來就咳得震天，整日昏昏欲睡。御前伺候的人個個心裡有數，這樣境況是好不了了。

這個冬日真是出奇地漫長，入三九似乎已經很久了，然而消寒圖上的梅花卻只畫到一半，皇帝的身子，不知能不能撐到開春。

今兒又咳出兩口血來，月徊不再讓太子上乾清宮去了，唯恐孩子過了病氣。不過她重情義，自己還留在御前，打算親自伺候。

可惜梁遇不讓，她想進暖閣，被他拽進了配殿裡，拱手道：「請娘娘保重自己，主子病重，肺癆會傳染的，娘娘不是不知道。」

自打她冊封以來，他就口口聲聲叫她娘娘，弄得月徊牙根兒癢癢，成心地逗他，「傳不傳染不勞費心，皇上都這樣了，跟前沒個貼心的人不行，梁廠臣。」

他氣結，見左右沒人，一把掐住了她的腰，「妳叫我什麼？」

月徊本想擠兌他兩句的，可一開口，忽然泛起一陣噁心來，要不是壓得快，差點就吐出來了。

梁遇見她面色大變，心頭頓時一緊，「怎麼了？不舒服麼？」

月徊倒是全不憂心，抿了抿頭道：「我這兩天老犯噁心，廠臣給我傳個太醫來瞧瞧吧。我料著……好信兒要來了。」

梁遇發狠盯了她半天，那種專注的，壓抑卻狂喜的隱忍，叫月徊的心狠狠哆嗦了一下子。

「是不是真的？」他低低問。

月徊不大好意思，「是不是真的我說不上來，請太醫瞧過了才能知道。」

於是梁遇親自去請了胡院使進偏殿診脈，胡院使歪脖兒確認了再三，笑著拱起手道：「恭喜娘娘，您遇喜啦。照著脈象瞧，足有三個月了，娘娘這程子千萬要仔細些，雖坐穩了胎，但根基尚不牢靠，東邊暖閣裡少去為宜。臣這就給娘娘開安胎的藥，不宜多吃，兩副足以。娘娘氣血健旺，略調理調理，平時仔細飲食，就沒有什麼可擔憂的了。」

月徊這刻的心境真是難以言表，雖說早就有這預感，但正經懷上了，卻又是另一種喜憂參半的感覺。

這孩子來得是時候，又不是時候，他們有程子沒用藥了，倘或一直沒動靜，哥哥怕是要懷疑自己的能耐了。若說是時候，皇帝又健在，將來要是顯了懷，能夠瞞下卻沒法子欺上，這事鬧起來就是潑天大禍。

月徊瞧了梁遇一眼，不知他打算怎麼周全。梁遇在官場上混跡多年，早練就了和稀泥的高超手段，斟酌了下對胡院使道：「胡大人只管開方子，不過這件事暫且不宜聲張。皇上目下一病不起，皇貴妃娘娘才晉封一個月，太子殿下不是娘娘親生的，這點院使大人知道。就算為著太子殿下吧，娘娘遇喜的消息，還是等皇上病勢略穩些了，再由咱家親自回稟皇上。」

胡院使不過是個小小的太醫，他不懂風雲變幻的朝中局勢，只知道司禮監已經處置了羊房夾道所有的知情者，唯獨他這個每日為太子生母請脈的人還留著一條性命，繼續在太醫院供職。在他看來這是梁掌印的恩典，自己更是殺雞儆猴中的那只猴兒，當時刻惕惕然。如今自己能做的，無非掌印說什麼就是什麼。自己只要請好了脈，開好了藥，其他的事一概不知一概不問，就是他的本分了。

胡院使諾諾道是，「廠公說的有理，皇上病勢沉重，最忌大悲大喜。娘娘的好信兒，留待皇上病情緩和些再說不遲。」

梁遇稱意了，「你去吧，這兩日辛苦些，咱家看主子夜裡不安穩得很，還需你們太醫院的人時時看守才好。」

胡院使應個是，躬身退出了配殿。

殿裡只餘梁遇和月徊兩個，梁遇深吸一口氣，哆嗦著向她拱起了手，「恭喜……恭喜娘娘。」

這是受了多大的刺激啊，好像連話都說不利索了。月徊失笑，「廠臣難道不高興麼？」

他是太高興了，高興得想哭，高興得不知應當如何是好。

當初入宮，雖然僥倖留了個全乎身子，卻知道這輩子必然是斷子絕孫的命了。他不可能留下這麼大的把柄，等著讓人去抓。那些恨他入骨的仇家們，就算無風還要起三尺浪，真要是有了孩子，哪怕是追到天邊去，他們也會把人挖出來的。

他是打定了主意孑然一身，可是沒想到老天賞了他一個月徊。如今兜兜轉轉，又診出了有孕，縱是將來孩子不能正大光明管他叫爹，看在眼裡養在跟前，也是這輩子圓滿的佐證。

其實從剛才胡院使說月徊遇喜起，他就止也止不住地打顫，為了能說出一句囫圇話來，他必須使勁握住拳，才勉強遏制住狂奔的內心。

他想仰天大笑，想高呼一聲「我梁遇也有今日」！他的身體如同某種容器，無邊的喜悅裝滿他，就要漫溢出來。可他不能在這時候肆意，他只有竭盡全力克制，克制地微笑，克制地輕聲細語，在月徊問他高不高興的時候，攤開掌心讓她看。

月徊一看就明白了，他掌心的甲印掐得那麼深，深得幾乎要割破皮肉，可見他花了多大的力氣忍耐。

她倒有些心疼，「我的寶寶真好福氣，他一來，舅舅高興成這樣兒！」

她老愛逗他，他也常被她調侃得尷尬，然而這份喜歡沉甸甸壓在心頭，沖不散。這裡人多眼雜，他不能抱她在懷裡好生慶賀，只得壓聲叮囑她：「這會兒更要仔細自己的身子，千萬不能再往御前去了。」

月徊頷首，可又為難，「我不得做給別人看看嘛，沒的叫人說這皇貴妃白當了。」

梁遇蹙眉道：「妳上頭又沒有婆婆盯著，要做給誰看？做給那些宮人太監們看？妳只管好好調理，御前人手夠使了，妳有太子要照顧，誰也不敢來挑妳的眼。」

不上皇帝病榻前當然可以，怕只怕皇帝萬一邁過了坎兒，這孩子怎麼才能瞞天過海？上回珍熹已然讓他受夠了打擊，要是自己再如法炮製一回，那他用不著病死，氣也氣得升天了。

梁遇瞧出她的憂懼來，溫聲寬慰她，「到時候自然有法子糊弄過去，妳不必擔心。況且……」他回身看向東暖閣方向，落寞道：「這回怕是真不成了，人都說年關難過，倘或熬不過，也是命吧！」

自此開始，乾清宮幾乎夜夜燈火通明。好在宮門下鑰之後，各宮都不得往來，連那些白天要來面見聖駕的妃嬪們，都一一被勸了回去。這紫禁城人多麼？自然是多的，且又多又雜，但存心要瞞住一件事，其實也不難。梁遇一聲令下，乾清宮裡的任何消息不得往外傳遞，因此皇帝的病情只零星透露給內閣，說萬歲爺身子每況愈下，近期的朝政不能親理，要請張首輔及諸位多費心。

陰雨連天，又逢寒冬臘月，人像缸裡被凍住的魚。紫禁城沒來由地被一片巨大的陰霾籠罩著，風雨刮過慈寧宮花園的樹木，那呼嘯的幽咽，一直傳到乾清宮裡來。殿內外不分白天黑夜都燃著燈，似乎只有燈火照亮每一個角落，才能驅趕邪祟，留住皇帝的命。

太醫在偏殿又重新合計過方子，前幾天眾人還辯藥理，各執一詞，今日已然達成一致。

胡院使把方子遞上來，在梁遇那鷹隼般銳利的視線裡，微微矮下了身子。全是疏肝解鬱的藥，意在保養，不在治病。梁遇捏著那張紙，手上輕輕顫了下。

「太醫們連軸熬了三宿了，回頭上東邊圍房裡歇一歇。胡院使再辛苦兩日，主子病情離不得你。」梁遇慢慢將方子折起來，遞還過去。

胡院使道是，不敢抬眼，呵著腰上前接方子。梁遇穿玄色通臂妝花的曳撒，袖口上層層疊疊的金絲雲氣和蟒紋鱗甲，襯得手指白玉般無瑕。然而這雙漂亮的手上攥了多少條人命，真是數也數不清。皇帝萬一駕崩，若如常昭告天下，那他們這群太醫便還得活；如果祕不發喪，那不必說，他們這些人沒有一個能活著走出乾清宮。

所以皇帝一人，牽扯了多少人啊，誰不想治好皇帝。然天命難違，少年天子油盡燈枯了，任是個神仙，也難起死回生。

胡院使哆嗦了下，「廠公……」

梁遇慢回嬌眼，「嗯」了聲，「胡大人有話要說？」

恰在這時，殿門上有個人影探了探頭，是太后跟前珍嬤嬤。

梁遇揚聲讓進來，楊愚魯帶人邁進門檻，珍嬤嬤上前行了個禮道：「回掌印大人，太后娘娘辰時三刻，崩了。」

果然風雨連天，是個適合死人的時節。梁遇長嘆了口氣，「先替太后換好裝裹，回頭咱家再派人過去料理。」

珍嬤嬤道是，領命回慈寧宮去了，胡院使見狀也不能逗留，揖了揖手，從偏殿退了出去。

殿裡只餘楊愚魯，他輕輕叫了聲老祖宗，「倒也不失為一個好時機。」

梁遇點了點頭，「皇上的事兒不知什麼時候出來，要是碰得巧……好好發送，也免得下去的路不好走。」

話都不必說透，點到就已經明白了。倘或沒有太后這齣，皇帝悄然駕崩，真是黑燈瞎火連個念經開道的僧侶都沒有，這一世帝王路走得該多寂寞。太后的事兒出了，恰是個良機，正好給皇帝留了空兒，即便不能名正言順以帝王規制操辦，至少藉了太后的喪儀，也能走得體體面面。

「你去安排吧，悄悄把太后靈柩運進泰陵安放，景山的殯宮得騰出來候駕。」

楊愚魯道是，出門叫上兩個奉御，一同往月華門上去了。

梁遇從圈椅裡站起來，褪下腕上菩提慢慢數著。出門看天，天還是灰濛濛的，沒有放晴的跡象，東暖閣裡很安靜，站在廊下聽，聽久了讓人忘了呼吸。

忽然門簾一動，柳順從殿內邁了出來，看見他便疾步上前回話，說：「老祖宗快瞧瞧去吧，萬歲爺醒了，說要見您吶。」

梁遇忙往東暖閣裡去，進門見皇帝半倚著引枕，臉頰雖消瘦，但精神頭看起來還不錯。畢雲正伺候他喝水，他慢慢進了些，聽見腳步聲抬眼看，見梁遇進來，便微微牽了下唇角，「大伴。」

暖閣裡的人立時都退了出去，梁遇提袍欲上前來，皇帝搖了搖頭，「就這麼說話。」

梁遇只得站住腳，溫聲道：「主子大安，臣這就派人回稟皇貴妃去。」

皇帝依舊搖頭，「她是個姑娘，身底兒弱，別讓她來了，就咱們說會子話吧。」他的眼神變得悠遠，哀致道：「大伴，朕的身子，朕自己知道，哪裡是大安，不過迴光返照罷了。朕的時候不多了，等不得也耗不得……朕只求大伴一件事，盡心替朕輔佐朕的兒子，讓太子成器，別像朕似的，眼高手低，一事無成。」

他怨自己，帶著一股灰心喪氣的味道，梁遇只得勸慰他，「主子千萬不能胡思亂想，您年輕，病勢來起來洶洶，退起來也快得很，哪裡就到這樣地步了。太子日後有您親自教導，不必臣來輔佐……」

皇帝急起來，「這會子不是客套推辭的時候，大伴，你一定要答應朕！」

梁遇見他急紅了臉，忙道是，「主子的令兒，臣哪裡敢不從，臣一定竭盡全力輔佐太子殿下，請主子放寬心，好生將養身子。」

皇帝這才放下心來，長籲了口氣道：「你帶話給月徊，朕對不起她，到死都在連累她。朕這一生沒有朋友，只有她願意結交朕，卻被朕害得囚禁在這深宮裡，一輩子不得嫁人生子，朕實在愧對她。」

梁遇一徑寬解，和聲道：「皇貴妃的性子，主子是知道的，她天塌了都能當被蓋。早前為不能當上貴妃，在南下途中氣得直倒氣，如今比貴妃還高上一等，心裡美著呢，主子只管踏踏實實的，不必操心她。」

皇帝點了點頭，「好在有你護著她，朕也不擔心她將來的路不好走。她這樣灑脫的人兒，太子由她撫養長大，必定隨了她的脾氣，不至於像朕似的心思沉重。」他說著，慢慢轉過視線來瞧著梁遇，蒼白的臉上浮起一點笑，「大伴，朕這輩子能遇見你，是朕的造化。不論君臣那一套，你是朕的良師益友，是對朕最好的人。朕還記得，朕小時候想吃桑果兒，是你大夏天裡爬上樹，替朕摘下一大簍來……這些情，朕就算到了地底下，也不會忘。」

一個病重的人開始追憶往昔，實在算不得什麼好預兆。梁遇道：「主子才好些，別一氣兒說那麼多話，且歇一歇養養精神，來日方長的。」

皇帝聽了，悵然笑了笑，喃喃道：「是啊，朕該養養精神了……」

可惜這一養，就再也沒能醒過來。

皇帝殯天的消息傳到月徊跟前時，她才哄得太子睡下。秦九安進來回事，她以為自己聽錯了，連著問了好幾遍，「你說什麼？」

秦九安哭道：「皇貴妃娘娘節哀，萬歲老爺爺，駕崩了。」

月徊站在那裡，腦中直發懵，雖然早有準備，但事情真實發生了，也讓她惶恐無措，不知如何是好。

她大哭起來，「掌印呢？這事怎麼料理？」

秦九安忙作噤聲的動作，「娘娘好歹忍住，皇上有遺旨祕不發喪，娘娘知道就罷了，千萬要瞞住三宮六院。」

月徊捂住了嘴，茫然坐下發了會兒呆，皇帝的事和太后碰上了，梁遇打算瞞天過海她也知道。原先不覺得有多難，可事兒真到了眼前，又好像不可思議，彷彿身後有巨浪推著，蠻橫地把人推到了如此境地。

她站起身，無頭蒼蠅似的說：「我得去瞧瞧皇上。」

秦九安垂手道：「老祖宗吩咐，說才死了人的地方不乾淨，請娘娘等收殮完了再過去。」

「人都沒了，還不叫我見最後一面？」她說得氣急敗壞，一則是為皇帝早夭傷心，二則覺得哥哥護她護得過了，縱是在曾鯨這些親信面前也得做出一副悲痛欲絕的樣子來，否則這遺腹子就難以叫人信服。

她匆匆趕往乾清宮，掀起明黃綢緞的硬板夾簾，一眼便看見幾個身穿喪服的太監，正跪在腳踏上替皇帝換袞冕。

那張臉瘦脫了相，了無生氣的時候看上去竟那麼陌生。她忽然有些怕，倉惶地往後退了兩步，身後一隻手輕輕攙扶了一把，「請娘娘節哀。」

月徊回頭看了看他，再看龍床上的人，吞聲飲泣起來：「哥哥，皇上……」

「萬歲龍馭上賓，社稷痛失英主，實乃大鄴之大不幸。可事已至此，還請娘娘以大局為重，謹遵皇上遺詔，好好保重自己，盡心撫養太子殿下。」

月徊聽他說的盡是場面話，知道自己失態了，唯有點頭，「那一切，就全仰仗廠臣了。」

梁遇道是，揚聲喚來人，將她送回寢宮。

後來的一切，全由司禮監處置，昭告天下太后升遐，在慈寧宮大設靈堂，大辦水陸道場。半人高的靈位上寫的雖是大行皇太后，棺槨中躺的是誰，月徊心裡一清二楚。因此率眾哭臨的時候，那份情真意切看起來簡直像假的，以至於眾妃嬪背後議論：「果真沒有金剛鑽，攬不了這瓷器活。皇貴妃娘娘怕是沒見過太后幾回吧，太后一崩，竟能哭成那樣，難怪人家能平步青雲，一腳登頂。」

至於後來停靈，也是按著皇太后的規制停了七七四十九日，這四十九日內皇帝沒有出面祭拜，那些內閣大臣們也並未起疑。畢竟皇帝龍體違和日久，且皇帝與皇太后本來就針尖對麥芒，太后喪儀皇帝不出面，一則是避諱，二則是情分不到。待得梓宮運送進景山觀德殿停放，這場國喪才算澈底落下了帷幕。

「五年．」梁遇來見她時，淡聲道：「五年期滿，太子已然開蒙，就可順利承襲帝位了。」

月徊笑問：「廠臣就沒有想過，讓我肚子裡的孩子做皇帝？」

梁遇聽了，偏頭打量她，「娘娘動過這個心思麼？」

月徊拿瓢舀了水，氣定神閒地澆灌她栽種的那兩株牡丹，看見有新葉長出來，疼惜地輕輕撫了撫，笑道：「這葉子太嫩了，經不得狂風暴雨。太子是帝王血胤，又有廠臣輔佐，將來承繼宗祧順理成章。至於我們娘兩個，有飯吃有衣穿，能時時見你，就足意兒啦。將來孩子長大，當個閒散王爺吧，養一大幫妻妾，生一大堆孩子，替我們梁家開枝散葉，就挺好的了。」

梁遇沉默了下，那雙美目中夾裹了無數的野心和欲望，目光輕輕一閃，從她身上移開了。

伸手摘下一片葉子，就著日光迂回轉動，看那葉片間的脈絡經緯蜿蜒舒展，他兀自呢喃著：「血胤……那東西值個什麼，我說誰有，誰便有。」言罷發現月徊怔怔看他，又一笑，「這偌大的江山，到底不能交到昏君手上，且再看看吧，擇賢能而御天下。太子若是成器，臣一定盡全力輔佐他，若是不成器……」邊說邊靠近她耳畔，「扶植咱們自己的兒子，也未為不可啊。」

尾聲

皇帝的身子總不見好，上年立冬過後因內闈變故一病不起，後來就懶於視朝。原以為交了春應當會好起來的，沒想到依然如故。如今將要立夏了，還是不願接見臣工，朝政大事無不隔簾垂治，時候一久，內閣的閣老們難免心生疑惑——

「皇上的病情究竟如何了？不讓臣工得見天顏，咱們奏對都衝著門簾子，我連那幅喜鵲登枝有多少針腳都數得一清二楚了。」

眾人揶揄：「多少針腳，你倒是說說。」

「依著我，無論如何見皇上一面，只要瞧見聖躬無恙，咱們也就安心了。」

有人哼笑，「不就隔著一道門簾嗎，你要是有膽兒，一打簾子邁進去，不就瞧見了。」

可大家都知道，這門簾打起來容易，有命進去，卻未必有命活著出來。所以到最後也是彼此慫恿，沒有一個人敢真正去實施的。

大學士彭隱將張恒拽到了一旁，「首輔大人，諸位大人想的原沒有錯，皇上不見咱們也就算了，您是首輔，怎麼連您也不得入內？說句大不敬的話，裡頭坐的是不是皇上還未可知。如今這朝野上下全被梁遇抓在手掌心裡，他想如何便如何，卑職怕……皇上萬一遭遇了什麼不測……」

張衡駭然看向彭隱，其實某些疑問一直在他心裡，乍聽得另一個人說起，簡直像炸雷一樣，炸得他腦仁兒嗡聲作響。

是啊，早該懷疑其中有詐的。當初立后，他和太后被耍得團團轉，這件事後來不了了之了，焉知不是當真有那個能擬聲的人存在！不過他雖懷疑，卻不敢當即斷言。略斟酌了下，壓聲道：「聖上違和，一向是由胡院使親自診斷的……」

彭隱立時就明白他的意思了，「首輔大人想向胡院使打聽內情？」

張衡沒有說話，正在琢磨可行不可行的當口，外面有小太監進來傳話，拱手道：「諸位大人，皇后娘娘崩了，請內閣預備擬定諡號。」

眾人面面相覷，徐皇后的一生可謂悲慘，進宮後未得幾天重視，宇文貴妃便進了宮。這位姥姥不疼舅舅不愛的皇后靠著諫言想立賢后的名兒，結果適得其反，惹怒了皇帝，到死都被囚禁在坤寧宮裡。如今人病死了，宇文貴妃也沒了，剩下一位梁皇貴妃，仗著太子的名兒愈發名正言順，只怕下一步，就要問鼎后位了吧！

「皇后娘娘崩了，皇上總要出面料理的。」有人樂觀地預測。

張衡和彭隱交換了下眼色，不由哂笑。太后崩逝，皇帝都可以稱病不露面，一個不得寵的皇后，哪裡來那麼大的面子！

那日回去之後，張首輔悄悄拜會了胡院使，委婉地表達了對龍體的擔憂。

胡院使掖著兩手嘆氣，「聖躬違和日久，目下還是以調理為主。首輔大人是知道的，原本御前的消息不便往外傳播，但因首輔大人不是外人，我也就不諱言了。皇上肺疾沉重，不能見臣工，就是怕人氣兒薰著了他老人家，每頓送膳的人數務必控制在三人以內，就是這個道理。」說著頓下來，納罕道：「首輔大人今兒找卑職，就是為了問卑職這個？請首輔大人只管放心，皇上有卑職等侍奉湯藥，眼下龍體雖然不豫，但假以時日，必定會大安的。」

張首輔尷尬地應了，敷衍道：「內閣諸位大人憂心聖躬，常在朝房議論，因此我特特兒找了胡院使，以解眾臣的困惑。」

場面上的那些話，真真假假就不必去驗證了，反正當晚掌燈，一隊錦衣衛便闖進張首輔府上。

負責督辦的總旗板著一張閻王似的臉，拱手道：「請首輔大人跟咱們跑一趟。若有不服，衙門正堂上大可喊冤。」

張首輔被帶走了，滿朝文武人心惶惶。到了第二日，皇帝隔簾細數了首輔的罪狀，說張恒「結黨營私，藐視朕躬」，著令罷免首輔一職，交東廠和錦衣衛嚴查，首輔的職務暫且由彭隱彭大人協理。

彭隱邁著鶴步出來領旨，那份老神在在，引得眾人一片譁然。當初攛掇張首輔查明真相的是他，現在張首輔倒臺了，接任首輔一職的人也是他。明眼人一看就明白，好一招請君入甕，果真老首輔不倒臺，新首輔上不來。

月徊也問哥哥，「那個告發張首輔的人，就是彭大人吧？這種兩面三刀的小人，怎麼能當首輔呢。」

梁遇慢慢捋她的肚子，她快要臨盆了，他沒有那些閒工夫來處置張恒，「正因此人狡詐，所以讓他協理。這個當口，越識時務的人越討人喜歡，那個張恒我早就想處置他了。當初他奉太后之命查訪直隸地界兒上的擅口技者，我就知道這人不宜再留著，後來忙於南下剿滅紅羅黨才容他多活了那麼些日子……」

他正說話，月徊的肚子上頂起了好大的包，他「喲」了聲，放柔了聲調和肚子裡的孩子寒暄：「你在同爹打招呼麼？可是等不及了？快了快了，再等半個月，咱們爺倆就能見面了。」

哥哥希望這胎是男孩兒，畢竟只有男孩兒，才能一展他的雄心抱負。可月徊卻盼著是個女孩兒，因為她不願意讓孩子攪合進朝堂紛爭，當個無憂無慮的帝姬，受盡寵愛多好！

太子已經會說話了，極少的時間由奶媽子帶著，大多時候還是和她在一起。奶媽子把他放在地上，他搖搖晃晃過來，還沒到跟前就張開了手臂，奶聲奶氣兒地叫「娘」。

月徊待要去抱他，梁遇先伸出了手。

她如今懷著身孕，哪裡能對付這個年紀，正渾身頑皮勁兒的男孩子。好在太子對他也不陌生，咧著嘴，摟住他的脖子叫「大伴」。

他是永遠的大伴，先帝管他叫大伴，現在太子也管他叫大伴。梁遇笑著把太子抱在懷裡，指著月徊的肚子問：「殿下瞧瞧，你母親懷的是弟弟，還是妹妹？」

太子懵懂，細聲說：「喜歡妹妹。」但見梁遇面色一沉，這麼小的人兒，就學會察言觀色了，立刻改了口風，「弟弟吧。」

月徊心疼孩子，太子在她跟前這麼久了，她是真拿他當親生的一樣看待。從他手裡接過來，嘟囔著：「他那麼小，懂個什麼，你逼他指認弟弟還是妹妹……」邊說邊撫太子小臉，「就是妹妹，雪懷喜歡妹妹，娘也喜歡妹妹。」

梁遇在一旁看得發笑，「若是個妹妹，萬一又生出一段一模一樣的故事來，妳不擔心麼？」

終於為人父母，才明白如果爹娘活著得知他們的心意，會是何等百感交集的心情。兩個一同養大的孩子，最後決定不做兄妹做夫妻了，換了哪個做爹娘的，恐怕都會一聲嘆息吧。

月徊的心大，再次發揮了極好的作用，她一昂腦袋說：「怎麼了，我就覺得我們這樣挺好。要是雪懷以後喜歡妹妹，用不著像你這麼熬心熬肺的，我二話不說就答應了。」

梁遇搖頭，「胡鬧，妳忘了妳身在帝王家，答應了豈不亂套！」

月徊才想起來，自己肚子裡的孩子只能算在先帝名下，這裡頭絲毫不能混淆，像他說的，混淆了就得出大事兒。

也罷，八字還沒一撇呢，暫且不操心那些。月徊逗了太子一會兒，小小的寶貝，軟軟地依偎在她身旁，把人心肝都融化了。

後來奶嬤兒抱下去餵吃的，月徊嘖嘖，「瞧瞧雪懷，多好的孩子，他那麼依賴我，和我一點兒不生分。」

梁遇對太子向來挑剔，蹙眉道：「只怕將來雌懦，辦事不決斷。」

月徊聽了不喜歡，「那叫溫柔，不叫雌懦！」

梁遇見她護犢，實在沒有辦法。在她眼裡太子就是她的兒子，月徊重情義，對太子的情不單是愛護，還有故人託付不敢相忘。

「等我生完了孩子，你帶我去見見小四吧。」月徊說著，又有點傷嗟的樣子，「那小子一走就沒了消息，只管逃他的難去了，也不惦記惦記我，真是喪良心。」

梁遇笑了笑，「他托我帶過話，說自己對不住妳。」

「那他怎麼還不回來？」月徊托腮道：「如今要閹了他的人都不在了，他為什麼還飄在外頭？回來了多好，好歹有個照應啊。」

梁遇「唔」了聲，「京城是傷心地，他已經是大人了，想必有他自己的想法，你也不能事事管著他。」邊說邊在她身旁坐下，做出一副不大稱意的模樣來，怨聲道：「妳怎麼盡顧著別人，不來顧一顧我？」

月徊牽住他的手好一通揉搓，覥臉笑道：「我如今吃喝拉撒全靠廠臣照應，只有你顧著我，哪兒輪得著我來顧著你啊。」

「可是……」梁遇囁嚅了下，「我只要娘娘的一點溫存。」

月徊最喜歡他小媳婦的樣子，那樣叱吒風雲的人物，在她跟前幽怨使小性兒，她那顆漢子般豪邁的心，就膨脹得無比碩大。

「我最疼你了。」她在他腮幫子上捏了一下，「要不是我如今還懷著個小的，一定好好寵幸你。」

他赧然笑了，最愛聽她說那些葷話，就算身懷六甲不宜胡思亂想，她也樂意在話語上盡力撫慰他。

就這樣吧，一定要長長久久下去。他知道女人生孩子一腳踏進鬼門關裡，嘴上雖不說，心裡卻重重憂懼，連夜裡都睡不好覺。這是種很奇怪的感覺，一頭盼著那個素未謀面的孩子，一頭又害怕月徊生產遇險，寧願她晚點兒生。在這反覆的糾結和撕扯間左右為難，可該來的一天，終於還是來了。

那天一早眼皮子就開始砰砰地跳，他從西朝房議完了事回來，才剛走進值房，就見楊愚魯從外面匆匆進來，呵了呵腰道：「老祖宗，鐘粹宮的人來回話，說娘娘羊水破了，這會子才開始陣痛，請老祖宗過去瞧瞧。」

梁遇「哦」了聲，心裡直打突，臉上神色卻淡漠得很，只說知道了，「早前預備的穩婆過去了嗎？打發人知會太醫院沒有？」

楊愚魯說有的，「這是頭等大事，早就照著老祖宗的吩咐安排妥當了。」

梁遇點了點頭，「你下去吧，我忙完了手上的事兒就過去。」

楊愚魯道是，退出值房正遇上秦九安，兩個人都感慨著，掌印實在是難，原本和皇貴妃都到了那樣地步了，誰知回京後先帝橫插了進來。如今是名也不正，言也不順，皇貴妃這會兒要臨盆了，生的是別人的孩子，難怪掌印瞧著那麼冷淡，還要等手上事物處置妥當了，才肯往鐘粹宮去。

手下人大肆唏噓的時候，梁遇將父母的靈位緊緊握在手裡，兀自嘀咕著：「爹，娘，月徊要生了，二老在天之靈，一定要保佑她。我原想生個兒子，好歹傳續梁家血脈，如今想想，什麼都不求了，只要月徊平安就好。」他一頭說著，一頭站起身，在屋子裡轉了兩圈，「我得去看看……得去看看……」走了兩步又折回來，把裝靈位的盒子重新闔上，複恭敬參拜了一番，這才匆匆往鐘粹宮去。

司禮監掌管皇城中所有人的生老病死，後妃臨盆生孩子也不是什麼稀奇事，但關乎自己，心境大不一樣。一腳踏進鐘粹宮，發現這是個異常忙碌的世界，滿院子都是來來往往運送熱水的宮女和嬤嬤。那些人見了他，至多蹲個福，就匆忙承辦自己的差事去了，司禮監不管是堂官也好，掌印也好，站在那裡全是多餘的，幫不上什麼忙，反倒添亂。

楊愚魯上來說：「老祖宗，小的伺候您上西邊配殿裡歇會子。」

他「嗯」了聲，才要邁腿，見一個穩婆打扮的人出來，忙揚聲叫住了，「娘娘眼下怎麼樣？」

穩婆說：「且有會子呢，才發作的，少說得等上一個時辰。」

「一個時辰就能生下來？」

穩婆聽了一笑，「回廠公的話，不敢說一個時辰孩子就落地，有的孩子性子快，有的孩子性子慢。不過娘娘不是頭胎，應當比頭一次臨盆更順暢些。廠公稍安勿躁，裡頭有什麼進展，奴婢會打發人出來回稟的。」說完又匆匆走開了。

事到如今，他也寧願她不是頭胎，可太子不是她生的，她沒有受過那份苦，這次臨盆究竟要消耗多少時間，誰也說不準。

他隨楊愚魯進了西配殿，人一旦心不在焉，就容易出錯。手裡端著茶盞，明明要掀蓋兒刮茶的，結果取下了托碟，待得茶杯燙手，才猛然醒過神來。

茶是喝不下去了，隨手將茶盞擱在了一旁。憂心忡忡在殿內踱步，不時朝產房看幾眼，實在不放心，回身吩咐楊愚魯：「你去傳咱家的話，不管娘娘是頭胎還是二胎，不許伺候的人敷衍了事。只要娘娘平安生產，所有人都重重有賞。」

楊愚魯道是，快步往前殿傳話去了。

這時候奶嬤兒抱著太子過來，納個福道：「掌印大人，殿下一心念著娘娘，也念著您，連午覺都不肯歇，吵著鬧著要過來瞧瞧。」

梁遇見太子一雙大眼睛憂懼地望著他，便伸手將他抱過來，摟在懷裡輕聲說：「娘娘正給殿下生妹妹呢，殿下說，娘娘可是很快就會出來了？」

太子重重「嗯」了聲，「妹妹。」

看來真是一輩傳一輩，老輩兒經歷過的情形，又在他們身上重現了一回。難怪那時候娘生月徊害怕，要讓盛時的夫人千里迢迢趕到敘州陪產。他如今算是明白了爹娘當時的心情，長子不是親生，外頭人卻以為是二胎，於是說又不能說，那份瞻前顧後，那份提心吊膽唯恐伺候不周，怎麼不叫人急斷腸子。

所幸月徊爭氣，熬了兩個時辰，就聽殿裡傳出孩子的哭聲來。他那時人都木了，身上汗毛根根乍立，不敢相信自己當了爹，這世上終於有了他的血脈。

楊愚魯進來報喜，「老祖宗，生了！」

他顧不上糾正那點錯漏的措辭，疾步走進前殿。礙於身分的緣故，他不便立刻進去看月徊，只得抓住了裡頭出來的宮人詢問：「娘娘怎麼樣？好不好？」

宮女笑著說好，「掌印大人放心吧，娘娘身底兒強健，只是受了累，這會兒睡著了。」

他鬆了口氣，這才想起孩子來，「是皇子還是帝姬？」

宮人道：「是位帝姬，生得眉清目秀，著實沒見過那麼漂亮的女娃。」

若說沒有悵然，那是假話，畢竟他的一腔抱負到這裡算是交代了，但月徊母女平安，這是最要緊的。奶嬤兒抱著繈褓上前，他小心翼翼接過來看，托住繈褓的手在哆嗦，必須咬牙強忍，才能忍住眼裡的淚。

「帝姬很好……」他憐愛地盯著那小臉看，「帝姬將來和爹娘貼著心肝。」忽然想起來，回身吩咐，「愚魯，把好信兒報御前，恭喜皇上得了位帝姬，皇貴妃母女均安。」

楊愚魯應是，畢竟樣子還是要做的，便煞有介事地領了命，快步走出鐘粹門。

孩子抱下去餵奶了，梁遇一直在外等著，等到裡頭出來傳話，說皇貴妃娘娘醒了，他才正了冠服進去看她。

屋裡的人全退了出去，月徊虛弱地仰在枕上，偏頭看了他一眼，遺憾道：「是個姑娘。」

他哽咽了下，「姑娘也好，我很喜歡。」是個姑娘，便有了另一種打算，好好扶植太子登基，等少帝能夠獨當一面的時候，他就可以功成身退了。

這場暗戰，終究是月徊占了上風，於是她得意地笑著，笑得不加掩飾。

等她生完孩子，他答應帶她去看小四，這時她才知道，當初梁遇一氣兒把小四送到了寒山寺。

寒山寺在蘇州，離京城那麼老遠的，要去一趟實在不方便。只有趁著來年春暖花開，帝姬根基長結實了，放心把她留在京裡，他們才藉著帶皇上尋醫問藥的由頭，輕車簡從趕往江南。

山一重水一重，終於到了姑蘇城，梁遇帶她往寒山寺去，邊走邊道：「我讓他投靠煉心，在寺院裡修身養性一陣子。煉心我以前同妳提起過，那個會作詩的和尚，往上倒兩輩兒是宗室，倘或他願意，承襲個郡王的爵位不在話下。」

「那怎麼想起來出家了？」月徊不大理解，這花花世界，有那麼多好吃好玩的東西，拋家捨業做了和尚，從此竹杖芒鞋頓頓吃素，多叫人不甘心！

梁遇笑了笑，那笑容在豔陽下依舊耀眼。說起方外的朋友，難免有些感慨：「願意拋棄富貴前程選擇出家的，都是有慧根的人，不像妳我眷戀紅塵，這也捨不下，那也捨不下。」

月徊發笑，「我就是個俗人，要不然也不能有兒有女還有你。出家有出家的圓滿，不出家有不出家的快活，我那種庸俗的快活，是煉心大師永遠無法體會的。」

她志得意滿，這輩子真的沒有什麼遺憾了。

到如今回過頭來想想，自己上輩子八成做了驚天動地的好事，才在這輩子得到這樣的福報。自小過過一段苦日子，後來和哥哥重逢，就順風順水想什麼來什麼。連垂涎三尺的親哥哥都能變成童養夫，這世上真沒有什麼是她不敢肖想的。

她嬉笑著，趁四下無人牽住了他的手。兩個人並肩走在山路上，日光透過扶疏枝葉照下來，在衣裙上投下錯落的光點。月徊輕輕嗟嘆：「要是能一輩子這麼走下去，那多好。」

梁遇緊緊扣住她的手，溫聲道：「再過幾年吧，等太子即皇帝位，能自己主理朝政的時候。」

月徊轉過頭來瞧他，訕訕道：「你的壯志凌雲，沒想到斷送在我手上。」

「這是什麼話。」他打斷了她，笑道：「空有野心，沒有時運，也是枉然。既然老天爺不成全，就不必強求了，只要妳和宜簪都好好的，等日後看著姑娘出嫁，我就帶妳隱退。」

月徊「唔」了聲，「太后也能隱退？」

他一笑，「成啦，是妳帶著我避世。太后厭煩宮裡歲月，擇一個山清水秀的園囿頤養，我這個老掌印功成身退伺候太后，到時候妳想去哪兒，我都陪妳去。」

月徊聽了，嗚咽一下，「我不敢想你白髮蒼蒼的樣子。哥哥在我眼裡，永遠是俊美的年輕人。」

他唇角的笑意加深，「放心吧，二十年後，我也俊美依舊。」

這人，倒是對自己的容貌從來不帶懷疑的。

前面就到山門了，遠遠看見兩個僧人站在臺階上迎接，前面這個應當就是煉心大師，好一副道骨仙風的做派，翩翩的海青穿在身上，頗有仙氣飄渺之感。

月徊原本是歡歡喜喜的，既能見著哥哥方外的好友，又能找回小四。結果走近些，眼淚頓時落下來，煉心身後站的不是別人，正是剃度出家的小四。

小四生得齊全，腦袋上就算剃光了頭髮，也是圓潤敞亮。月徊細看他，那光光的頂心還燙了個疤，看來這兩年得了住持的認可，已經有資格點上僧侶生涯的第一顆戒疤了。

「你……」月徊站在臺階前，氣湧如山。

小四卻眉舒目展，雙手合什向她行了一禮，「小僧釋空，見過施主。」

「施主你個鬼！」她老大不客氣，恨聲道：「我是你姐姐，你管我叫施主？」

小四噎住了，滿臉尷尬。

梁遇對煉心一笑，「這是舍妹月徊，向來是這樣脾氣，你千萬別見怪。」

佛門中人，自有一股宏雅從容的氣度，煉心含笑，微搖了搖頭。

月徊到這時才意識到自己失態了，忙合什向煉心拜了拜，「請大師見諒，我是見這孩子……實在失禮了，請大師見諒。」

煉心的寬和，是方外人不爭炎涼的大度，他說無妨，「世人大抵不能理解，梁施主詫異，也在情理之中。」

煉心的聲線，不像梁遇清洌，彷彿秋日林間落在枯枝上的松塔，有種溫暖明朗的氣象。月徊對聲音尤其敏感，難免多看了他一眼。他長眉秀目，那雙眼眸很有慕容家的風采，一樣的眼波婉轉，一樣欲說還休。月徊忽然想起皇帝來，如果他身子健朗，如今已經弱冠了，要是能夠站在這裡，大概也和這位煉心大師一般風采吧！

煉心是洞達人，回身對小四說：「今日天氣晴朗，你帶梁施主去竹林散散吧！」

小四合掌道是，引月徊穿過木製的長廊，走向禪房後的紫竹林。

這地方清幽得很，林前一片空闊的平臺上置辦了石作的桌凳，聽著竹葉沙沙的聲響，看著不遠處明淨的白塔，月徊的心卻不能像這環境一樣平靜。

「你把自己弄成這樣，對得起我的心血麼？」她簡直怒其不爭，「我把你拉扯大，不是為了讓你出家做和尚的！你這就去收拾，跟我回京城，橫豎皇上不會再追究那事了，我可以和你下保，你還擔心什麼？」

「施主……」

「施什麼主，給我說人話！」

小四才要開口，就被她怒聲喝斷了，到最後實在沒法子，叫了聲月姐道：「我這會兒過得挺好的，心也靜了人也安穩了，您就讓我繼續在寺裡修行吧！」他說著，眼裡隱隱閃過一片浮光，垂首道：「這三千煩惱絲，纏得我透不過氣來，珍熹死後，多少個夜裡我都夢見大著肚子的她，我知道我一輩子都邁不過這道坎兒了，您就別管我了。我和她的種種，三言兩語說不清楚，雖說她設計了我，但我捫心自問，難道就不暗暗盼著那事發生嗎？千錯萬錯都是我的錯，打從一開始我就知道她要進宮，我和她的這份情本不應該生根，可我情難自已，害了她，也害了孩子……」

月徊說不是，「你沒有害任何人，是她用心險惡，偏把你拉進泥沼裡來。如果我是她，就算領了家裡的令兒，進宮後誰也管不著，我就安安心心過自己的日子，他南苑王府還能進來打我不成？可她偏不，自作聰明弄出那麼些么蛾子，怪得了誰？」

小四臉上僵了僵，半晌搖頭，「事兒都過去了，再論孰是孰非，已經沒這個必要了。我唯一覺得對不住的就是您，我闖下潑天大禍一走了之，把爛攤子扔給了您，害得您去填了這個窟窿，我就算萬死，也不足以贖罪了。」

月徊擺了擺手，「這個你不必自責，進宮是我自願的，我都當上皇貴妃了，還有什麼不足意兒的。我就問你一句，你跟不跟我回去？」

小四搖頭，「月姐，我的罪孽太深了，您就讓我青燈古佛，好好贖罪吧。」

月徊氣結，「你不問問，佛主收不收你這個拿修行當贖罪的人？」

她這話說得小四一陣發愣，修行的最大意義在於放下一切執念不悲不怨，他參禪誦經這麼久，其實一直就未參透。

月徊瞧出他的動搖，也不再一徑逼他了，站起身道：「一個香疤，長了頭髮就看不見了，像你這麼六根不淨的人，還是趁早還俗吧！你有大好前塵，我也有用得上你的地方，你要是還記著報我的恩，就老老實實給我回京去。」

他果真開始猶豫，雖然不肯鬆口，但那份兩難，從眼睛裡就能瞧出來。

月徊走了兩步，回頭望他，「小四，我生了個女孩兒，取名叫宜簪。你這個做舅舅的還沒見過她呢，難道不想瞧她一眼？我盼著你回來，可你要是實在不願意還俗，我也沒法子強求你，你自己好好想想吧！」

可惜，寒山寺一行，到啟程那天，也沒見小四露面。

梁遇站在甲板上問她：「妳失望麼？」

月徊看著浩淼河水，慢慢搖頭，「人各有志，他要是不聽我勸，我也只有撒手了。」

小四的脾氣很倔，但他的倔是沒有鋒芒的，不會疾言厲色，有時候又倔得叫人心疼。月徊幾乎已經不抱希望了，從蘇州返回北京，日夜行船得一個來月，她顧不了小四，便開始想念兩個孩子。

總算到了天津碼頭，因還要裝聖駕榮返的樣兒，行程就得多耽誤兩天。

內閣官員的重新任免，果然讓這朝堂安靜了不少。這些文人就是這樣，一個張恒落馬，讓他們聯想到自己仕途潦倒，甚至門庭被抄沒的恐懼，因此個個俯首貼耳，再也不敢妄議妄動了。

儀駕浩浩蕩蕩返回紫禁城，月徊坐在輦車上，打簾朝外看。忽然，道旁一個扯起黃幔路障的身影闖進她的視線，定睛細看，居然是小四！

她笑起來，這小子腳程倒快，趕在他們返京之前，回東廠述職了。

她放下簾子，回身抱住梁遇，仰起臉衝他齜牙：「哥哥，這回我總算稱意兒了。」

梁遇的耳目眾多，哪裡能不知道小四的動向，之所以沒同她說，不過是想給她個驚喜罷了。只是還得逗一逗她，圈住她的腰，在那紅唇上吻了一下，湊在她耳邊問：「怎麼了？難道又有好信兒？」

月徊是個機靈鬼，做出一副驚訝的神情來，將計就計「啊」了聲，「我明明瞞得那麼好，怎麼被你瞧出來了？」

至於接下來梁遇如何抓心撓肺，百般央求打聽，那就是後話了。

——《慈悲殿》全文完——

高寶書版集團
gobooks.com.tw

YE 047
慈悲殿(下卷)

作　　者　尤四姐
責任編輯　吳培禎
封面設計　茵萊登曼特
內頁排版　彭立瑋、賴姵均
企　　劃　何嘉雯

發 行 人　朱凱蕾
出　　版　英屬維京群島商高寶國際有限公司台灣分公司
　　　　　Global Group Holdings, Ltd.
地　　址　台北市內湖區洲子街 88 號 3 樓
網　　址　gobooks.com.tw
電　　話　(02) 27992788
電　　郵　readers @ gobooks.com.tw（讀者服務部）
傳　　真　出版部 (02) 27990909　行銷部 (02) 27993088
郵政劃撥　19394552
戶　　名　英屬維京群島商高寶國際有限公司台灣分公司
發　　行　英屬維京群島商高寶國際有限公司台灣分公司
初　　版　2023 年 7 月

本著作物《慈悲殿》，作者：尤四姐，由北京晉江原創網絡科技有限公司授權出版。

國家圖書館出版品預行編目 (CIP) 資料

慈悲殿 / 尤四姐著 . -- 初版 . -- 臺北市：英屬維京群島商高寶國際有限公司臺灣分公司 , 2023.07
　冊；　公分 . --

ISBN 978-986-506-772-4(上冊：平裝). --
ISBN 978-986-506-773-1(中冊：平裝). --
ISBN 978-986-506-774-8(下冊：平裝). --
ISBN 978-986-506-775-5(全套：平裝)

857.7　　112009835